LOUISE BAY
Doctor Not Perfect

Weitere Romane der Autorin sind bei LYX in Vorbereitung.

LOUISE BAY

DOCTOR —NOT— PERFECT

Roman

*Ins Deutsche übertragen
von Wanda Martin*

LYX in der Bastei Lübbe AG

Die Bastei Lübbe AG verfolgt eine nachhaltige Buchproduktion. Wir
verwenden Papiere aus nachhaltiger Forstwirtschaft und verzichten darauf,
Bücher einzeln in Folie zu verpacken. Wir stellen unsere Bücher in Deutschland
und Europa (EU) her und arbeiten mit den Druckereien kontinuierlich
an einer positiven Ökobilanz.

Die Originalausgabe erschien 2023 unter dem Titel »Dr. Perfect«.
Copyright © 2023 by Louise Bay
Dieses Werk wurde vermittelt durch die Literarische Agentur
Thomas Schlück, 30161 Hannover.

Für die deutschsprachige Ausgabe:
Copyright © 2024 by
Bastei Lübbe AG, Schanzenstraße 6–20, 51063 Köln

Textredaktion: Antje Steinhäuser
Umschlaggestaltung: © Guter Punkt, München | www.guter-punkt.de
unter Verwendung eines Motivs von
© MyImages – Micha / Shutterstock Images
Satz: Greiner & Reichel, Köln
Gesetzt aus der Adobe Caslon
Druck und Verarbeitung: GGP Media, Pößneck

Printed in Germany
ISBN 978-3-7363-2068-0

1 3 5 7 6 4 2

Weitere Informationen unter:
lyx-verlag.de
luebbe.de | lesejury.de

Enttäuschung und der Gedanke, dass Olympia nur alle vier Jahre stattfindet und keiner weiß, ob er beim nächsten Mal wieder dabei sein wird. Der mentale Druck, er ist gewaltig.

Der freie Tag vor unserem letzten Spiel war die Hölle – diese ewige Warterei. Dann endlich das Match. Obwohl wir von Anfang an besser waren, führten erst einmal die Polen. Eine seltsame Situation – man denkt, man ist im falschen Film. Aber wir kämpften weiter, kopierten taktisch das Katar-Spiel. Keine Zaubertricks, einfache Spielzüge. Das funktionierte. Wir übernahmen die Führung, zogen davon … und am Ende hielten wir die Bronzemedaille in den Händen. Also, nicht sofort. Denn die Medaillen gab es erst bei der Siegerehrung nach dem Finale. Und auch nur für die Spieler, für Trainer und Betreuer sind bei Olympia keine vorgesehen. Aber das ging schon in Ordnung, die Jungs hatten sie sich mehr als verdient.

Ein letztes Erinnerungsfoto mit meinen beiden Co-Trainern Alexander Haase (l.) und Axel Kromer (r.) vor dem Heimflug aus Rio. Die Medaillen haben uns die Spieler umgehängt …

Bildnachweis

1. KAPITEL

ELLIE

Ich stelle den Kragen auf, damit mir der Nebel nicht in den Nacken kriecht, und gehe hoch zu der großen schwarzen Tür in der Wimpole Street. Es fühlt sich an, als wäre ich das erste Opfer in einem Horrorfilm – dasjenige, das einen Vorgeschmack darauf gewährt, welches wahre Grauen sich noch über der weiblichen Hauptfigur ergehen wird, mit der die Zuschauer tatsächlich mitfühlen. Schaudernd nehme ich mir innerlich vor, wenn ich nach Hause komme, irgendwas mit Reese Witherspoon oder Sandra Bullock in der Hauptrolle zu gucken. Ich muss weg von Netflix' Harlan-Coben-Verfilmungen. Ich hole mein Handy heraus und scrolle durch die letzte E-Mail meines neuen Chefs Dr. Zachary Cove. Wie beschrieben drücke ich auf die Klingel von Dr. Williams.

Die Gegensprechanlage klickt, doch niemand sagt etwas.

»Hallo?«, rufe ich.

Als die Tür entsperrt, fängt mein Herz an zu rasen. Ich versuche, meine innere Sandra Bullock in *Selbst ist die Braut* heraufzubeschwören und meine innere Sandra Bullock in *Das Netz* abzuschütteln.

Es ist doch bloß Nebel.

Der ist nicht bedrohlicher als Regen. Das hat überhaupt nichts zu bedeuten. Bloß womöglich meine bevorstehende Ermordung – kein großes Ding.

Im Hausflur liegt ein abgenutzter Parkettboden, der wahrscheinlich einmal wunderschön ausgesehen hat und das auch wieder könnte, wenn jemand Arbeit hineinstecken würde. Ich trete ein, lasse die Tür hinter mir zufallen und bemühe mich gar nicht erst, das die Treppe zum ersten Stock hinaufhallende Klackern meiner Absätze abzuschwächen. Es ist mein neuer Job, im Wartebereich am Empfang zu sitzen, Anrufe zu beantworten, Termine zu vereinbaren, neue Patienten anzumelden, Diktate abzutippen und weitere organisatorische Aufgaben zu erledigen, die alle so in der Privatpraxis eines Arztes anfallen, der zwei Tage die Woche anwesend ist. Es handelt sich um die erste mehr als den Mindestlohn einbringende Stelle, für die ich ein Vorstellungsgespräch gekriegt habe. Da sich meine Berufserfahrung darauf beschränkt, Shanes Karriere zu managen, bin ich dankbar für überhaupt irgendeinen Job. Meinen akribischen Berechnungen zufolge bringt mir diese Arbeit genug ein, um in nur neunzehn Monaten mein Sparziel zu erreichen – was sie somit zu einer macht, die ich behalten möchte. Ganz egal, was von mir verlangt wird. Vor ein paar Wochen entdeckte ich einen Flyer für eine Teilzeitstelle an einem Laternenpfahl. In fetten Großbuchstaben stand darauf, dass die Bezahlung hervorragend sei, also rief ich an. Wie sich herausstellte, habe ich doch meine Grenzen und bei Drogenhandel ist Schluss. Aber solange die Arbeit legal und gut bezahlt ist, mache ich sie.

Wie es in der E-Mail geheißen hat, befindet sich an der zweiten Tür im Flur im ersten Stock ein durchsichtiges Acrylschild, auf dem in schlichter schwarzer Schrift »Dr. Cove« steht und etwas kleiner darunter in großen Druckbuchstaben »Gastroenterologe«. Ich seufze erleichtert, und meine Schultern sacken herunter, als sich bestätigt, dass ich am richtigen Ort bin.

Ich habe meinen Chef bisher nicht kennengelernt, nur mit ihm telefoniert, aber die Agentur meinte, es sei normal, dass man bei einer zeitlich befristeten Anstellung einfach so ohne ein persönliches Vorstellungsgespräch anfängt. Dr. Cove hat zwar erwähnt, es könne eventuell eine Festanstellung daraus werden, aber ich brauche den Job nicht länger als neunzehn Monate, maximal einundzwanzig, wenn man unvorhergesehene Ausgaben mit einkalkuliert. Wenn ich richtig gerechnet habe – was ich habe, denn seit ich am Montag die Jobzusage bekam, war ich mit nichts anderem beschäftigt –, werden neunzehn Gehaltsschecks reichen, um so viel anzusparen, dass ich mit meinem Leben weitermachen kann. Da ich vor zehn Jahren die furchtbar schlechte Entscheidung traf, die Uni abzubrechen, um in Vollzeit die aufkeimende Rennfahrer-Karriere meines Ex-Freundes zu managen, habe ich keine echten Qualifikationen, und meine Arbeitserfahrung zählt anscheinend nicht weiter. Jemanden zu »managen« bringt viele undefinierbare, schwer zu beschreibende Aufgaben mit sich, was ich jedoch erst gemerkt habe, als ich zum ersten Mal versuchte, einen Lebenslauf zu erstellen. Und obendrein habe ich natürlich keinerlei Referenzen, weil mein ehemaliger Chef auch mein Ex-Freund ist und ich lieber nackt auf einem Werbeaufsteller mitten am Oxford Circus hocken würde, als ihn um irgendetwas zu bitten.

Ich dränge meine Vergangenheit in die hinterste Ecke meines Verstands und öffne die Tür zum Büro. In seiner letzten E-Mail meinte Dr. Cove, er werde gegen zehn da sein und dass ich mich bis dahin schon mal »einrichten« solle.

Der Raum ist hell, was mich überrascht. Vielleicht weil ich im Nebel angekommen bin, habe ich mit einem fensterlosen Raum gerechnet, in dem sich nichts außer einem altmodischen OP-Tisch und einem Tablett mit Skalpellen befinden.

Ich scheine aus meiner Horrorvorstellung in ein unscheinbares Wartezimmer entkommen zu sein. Es befindet sich auf der Vorderseite eines georgianischen Stadthauses und hat drei große Schiebefenster, die zur Straße hinausgehen. Der Raum ist nicht groß. Offensichtlich wurde die Etage in mehrere Arztpraxen aufgeteilt; durch eine eingezogene Zwischenwand in der Mitte dieses Raums macht er mit den acht Stühlen und dem Schreibtisch einen leicht beengten Eindruck. Zwar war ich noch nie in einer Privatpraxis, aber ich hatte erwartet, sie wäre ein bisschen … smarter und eleganter. Ich nehme meine Handtasche ab und stelle sie auf den Schreibtisch, behalte jedoch die Jacke an. Es ist kalt. Ich besehe mir den im viktorianischen Stil gehaltenen Heizkörper unter dem Fenster und entdecke einen Thermostat. Als ich ihn aufdrehe, fängt er an zu gluckern. Ich fasse das als Zeichen auf, dass er zu heizen anfängt. Bei dem Heizkörper hinter meinem Schreibtisch mache ich es genauso.

Wenn man sich im Raum umsieht, ist eindeutig, dass die Einrichtung besser funktionieren würde, wenn man einen Stuhl wegnimmt und meinen Schreibtisch mit Blick zum Fenster stellt. Das werde ich Dr. Cove vorschlagen, wenn er eintrifft.

In der Ecke steht ein kleiner Tisch, auf dem sich Zeitschriften stapeln, daneben eine wuchernde Palme, die aussieht, als würde sie dem Magazin *Country Living* Schatten spenden und – ich blättere den Stapel durch – der australischen *Vogue* von November 2005. Ich glaube, das können wir besser.

Ich setze mich auf meinen Schreibtischstuhl und mache eine 360-Grad-Drehung. Als Shanes Managerin habe ich immer von unserer Küche aus gearbeitet. Ich hatte nie einen richtigen Bürostuhl. Die Schreibtischschubladen sind abgesehen von einer Ein-Pence-Münze und einer Büroklammer leer. Es gibt keinen Computer, nichts. Keinen Schreibblock, keine Stifte oder Haftnotizen. Ich habe zum Glück wie immer einen Notizblock und Stift in meiner Tasche. Nur eins ist noch besser als frisch gebackener Apfelkuchen, und zwar gutes Büromaterial.

Ich stehe auf und gehe zwei Schritte auf die Tür in der Zwischenwand zu. Dahinter muss sich das Behandlungszimmer von Dr. Cove befinden. Es ist abgeschlossen.

Wie soll ich mich denn »einrichten«? Es gibt überhaupt nichts zu tun. Ich schlendere rüber zu den Fenstern, die mal ordentlich geputzt werden könnten. Vielleicht finde ich ja Putzzeug, das zur allgemeinen Verfügung steht.

Ich verlasse das Büro, um mich umzuschauen. Sämtliche anderen Türen auf dieser Etage sind zu, und selbst als ich ein Ohr an die gleich gegenüber der Treppe presse, höre ich nichts. Jemand hat mich hereingelassen. Sicher ist die Person noch im Gebäude.

Ich bin auf der Hälfte des Treppenabsatzes zum nächsten Stock, als jemand ruft: »Hallo?«

»Hi«, antworte ich, dann lugt eine Frau mit schwarzem Haar und äußerst akkuratem Pony über das Geländer. »Ellie Frost?«

Ich lächle. Jemand erwartet mich. »Ja. Ich bin Dr. Coves neue Praxishilfe.«

»Richtig, Dr. Cove.« Sie macht ein Geräusch, als hätte sie den Mund voll Schokolade und ließe sie sich genüsslich auf der Zunge zergehen. »Heute ist sein erster Tag, aber ich habe mich im Internet über ihn schlaugemacht.«

Wieso ist mir das nicht in den Sinn gekommen? Wahrscheinlich, weil ich gegoogelt habe: *Was macht eine Praxishilfe?* Die Stellenausschreibung war da wenig konkret.

»Komm rauf. Hier oben ist die Küche.«

Sie verschwindet, woraufhin ich die Treppe hinauf zu ihr gehe.

Als ich oben ankomme, wird eine winkende Hand aus einem Türrahmen weiter hinten im Flur gestreckt. »Hier drüben.«

Ich gehe auf die Hand zu und finde die Frau in einer winzigen Küche vor, die gerade groß genug für uns beide ist. Sie trägt knallroten Lippenstift, der einen schönen Kontrast zu ihren schwarzen Haaren sowie ihrer schneeweißen Haut bildet und mir niemals stehen würde.

»Ich bin Jen. Du bist Ellie. Ich führe dich mal herum – wobei es nicht viel zu sehen gibt. Erstens: *Hier drin* spielt sich alles ab. Schon klar, es ist wie ein begehbarer Schrank, aber wenn man die Tür zumacht, ist die Küche praktisch schalldicht. Wenn du mal Dampf ablassen musst, komm hierher. Mach das unter gar keinen Umständen auf dem Klo. Da sind immer Patienten. Keine Ahnung, ob die dort auf der Lauer liegen, aber ich bin schon etliche Male dabei ertappt worden, wie ich über Dr. Newman gemeckert habe.« Sie seufzt, als müsste es ihr erlaubt sein, sich wo immer sie will über ihren Chef aufzuregen. Sofort ist sie mir sympathisch. »Das hier ist unser Rückzugsort. Außerdem ist hier meistens eins von uns Mädels anzutreffen, bei dem man seinem Ärger Luft machen kann. Wir stehen unsere Zusammenbrüche sozusagen im Team durch.«

Bei ihr klingt es so, als würden wir für Elon Musk arbeiten oder so. Wie schlimm können diese Ärzte schon sein?

»Ich hoffe, Dr. Cove wird ein angenehmer Chef. Ich habe ihn noch nicht kennengelernt –«

Sie hält mir die ausgestreckte Hand vors Gesicht, sodass ich innehalte. »Er ist Arzt. Also wird er ein schwieriger Chef sein. Das steht fest. Wenigstens ist er nur zweimal die Woche da. Die halten sich alle für Götter, und da du kein Medizinstudium absolviert hast, wird er denken, du besäßest keine zwei miteinander verbundenen Gehirnzellen. Meiner Erfahrung nach sind sie alle gleich.«

»Arbeitest du schon lange hier?«

Sie zuckt mit den Schultern. »Für Dr. Newman seit zwei Jahren. Davor war ich bei Dr. Scalding in der Harley Street.«

»Und das ist Dr. Coves erste Privatpraxis?«, frage ich.

»Ja, er ist ein Neuling. Was bedeutet, er ist jung.« Sie zwinkert mir zu, als hätte sie mich in ein Geheimnis eingeweiht, aber Achtung, Eilmeldung: Hat sie nicht. »Die meisten fangen in seinem Alter an. Sie machen ihren Facharzt und beginnen dann, ein paar Tage die Woche in einer Privatpraxis zu arbeiten.«

»Wegen des Gelds?«, frage ich.

»Ja, hauptsächlich, aber manchen gefällt der intensive Patientenkontakt im Vergleich zum Krankenhaus, wo sie viel mehr Menschen betreuen und weniger Zeit für jeden einzelnen haben. Außerdem gibt es weniger Orga-Kram zu erledigen, schließlich werden wir dafür bezahlt, uns darum zu kümmern.«

»Ich bin erst mal nur befristet hier«, verrate ich. »Hoffentlich kann ich länger bleiben.« Zumindest so lange, bis ich das Geld fürs Cordon Bleu zusammenhabe.

Sie zuckt mit den Schultern. »Diese Ärzte sind so schlecht in allem Organisatorischen, dass sie entweder vergessen, dich zu bezahlen, oder, dir zu kündigen.«

Mir rutscht das Herz in die Hose. Vergessen, mich zu bezahlen? »Kann ich Variante eins auslassen und lieber die zweite haben?«

»Klar.«

Ich werde eine so unfassbar gute Praxishilfe sein müssen, dass er den Gedanken nicht ertragen kann, ohne mich klarkommen zu müssen. Wenn überhaupt, wird er solche Angst haben, mich zu verlieren, dass er mich überbezahlt. Wenn ich Shanes Rennfahrer-Karriere managen konnte, dann schaffe ich es auch, die Termine eines neuen Facharztes zu koordinieren, der nur zwei Tage die Woche Patienten behandelt, und ihn dazu zu bewegen, mich pünktlich zu bezahlen. Alles muss leichter sein, als Shane dazu zu kriegen, etwas zu tun, was er nicht wollte, aber gut für seine Karriere war – zum Beispiel, nicht jede Frau, die ihm über den Weg läuft, »Süße« zu nennen. Außerdem gab es da diesen Twitter-Vorfall, als er ein GIF von @KeinFrauenwahlrecht geretweetet hat.

»Danke für die Vorwarnung. Ich werde zusehen, mich unvergesslich zu machen.«

»Das ist die richtige Einstellung«, sagt sie. »Solange du ihre Launen und schlechten Manieren nicht persönlich nimmst, wirst du super klarkommen.«

Ich lächle. »Danke. Du meintest, du hast dich im Internet über Dr. Cove schlaugemacht. Irgendwas, das ich wissen sollte?«

»Nein, abgesehen vom Offensichtlichen nichts. Keine Skandale. Keine Anzeigen bei der Ärztekammer.« Sie zieht die Tür auf. »Komm, ich zeige dir, wo die Toiletten sind.«

Abgesehen vom Offensichtlichen? Ich hätte ihn wirklich selbst nachschlagen sollen.

»Tatsächlich wollte ich mir eine Rolle Küchenpapier holen und –« Ich schaue nacheinander in die Küchenschränke, bis ich einen Glasreiniger gefunden habe. »Und den hier. Die Fenster sind etwas verdreckt.« Innerlich nehme ich mir vor, später Wasser für Pamela die Palme zu holen.

»Dafür kommt eine Putzfirma.«

»Ach, das geht schon in Ordnung. Ist ja nicht so, als hätte ich viel zu tun. Außerdem muss ich mich unvergesslich machen. Du erinnerst dich?«

Ich folge Jen aus der winzigen Küche den Flur entlang. »Es gibt einen Wasserspender in der Praxis, aber keine Kaffeemaschine, oder? Es ist jetzt keine Riesensache, besonders da Dr. Cove gerade erst anfängt, aber irgendwann muss er eine anschaffen.«

Ich nicke und merke es mir. Vielleicht kriege ich irgendwann ein Budget, über das ich verfügen kann.

»Dr. Newman hat zwei Jahre gebraucht, aber vor ein paar Monaten haben wir eine dieser kleinen Kaffeemaschinen bekommen. Die Patienten lieben sie. Da haben sie eine Beschäftigung, wenn er zeitlich hinterherhinkt.«

»Kommt das oft vor? Oder dass auf Testergebnisse gewartet wird oder …« Ich verstumme, als mir klar wird, dass ich keine Ahnung habe, ob Patienten auf Testergebnisse warten werden. Brauchen Gastroenterologen Blutbilder?

»Ständig. Ach, ich habe Dr. Cove bei *TBTC* angemeldet, dem medizinischen Labor weiter die Straße rauf. Mit dem arbeiten alle zusammen. Wenn seine Patienten ein Blutbild brauchen, schickst du sie dorthin.«

»Danke«, erwidere ich. »Sonst noch was, das ich wissen sollte? Für mich ist eventuell selbst das Offensichtliche gar nicht so offensichtlich.« Ich brenne darauf zu wissen, was sie so *offensichtlich* findet – in Bezug auf den Job genauso wie auf Dr. Cove.

Sie deutet in Richtung der Toiletten, als wir am unteren Ende der Treppe angelangen.

»Ich glaube, das war alles, aber ich bin gleich hier nebenan, falls du irgendwas brauchst.«

Wir bleiben vor der Tür stehen.

»Du weißt nicht zufällig, wo ich einen Computer herbekomme?«

Sie schüttelt den Kopf. »Nein, sorry. Vielleicht schickt dich Dr. Cove los, um einen zu kaufen. Die sind am Anfang alle ziemlich ahnungslos. Aber es gibt eine IT-Support-Nummer, an die sich alle Ärzte hier im Gebäude wenden können.«

Die wird nützlich sein, falls ich jemals einen Computer kriege. Vielleicht ist Dr. Cove einer von der altmodischen Sorte, die alles gern noch handschriftlich erledigen. Gott, ich hoffe nicht.

»Okay, na, ich mache mich mal ans Fensterputzen und melde mich später.«

»Ciao.« Als sie mir einen Handkuss zuwirft, lächle ich, als wäre es ganz normal, wenn das eine nahezu Fremde macht.

Ich kehre zurück in die Praxis und fange an, die Fenster zu putzen. Die Möbel werde ich erst umstellen, wenn ich meinen neuen Chef kennengelernt und herausgefunden habe, was er mag und was nicht. Ich werde mich nicht gleich vom Start weg unbeliebt machen. Aber über saubere Fenster kann sich niemand beschweren.

Ich trage einen knielangen schwarzen Rock, der ein bisschen zu eng ist, aber wenn ich ihn hochziehe, schaffe ich es, mich auf einen der Besucherstühle zu stellen, um an die obere Hälfte der Fenster zu gelangen. Ich bin mir zu achtundsiebzig Prozent sicher, dass keiner der Passanten unten meine Unterwäsche sehen kann – aber hauptsächlich deshalb, weil achtundsiebzig Prozent von ihnen nicht nach oben schauen werden.

Als die Tür zum Wartezimmer mit einem Knall auffliegt, schreie ich auf und falle hin.

Das Nächste, was ich weiß, ist, dass ich die Augen aufmache und zu einem griechischen Gott über mir hochschaue.

»Was machen Sie da?«, fragt er.

Ich starre den perfektesten Mund an, den ich je gesehen habe. Seine Lippen sind voll und von der Farbe reifer Kirschen, und sein Amorbogen hat Spitzen, auf die selbst der Mount Everest neidisch wäre. »Ich glaube, ich brauche eine Mund-zu-Mund-Beatmung.« Die Worte sind schon draußen, ehe mein Hirn sämtliche Informationen zusammenfügen und realisieren kann, dass ich wahrscheinlich mit meinem Chef rede.

»Sie waren bloß eine Sekunde weg. Sie müssen sich aufrecht hinsetzen.«

Ein Prince Charming ist er definitiv nicht, denn er hält mir nicht einmal eine helfende Hand hin. Als ich mich in eine sitzende Position hochdrücke, trifft es mich wie der Schlag. Mein Rock hängt mir praktisch um die Ohren. Na toll. Ich hoffe sehr, das hier ist Dr. Newman, der nach der Topfpalme sehen wollte, und nicht etwa mein neuer Chef, auf den ich Eindruck machen will. Nicht nur, dass ich auf den Kopf gefallen bin, ich habe Dr. Perfect soeben auch noch meinen Slip präsentiert.

»Geht schon«, sage ich.

»Was haben Sie denn da oben gemacht?«

»Die Fenster geputzt. Die waren ein bisschen dreckig.« Ich kneife die Augen zusammen, während ich herauszufinden versuche, welcher Teil meines Kopfs wehtut.

Er runzelt die Stirn. »Machen Sie das nicht noch mal. Es gibt eine Putzfirma, die die meisten Gebäude hier in der Gegend betreut. Lassen Sie sich von Jen die Nummer geben.«

Gern geschehen, unterlasse ich zu sagen.

Als ich mich aufrappele, weicht er zurück, als rechnete er damit, dass ich mich ihm an den Hals werfe. Ich war die letzten zehn Jahre in einer festen Beziehung. Falls ich je so weit sein sollte, wieder mit dem Dating anzufangen, werde ich mich wahrscheinlich tatsächlich vorschnell Männern an den Hals werfen, die ich gerade erst kennengelernt habe – besonders, wenn sie so heiß sind wie dieser hier –, aber heute ist es noch nicht so weit. Diesen Kerl hier will ich beeindrucken. Nicht küssen. Glaube ich.

»Sie sind Dr. Cove?« Wir glauben beide zu wissen, wen wir vor uns haben, aber sich einander förmlich vorzustellen, ist kein ausgeflippter Gedanke. »Ich bin Ellie.«

»Ich habe Ihnen einen Laptop besorgt.« Er nickt in Richtung des in Zellophan verpackten Kartons auf meinem Schreibtisch, während ich versuche, mich darauf zu konzentrieren, was er sagt, statt auf den Bartschatten an seinem seitlichen Kinn. Nach einem Streit mit Shane bin ich mal einen ganzen Nachmittag lang in dem Rabbit Hole versunken, Kieferpartien von Männern zu googeln. Offenbar kommt es bei der Attraktivität von Männern erheblich auf ihre Kieferpartie an. Und ob eine Kieferpartie als attraktiv wahrgenommen wird, hängt von der Länge des Unterkieferasts und des Gonionwinkels ab. Dr. Cove hat den längsten Unterkieferast und den perfektesten Gonionwinkel, den ich je gesehen habe – er ist ein wandelndes Lehrbuch zum Beweis dieser Theorie, denn er ist eine *Augenweide*. So sehr, dass es irgendwie stört, wenn er redet, weil ich eigentlich bloß sein Gesicht anglotzen möchte. »Ich schlage vor, fürs Erste verwenden wir *Google Kalender* für Termine.«

Ich schlucke und wende den Blick ab, als wäre seine Kieferpartie nichts weiter. »Okay.«

Ich möchte ihn fragen, ob ich besser ins Krankenhaus sollte, schließlich war ich vor ungefähr neun Sekunden bewusstlos. Kann ich fest davon ausgehen, dass er als Arzt es sagen würde, wenn Grund zur Sorge bestünde? Wie viel wissen Gastroenterologen über Kopfverletzungen?

»Ach, und gehen Sie nicht weg, ohne mir Bescheid zu sagen. Ich muss Sie einige Stunden im Auge behalten, um sicherzugehen, dass Sie keine Gehirnerschütterung haben.«

Ehe ich Gelegenheit habe, etwas zu erwidern, geht er durch die Tür in der Zwischenwand und macht sie hinter sich zu.

War's das? Kein Umreißen seiner Erwartungen an eine Praxishilfe oder wenigstens ein Überblick, was diese Woche alles ansteht? Ich war so gefesselt von seiner Kieferpartie, dass ich vergessen habe, die grundlegendsten Fragen zu stellen. Ich weiß nicht mal, wann der erste Patient kommt.

Ich straffe die Schultern und ändere meine Einstellung. Ich beschwöre mich, sein gutes Aussehen zu ignorieren, und auch die Tatsache, dass er eben erst meinen Slip gesehen hat, und durchquere entschlossen den Raum, um an die Tür zu klopfen.

»Herein«, ruft er knapp.

Das Sprechzimmer ist noch karger eingerichtet als der Warteraum, es gibt lediglich einen Schreibtisch samt Stühlen vor einem georgianischen Seitenfenster mit Sichtschutz, außerdem eine Untersuchungsliege, ein Waschbecken und einige Schränke. Er hat nicht mal eine Topfpalme.

»Könnten Sie mir sagen, wann Sie Ihren ersten Patienten erwarten?«, frage ich und konzentriere mich dabei auf seine Augen, weil die nicht seine hypnotisierende Kieferpartie sind, doch ich werde kalt erwischt, denn seine Augen sind tiefblau und sein Blick von grüblerischer Intensität. Verflucht, er und sein umwerfendes Aussehen. »Vielleicht könnten wir uns zusammensetzen und ein paar Sachen durchgehen?«

Als ein leiser Aufschrei aus seinem Handy hallt, registriere ich, dass er es in der Hand hält. Ich habe ein Telefongespräch gestört. Ich balle die Fäuste. Ich muss in diesem Job der Hammer sein – meine gesamte Zukunft hängt davon ab – und es fängt nicht gerade gut an.

»Es gibt keine Patiententermine, und ich komme zu gegebener Zeit rüber. Dann können wir etwaige Fragen durchgehen.«

Nickend verlasse ich sein Sprechzimmer.

Ich muss mich sammeln und mir eine Strategie überlegen, wie ich angesichts der Tatsache, dass ich einen umwerfend gut aussehenden Chef mit einer knurrigen Art habe, als eine fähige, proaktive Praxishilfe agiere.

Vielleicht hat er nichts dagegen, sich eine Papiertüte über den Kopf zu ziehen, solange ich mit ihm rede.

2. KAPITEL

ZACH

Irgendetwas stimmt nicht.

Selbst wenn man die Tatsache außer Acht lässt, dass meine einzige Angestellte an ihrem ersten Arbeitstag hingefallen und ohnmächtig geworden ist, ist irgendetwas nicht richtig. Eine Praxis in der Wimpole Street ist etwas ganz anderes als ein Londoner Krankenhaus.

Als mein Handy brummt, hole ich es aus der Hosentasche.

Ich drücke auf Annehmen und lasse mich auf den Stuhl hinter meinem neuen Schreibtisch fallen.

»Wie läuft's?«, fragt Mum.

»Ich bin eben erst reingekommen«, antworte ich.

»Bist du aufgeregt?«

»Ich bin erst seit fünf Minuten hier.« Tatsächlich bin ich nicht aufgeregt. Vielleicht ist es das, was hier nicht stimmt. Ich eröffne eine eigene Praxis, so wie viele andere meiner Kollegen, die kürzlich Fachärzte geworden sind. Dies ist meine Chance, eigenverantwortlich zu arbeiten, dem ganzen Papierkram und den Ränkespielchen eines Krankenhauses zu entkommen. Es ist eine Chance, richtig Geld zu verdienen und ein dauerhaftes Verhältnis zu meinen Patienten aufzubauen, statt sie einmal für fünf Minuten und dann nie wieder zu sehen. Ich hoffe, durch diese Veränderung werde ich mehr Freude an meiner Arbeit haben.

Noch hat sich bei mir allerdings keine freudige Aufregung eingestellt.

»Wie macht sich deine Praxishilfe? Ich fasse es nicht, dass du jemanden eingestellt hast, ohne sie vorab kennengelernt zu haben.«

»Ich habe mit ihr telefoniert, außerdem ist sie sowieso nur temporär hier.« Und sie war kurzfristig verfügbar. Ihr Lebenslauf las sich etwas merkwürdig, aber am Telefon wirkte sie enthusiastisch. Immerhin einer von uns sollte es sein.

Mein Vater brüllt etwas im Hintergrund.

»Okay, John«, sagt meine Mutter. »Dein Dad möchte wissen, wie du Werbung für dich machst. Er hat in irgendeinem Magazin einen Artikel darüber gelesen. Ich glaube nicht, dass du Werbung brauchst. Es spricht sich herum, welche Ärzte gut sind.« Es entsteht eine Pause. »Aber du hast getan, was so üblich ist?«

Sie nimmt an, ich wüsste, was so üblich ist.

»Du hast Leuten von deiner Praxis erzählt«, schiebt sie hinterher. »Den Kollegen im Krankenhaus und Freunden von der Uni. Solchen Leuten.«

Das schon mal nicht, nein.

»Ich bin dabei.« Als ich mich mit meinem Stuhl herumdrehe, bemerke ich das Whiteboard hinter mir. Das könnte nützlich sein. Eine nach der anderen ziehe ich die Schubladen meines Schreibtischs auf. Sie sind leer. Wir sollten Büromaterial besorgen. »Die im Krankenhaus wissen Bescheid. Und außerdem einige Freunde aus dem Medizinstudium.«

»Hast du eine E-Mail-Adresse und eine Website?«, fragt sie.

Ich ziehe die Luft ein. An eine Website habe ich bislang gar nicht gedacht. »Ich werde mich gleich mit meiner Praxishilfe zusammensetzen, wenn wir aufgelegt haben. Sie muss einiges für mich recherchieren.«

»Eine Marke«, ruft mein Vater im Hintergrund. »Er muss sich eine Marke aufbauen.«

»Hör nicht auf ihn«, sagt Mum. »Konzentrier dich einfach darauf, dich dort einzurichten. Die Arbeit kommt von allein. Du brauchst dir keine Sorgen zu machen.«

Ich mache mir keine Sorgen. Das ist ein Teil des Problems. Dad hat nicht unrecht. Ich habe mitbekommen, dass andere Fachärzte bei der Gründung ihrer Privatpraxis Websites und Logos und einen Haufen mit ihrem Schriftzug bedruckter Stressbälle als Give-aways hatten. Die waren alle besser vorbereitet als ich.

»Ja. Es geht schließlich gerade erst los«, sage ich.

»Hast du schon deine Zulassung von den Krankenversicherungen?«

Ich verziehe das Gesicht. Ich weiß immerhin so viel, dass ohne formale Zulassung durch die großen Krankenversicherungen deren Mitglieder keine Termine bei mir machen dürfen. Ohne diese Vertragsarztzulassung habe ich keine Praxis.

»Noch nicht. Du weißt doch, solche Sachen dauern immer.«

In Anbetracht der Tatsache, dass ich noch nicht alle Unterlagen eingereicht habe, die für eine Registrierung bei den Krankenversicherungen erforderlich sind, ist unwahrscheinlich, dass die Vertragsarztzulassung kommt. Das gehört eigentlich ganz oben auf die To-do-Liste, außerdem eine Website. Und Stifte fürs Whiteboard.

Draußen vor meinem Sprechzimmer höre ich Stimmen. Ich erwarte definitiv keine Patienten. Wahrscheinlich hat sich jemand in der Tür geirrt.

»Egal, ich lege mal besser auf«, sage ich. »Ich habe eine Besprechung mit meiner Praxishilfe.«

»Ich bin stolz auf dich, mein Schatz.«

Ich nicke. Das sagt sie ständig, zu all ihren Söhnen. Sie wäre nicht halb so stolz, wenn sie wüsste, wie locker ich diesen Neustart angehe.

Ich stehe auf und gehe zur Tür. Die Stimmen werden lauter.

»Hab dich lieb, Mum. Ich rufe dich später noch mal an, wenn ich kann.« Ich lege auf und öffne die Tür. Ein Clown mit vier Heliumluftballons verlangt, mich zu sehen.

Was an einem Donnerstagvormittag eben so passiert.

»Wie kann ich Ihnen helfen?«, frage ich, womit ich die Tatsache zu übergehen versuche, dass ich mit einem *wortwörtlichen* Clown spreche.

»Sind Sie Zach Cove?« Er spricht in einem breiten Londoner Cockney-Dialekt, und ich denke unwillkürlich, wenn das hier ein Harlan-Coben-Thriller wäre und ich mit Ja antwortete, würde er womöglich eine Waffe ziehen und mich erschießen.

Wird schon schiefgehen. »Ja, ich bin Dr. Cove.«

»Na, endlich«, sagt er entnervt.

»*Congratulations. And celebrations*«, fängt er an, den Cliff-Richard-Hit zu singen, den meine Großmutter bei jeder Gelegenheit zum Besten gegeben hat und den stattdessen inzwischen meine Mutter anstimmt.

Womit habe ich das verdient?

Er hält vier Luftballons. Ich hasse alle meine vier Brüder gerade. Ich schätze mal, das war Beaus Idee, und dass Nathan sie bezahlt hat.

Ich stehe da und lasse den Clownstypen machen, wofür er bezahlt wurde.

Als er fertig ist, sieht er mich an und ich ihn und dann reicht er mir die vier Luftballons – einen für jeden meiner Brüder. Sie sind sternförmig und haben alle unterschiedliche Farben. »Er meinte, Sie wüssten, von wem es kommt.«

Als ich nicke, zuckt er mit den Schultern, ehe er sich umdreht und geht.

»Unsere Besprechung kann losgehen«, sage ich zu Ellie, die an ihrem Schreibtisch sitzt und bloß die Tür anstarrt, durch die der Clown gerade hinaus ist. Da können wir eigentlich auch Vorbereitungen erledigen. Als ich wieder in mein Sprechzimmer gehe, springen die Luftballons quietschend hinter mir auf und ab.

»Nur damit ich vorbereitet bin: Wird so was erneut vorkommen?«, fragt sie, als sie mit Notizblock und Stift in der Hand hereinkommt. Sie ist attraktiver, als ich sie mir vorgestellt hatte. Ihre langen braunen Haare sind zu einem Pferdeschwanz zusammengebunden und an den Seiten hängen einzelne Strähnen heraus. Es sieht hübsch aus. Was komisch ist – nicht, dass ihre Haare komisch wären. Es ist nur schon eine ganze Weile her, dass mir die Haare einer Frau aufgefallen sind.

»Schwer zu sagen.« Ich habe gelernt, nicht davon auszugehen, dass meine Brüder nichts Idiotisches anstellen. Das rächt sich immer. Als ich die Luftballons loslasse, bleiben sie unter der Zimmerdecke hängen.

»Tatsächlich?«, fragt sie.

»Rechnen Sie mit dem Unerwarteten«, sage ich, als wäre ich so was wie ein weiser Jedi-Meister. Ich bin mir ziemlich sicher, dass in diesem Job wenig Unerwartetes passieren wird.

»Okay. Würden Sie bevorzugen, dass ich Businesslook trage?« Sie setzt sich auf den Stuhl vor meinem Schreibtisch. »Oder hatten Sie sich Praxiskleidung vorgestellt? Ich bin da flexibel.«

Ich ignoriere die Regung in meiner Hose bei der Vorstellung, wie sie sich in Hausmädchen-Uniform »flexibel« vor dem Fenster verbiegt.

»Kleiden Sie sich einfach bürotauglich«, erwidere ich. Worum es auch geht, wie mir klar wird, habe ich nicht nur die Vorbereitungen unterlassen, die für dieses neue Kapitel meiner beruflichen Laufbahn erforderlich sind – ich habe noch nicht einmal darüber nachgedacht, was jene Vorbereitungen umfassen. »Vorerst keine Praxiskleidung.« Für die Zukunft würde ich es vielleicht vorziehen, wenn meine Praxishilfe Kasack trägt. Vielleicht auch nicht. Ich kann nicht denken.

»Als Erstes sollten wir Büromaterial bestellen.« Ich nicke mit dem Kinn zum Whiteboard. »Abwischbare Marker wären gut.«

Sie runzelt die Brauen, als merke sie, dass ich eindeutig keinen blassen Schimmer habe, was ich hier mache, schreibt es aber trotzdem auf.

»Außerdem brauche ich Visitenkarten und Briefbögen.« Sonst noch etwas? »Solche Sachen«, füge ich für den Fall hinzu, dass ich etwas Offensichtliches vergessen habe.

»Ja. Was soll denn darauf stehen? Wird Ihre Praxis einen Namen bekommen oder einfach so heißen wie Sie?«

»Einfach wie ich«, sage ich, als wäre ich mir sicher. »Ganz schlichtes Branding.«

»Ich habe festgestellt, dass Sie keine Website haben. Möchten Sie eine erstellt bekommen?«, fragt sie. »Ich könnte mich informieren und vielleicht einige Angebote einholen.«

»Ja. Gut.« Sie ist mir einen Schritt voraus, was beruhigend und verunsichernd zugleich ist.

»Und noch haben keine Patienten Termine bei Ihnen?«

Ich schüttele den Kopf. »Heute ist der erste Tag. Ich brauche die Vertragsarztzulassung von den Krankenversicherungen. Bis dahin werde ich nicht viele Patienten bekommen.«

Sie legt den Kopf schief, wodurch ihr langer Hals zur Geltung kommt. »Hmmm, Sie sind echt attraktiv. Haben Sie schon mal darüber nachgedacht, eine PR-Agentur oder einen Manager zu engagieren? Sie könnten im Fernsehen auftreten. Sie wissen schon, als Ratgeberarzt in einem dieser Frühstücksfernsehenformate.«

Sie ist mit tausend Meilen die Stunde unterwegs, während ich noch nicht mal in den ersten Gang geschaltet habe. »An so was habe ich kein Interesse«, entgegne ich.

Habe ich sie gerade sagen hören, ich sei echt attraktiv?

»Oder kennen Sie irgendwelche Promis?«, will sie wissen. »Ich habe hier und da PR gemacht und kenne ein paar Leute, die ich kontaktieren könnte, damit Sie Berichterstattung kriegen, wenn Sie jemand Berühmtes behandeln.«

»Mal überlegen«, sage ich, ohne den Sarkasmus in meiner Stimme verbergen zu können. »Ich bin mir ziemlich sicher, dass ich in Bezug auf meine Patienten die Schweigepflicht wahren muss – ob sie berühmt sind oder nicht.«

Sie lacht, als wäre ich derjenige, der etwas Blödes gesagt hat. »Ich würde keine Namen preisgeben – nur könnten wir sagen, dass sie ein ›Promi-Arzt‹ sind. So was in der Richtung, Sie wissen schon. Aber wenn Sie gar kein Interesse daran haben, im Rampenlicht zu stehen …«

»Nein, habe ich nicht.«

Sie nickt und klopft mit ihrem Stift auf den Notizblock. »Haben Sie denn schon mit dieser Beantragung der Vertragsarztzulassung angefangen?«, fragt sie. »Ich könnte Ihnen dabei helfen.«

»Ich bin – ich denke, am besten richten Sie den Computer ein. Und wenn Sie sich damit auskennen, können Sie vielleicht für jeden von uns eine E-Mail-Adresse einrichten. Visitenkarten und außerdem seriös aussehendes Briefpapier, ich denke, das wäre ein guter Anfang.« Ich sollte zumindest Bescheid wissen, was diese Vertragsarztzulassung umfasst, bevor ich die Beantragung an jemanden delegiere.

»Kein Problem«, sagt sie. »Damit werde ich den Rest des Tages beschäftigt sein. Und selbstverständlich werde ich Büromaterial bestellen.«

Ich greife nach meiner Brieftasche. »Sie können diese Kreditkarte für Anschaffungen verwenden.«

»Sehr gut«, gibt sie zurück. »Was ist mit medizinischem Verbrauchsmaterial? Brauchen wir … Handschuhe oder sonst etwas?«

»Dafür sorgt das Gebäudemanagement. Sprechen Sie mit Jen. Ich werde jetzt einige Anrufe erledigen.«

Ich muss gar niemanden anrufen. Aber ich könnte mich über die Vertragsarztzulassung informieren. Außerdem möchte ich einige Ideen für den Krimi festhalten, an dem ich schon seit zehn Jahren schreibe. Es ist eine ganze Weile her, dass ich etwas Nennenswertes geschrieben habe. Die letzten paar Monate habe ich nicht mal *versucht* zu schreiben, aber da ich keine Patienten erwarte und eine kompetente Praxishilfe zu haben scheine, habe ich zum ersten Mal seit Langem die Gelegenheit, Ideen durchzuspielen. Ob Stifte für das Whiteboard da sind oder nicht.

3. KAPITEL

ELLIE

Ich streue Mehl auf die Arbeitsfläche und lege den Teig darauf.

»Du brauchst dir echt nicht solche Mühe zu machen«, sagt Cynthia, die mir von ihrem Barhocker aus mit einem Glas Wein in der Hand beim Teigkneten zusieht. »Wir hätten doch was bestellen können.«

Ich verdrehe die Augen. Als ob ich Lieferessen bestellen würde. Nicht wenn ich kochen kann. Käse-Zwiebel-Tarte ist zu einhundert Prozent reinstes Wohlfühlessen und entspannt einen schon bei der Zubereitung, weil sie von der Vorfreude darauf begleitet ist, sich in eine kuschelige Decke eingehüllt zu fühlen, wenn sie fertig ist. Und nicht etwa in irgendeine Decke – eine Decke aus *Käse*.

»Ich möchte mich mit der Küche vertraut machen.« Noch bis vor einem Monat lebte ich mit Shane in einem wunderschönen Haus in Buckinghamshire, das eine mindestens zehnmal so große Küche hatte.

»Ist es viel schwieriger, in einer kleinen Küche zu kochen?«

Bis letzten Monat hatten Cynthia und ich einige Jahre keinen Kontakt. Sie war seit Schulzeiten meine beste Freundin, aber im Lauf meiner Beziehung mit Shane verlor ich alle Menschen in meinem Leben aus den Augen. Selbst meine Beziehung zu meinen Eltern – die sich nie ganz davon erholt hat, dass ich die Uni geschmissen habe – beschränkte sich auf gelegentliche Telefonate. Aber Cynthia zögerte nicht, als ich sie anrief und um Hilfe bei meinem Auszug aus Shanes Haus bat, das ich auch für mein Zuhause gehalten hatte. Wie das Schicksal es so wollte, lief ihr Mietvertrag zur gleichen Zeit aus, als ich eine neue Bleibe brauchte. Jetzt habe ich zum ersten Mal eine Mitbewohnerin. Es ist ein Neuanfang in einer fremden Stadt nach über zehn Jahren mit einem Mann, von dem ich glaubte, ich würde den Rest meines Lebens mit ihm verbringen. Ich bin unbeschreiblich dankbar, dabei eine Freundin an meiner Seite zu wissen.

»Nein«, antworte ich, während ich den Teig mit den Handflächen knete. »Es ist eine gute Übung. Am Cordon Bleu geht es noch enger zu. Man hat ungefähr einen Quadratmeter Platz für seine ganzen Vorbereitungen.«

»Dann ist es eigentlich sogar gut, dass du aus diesem Riesenhaus ausgezogen bist.« Sie schenkt mir das gleiche mitfühlende Lächeln, das ich auch erntete, wenn Leute erfuhren, dass ich Shanes Managerin war.

»Genau.« Ich drücke das eingemehlte Nudelholz auf den Teig und fange an, ihn auszurollen. Ich bemühe mich, das Positive an meiner Trennung von Shane zu sehen. Auf jeden Fall habe ich mehr Zeit zum Kochen. Cynthia ist wieder in meinem Leben. In der Woche, als Cynthia und ich hier einzogen, sind sogar meine Eltern vorbeigekommen. Ich habe nachgerechnet, dass ich sie fast zwei Jahre nicht gesehen hatte. Ich hab klein beigegeben und bin zu Kreuze gekrochen. Nur noch ein Leben lang weiterkriechen, dann fangen sie vielleicht irgendwann an mir zu vergeben, wobei meine Mutter wohl nie aufhören wird zu erwähnen, was für eine Karriere ich hätte hinlegen können, *wenn ich nur* …

Sie braucht mich gar nicht daran zu erinnern. Meine dumme Entscheidung damals mit achtzehn wird mir ein Leben lang nachhängen wie der Geruch von verbrannten Zwiebeln.

»War nur Spaß«, sagt Cynthia.

»Ich meine es total ernst. Es ist nicht so, als ob ich mir das Haus allein hätte leisten können, wenn die Möglichkeit überhaupt bestanden hätte.«

»Und er war nicht bereit, dir irgendeine Art Abfindung zu zahlen, obwohl ihr so lange zusammen wart?«

»Ich habe ihn nicht danach gefragt. Ich besitze ein paar Ersparnisse.« Ich habe nicht absichtlich Geld vor Shane versteckt, aber still und heimlich jeden Monat einen kleinen Anteil unserer Einkünfte beiseitegelegt. Ich dachte, es wäre für uns – für schlechte Zeiten oder für den Ruhestand. Als dann im Zuge der Trennung klar wurde, dass ich meinen Job, mein Haus und jederlei finanzielle Absicherung verlieren würde, erwähnte ich die Ersparnisse mit keinem Wort. Shane hat sich immer geweigert, mir ein Gehalt zu zahlen – er fand, das sei Unsinn, weil wir ohnehin alles miteinander teilten. Was auch stimmte. Bis sich das dann änderte. Das Ersparte wird mir mit den Ausbildungsgebühren für das Cordon Bleu helfen. Dazu neunzehn Monate bei Dr. Cove.

»Aber du hast gleichzeitig auch deinen Job verloren.«

»Seiner Meinung nach hätte ich bleiben können, wenn ich gewollt hätte. Es war meine Entscheidung zu gehen.«

»Nachdem er dich betrogen hat. Wie kann er da erwarten, dass du bleibst?«

Die kurze Antwort lautet: *Weil er ein selbstsüchtiger Depp ist.* Ich war verdammt gut in meinem Job. Jemand Besseres wird er nicht finden, das muss ihm irgendwie bewusst gewesen sein. Aber ich wäre auf gar keinen Fall geblieben, während er seinen Kumpels und Fahrerkollegen sowie den Fahrerfrauen, zu denen sich mit den Jahren Freundschaften entwickelt hatten, seine Neue vorführte. Ich habe auf einen Schlag meinen Partner verloren, mein Zuhause, meinen Job und die meisten meiner sozialen Kontakte.

Ich konzentriere mich auf den Teig – er hat die perfekte Konsistenz und ist gleichmäßig dick. Ich habe eine Weile gebraucht, um den perfekten Teig hinzubekommen. Aber wie so oft brauchte es nur genug Übung.

»Entschuldige«, sagt Cynthia. »Ich bin immer noch stinksauer auf ihn.«

»Ich weiß«, erwidere ich. »Er gehört auch nicht zur Top Ten der Leute, denen ich eine Weihnachtskarte schicken werde. Aber ich versuche, das Positive zu sehen und keine Energie mehr an ihn zu vergeuden. Ich habe eine tolle Mitbewohnerin, die gern Wein trinkt, ich komme jetzt öfter zum Kochen, ich habe sogar einen Job.« Ich ertrage es nicht, lange an Shane zu denken. Es ist noch zu frisch. Zu schmerzhaft. Ich halte die Verbrennung noch unter fließendes kaltes Wasser. Für den Wundverband bin ich noch nicht recht bereit.

»Erzähl mir mehr über deinen Chef. Kann ich ihn im Internet nachschlagen? Wie heißt er mit vollem Namen?« Ich nenne ihn ihr, und als sie seinen Namen googelt, kreischt sie auf. »Er sieht umwerfend aus. Ist er Single?«

»Keine Ahnung.« Ich hole meine Tarteform aus dem Schrank. Aus meiner Beziehung mit Shane habe ich nicht viel mitgenommen. Ich hatte keine Bleibe, keine Möbel. Als ich mit ihm darüber sprach, ob ich eines der Autos mitnehme, ist er ausgerastet und meinte, die seien von seinem Geld gekauft worden. Also erwähnte ich die Küchenausstattung mit keinem Wort. Er war an dem Wochenende verreist, als ich auszog, und ich packte jedes einzelne Küchenutensil ein. Ich ließ ihm ein Messer, eine Gabel, einen Löffel und einen Teller. Den Rest – jedes Glas, jeden Schneebesen, jede Kuchenform – nahm ich mit.

»Hat Dr. Umwerfend eine Frau oder Freundin erwähnt? Hatte er ein Foto auf dem Schreibtisch stehen oder einen Ring am Finger?«

Okay, gut, ich habe seinen Ringfinger abgecheckt. Ich schätze, das war mein Fortpflanzungsinstinkt oder so. Shane und ich sind so lange zusammen gewesen, dass es eine Weile her ist, seit ich gut aussehende fremde Männer überhaupt wahrgenommen habe – aber dass der Radar bei Zach Cove nicht anschlägt, ist selbst bei meiner Gleichgültigkeit rein biologisch unmöglich. »Ich habe mich auf meine Arbeit konzentriert. Du weißt doch, dass ich Eindruck bei dem Typen schinden muss. Ich brauche den Job noch neunzehn Monate lang.«

Mit einem ablehnenden »Pah« sinkt sie auf ihrem Hocker nach hinten. »Du bist doch total durchorganisiert. Du bist es gewohnt, Probleme zu lösen. Wenn Dr. Umwerfend einen Wutanfall kriegt wie ein ungeduldiges, verwöhntes Kleinkind, redest du ihm gut zu. Noch dazu bist du der netteste Mensch, den ich kenne. Du wirst den Job megagut machen.«

»Erstens mal bist du Anwältin. Der netteste Mensch zu sein, den du kennst, ist nicht gerade ein hoher Maßstab.« Cynthias und meine Mutter sind befreundet. Cynthia wird immer als leuchtendes Beispiel genommen, was aus mir hätte werden, was ich hätte erreichen können, wenn ich bloß weiterstudiert hätte.

»Das stimmt«, sagt sie.

»Und zweitens führe ich keine Beziehung mit Dr. Cove, ich denke also eher nicht, dass ich ihn von der Seite kennenlernen werde, die eventuell etwas verwöhnt sein könnte.« Er kam mir nicht verwöhnt vor. Eher … launisch und kurz angebunden. Vielleicht ist er aber auch einfach kein großer Menschenfreund.

»Ich würde Dr. Umwerfend gern von *jeder* Seite und aus *jedem* Blickwinkel kennenlernen.«

Mit lüsterner Begeisterung guckt sich Cynthia weiter Fotos von meinem neuen Chef an, während ich die Tarte fertigmache und in den Ofen schiebe.

»Vielleicht habt ihr eine heiße Büroaffäre und er lässt dich sich über die Untersuchungsliege beugen oder stellt bei dir Sachen mit seinem Stethoskop an.«

»Ich sagte, ich will ihn beeindrucken, nicht verschrecken. Ich hab meine Bikinizone seit meiner Trennung von Shane nicht mehr waxen lassen.« Von meinen Enthaarungsgewohnheiten einmal abgesehen, werde ich auf gar keinen Fall mit Dr. Cove rummachen. Ich kann meinen Job nicht aufs Spiel setzen, bevor ich genug für das Cordon Bleu angespart habe.

»Solange die Tarte im Ofen backt, werde ich ein bisschen Recherche betreiben.« Ich habe meinen Arbeitslaptop mit nach Hause genommen, weil ich mich über die Beantragung der Vertragsarztzulassung informieren will, die Dr. Cove erwähnt hat. Aus irgendeinem Grund schien er nicht sonderlich erpicht darauf, die Registrierung auf den Weg zu bringen, dabei wird er vorher keine Patienten bekommen. Das Letzte, was ich gebrauchen kann, ist, dass er sich doch gegen eine Privatpraxis entscheidet und wieder zu einer Vollzeitstelle im Allgemeinkrankenhaus zurückkehrt. Ich muss ihm helfen, dafür zu sorgen, dass Patienten zur Tür hereinspaziert kommen, damit ich meinen Job behalte.

»Versprich mir etwas«, sagt Cynthia.

Ich knote meine Schürze auf. »Was denn?«

»Verlier dich nicht in diesem Job, wie du es bei Shane getan hast.«

Ich ziehe die Stirn kraus. »Das hier ist was ganz anderes. Shane und ich waren ein Paar.«

»Aber du hast alles für ihn aufgegeben, und ich habe die Sorge, dass du eben so gestrickt bist. Du hast einen ganz neuen

Job, wieso musst du dich an einem Donnerstagabend um halb neun hinsetzen und arbeiten? Du hast dich schon mal für einen Mann aufgeopfert, der dich nicht verdient hatte. Mach den gleichen Fehler nicht noch einmal.«

»Die Arbeit für Dr. Cove ist nur Mittel zum Zweck. Wenn ich den Job behalte, bedeutet das, ich kann umso früher das Grand Diplôme anfangen. Ich tue nichts für ihn, was mir nichts bringt.« Ich habe es wieder und wieder durchgerechnet. Dieser Job ist der schnellste Weg, um ans Cordon Bleu zu kommen. Neunzehn Monate sind durchaus aushaltbar, selbst wenn Dr. Cove der reinste Albtraum sein sollte. In einem Mindestlohn-Job würde es dreißig Monate dauern – vielleicht sogar noch länger, je nachdem, wie hoch die Miete und die Rechnungen zwischenzeitlich sind. Nein, ich muss zusehen, dass es mit dem Job bei Dr. Cove funktioniert. Unbedingt.

Ich habe meine Lektion gelernt. Ich dachte, Shane und ich wären unzertrennlich, aber hier stehe ich nun, nach unserer Beziehung, zehn Jahre älter, ohne einen richtigen Beruf und mit wenig aus den vergangenen zehn Jahren vorzuweisen außer je der Menge Küchenutensilien.

Aber vielleicht brauche ich gar nicht mehr.

4. KAPITEL

ELLIE

Ich packe eine Plastikdose mit den Kirsch-Mandel-Ecken aus, die ich gestern Abend gebacken habe. Seit Shane und ich uns getrennt haben, schlafe ich immer noch schlecht – wodurch ich jede Menge Zeit habe, süßes Gebäck zuzubereiten. Ich weiß nicht genau, ob mich die Treulosigkeit meines Ex nachts wach hält oder das Gegrübel über alles, was ich aufgegeben habe. Wie Shane hilfreicherweise in unserem letzten Gespräch klargestellt hat, hat er nie von mir verlangt, dass ich ihn und seine Karriere zu meinem Lebensinhalt mache. Jedenfalls nicht direkt. Ich habe ihm alle diese Opfer auf dem Präsentierteller angeboten. Samt Garnitur.

Ich hebe das Backwerk an meine Nase, atme ein und lasse den Duft alle schlechten Gedanken neutralisieren, die sich in meinem Kopf nach vorn gedrängt haben. Ich muss mich auf die Zukunft fokussieren.

Ich habe es als gutes Zeichen aufgefasst, dass Dr. Cove schon in seinem Sprechzimmer war, als ich heute Morgen um acht ankam. Ich nahm an, er rechnete wohl mit einem arbeitsreichen Tag. Ich war begeistert, schließlich habe ich mich den Großteil der Woche zu Tode gelangweilt. Abgesehen von der Recherche und ersten Registrierungsschritten für die Vertragsarztzulassung – wofür mir Dr. Cove vielleicht dankbar sein wird, vielleicht aber auch nicht –, habe ich nichts weiter gemacht, als Kochrezepte rauszusuchen und noch mal die Fenster zu putzen. Die Putzfirma, die das Gebäude betreut, war schwer zu erreichen und ich wollte alles so perfekt wie möglich haben.

Ich brauche noch achtzehneinhalb Monate Lohn, bis es mir egal sein kann.

Aber in den zweieinhalb Stunden seit meiner Ankunft haben meine Entschlossenheit und meine Begeisterung nachgelassen. Dr. Cove ist nicht ein Mal aus seinem Sprechzimmer gekommen. So langsam weiß ich nicht mehr, was ich machen soll.

Gemurmel hinter der Wand lässt mich wie erstarrt innehalten, um zu verstehen, was er sagt. Telefoniert er? Vielleicht mit einem Patienten, der seine Handynummer hat? Unwahrscheinlich, aber die Hoffnung stirbt zuletzt. Als sich die Stille ausdehnt, gebe ich auf. Wenn er in zwanzig Minuten nicht herausgekommen ist, werde ich zu ihm gehen.

Ich schiebe mir eine Kirsch-Mandel-Ecke in den Mund und schließe die Augen, während ich genieße, wie sie auf meiner Zunge zergeht. Das ist der perfekte Zehn-Uhr-dreißig-Snack.

»Schlafen Sie?«, fragt eine Stimme.

Als ich die Augen aufmache, möchte ich am liebsten auf der Stelle sterben. *Klar*, dass er ausgerechnet in den einzigen zehn Sekunden puren Glücks meines bisherigen Tags beschließt, aus seinem Sprechzimmer herauszukommen.

»Dr. Cove!« Ich springe auf. »Nein! Ich habe bloß etwas genascht.« Ich greife nach dem Plastikbehälter mit Gebäck und schiebe ihn nach vorn, als wäre eine Dose voller Kirsch-Mandel-Ecken selbsterklärend. »Man kann unmöglich eine davon essen, ohne dabei die Augen zu schließen. Es ist, als würden die Geschmacksknospen dermaßen überfrachtet, dass alle anderen Sinnesempfindungen ausgeblendet werden müssen. Keine Ahnung, ob das einen medizinischen Zusammenhang hat oder rein intuitiv passiert, aber es stimmt jedenfalls.«

Er sieht mich an, als wäre ich eine vor mich hin stammelnde Idiotin, was eventuell stimmen könnte.

»Probieren Sie ein Stück«, dränge ich ihn. »Sie werden schon sehen.«

Er verzieht das Gesicht. Fairerweise muss man sagen, dass sein Körper anbetungswürdig aussieht. Bestimmt ist er genau wie Shane so einer, der weder Industriezucker noch Milchprodukte, Weizen, rotes Fleisch oder Alkohol zu sich nimmt und als Snack zwischendurch Brokkoli nascht. Wahrscheinlich findet er dreißig Minuten Rudern jeden Morgen ideal zum Wachwerden.

»Ehrlich, näher werden Sie Gott heute nicht kommen. Versprochen.« Als mir wieder einfällt, dass Jen meinte, alle Ärzte hielten sich für Götter, zucke ich innerlich zusammen. Ich hoffe, er fasst das nicht als Beleidigung auf.

»Was ist das?«, fragt er.

»Kirsch-Mandel-Ecken. Selbst Sie naschen doch bestimmt ab und zu mal?«

Er runzelt die Stirn, greift aber zu und steckt sich ein Gebäckstück in den Mund. Regungslos starre ich ihn an und versuche, seine Reaktion einzuschätzen.

Er nickt. »Schmeckt gut. Haben Sie die gemacht?«

»Gestern Abend«, antworte ich. »Finden Sie, es muss mehr Mandel rein?« Sobald die Worte meinen Mund verlassen haben, bereue ich sie auch schon. Er will mit mir nicht mein Backwerk besprechen. Ich bin hier, um ihn zu unterstützen, nicht umgekehrt. »Vergessen Sie's«, sage ich. »Aber wenn Sie kurz fünf Minuten Zeit hätten, würde ich gern ein paar Sachen mit Ihnen durchgehen.« Dank meiner feierabendlichen

Recherche habe ich herausgefunden, welche die größten Krankenversicherungen sind und in deren jeweiligen Anmeldeformularen für die Vertragsarztzulassung alles ausgefüllt, was ich wusste. Die meisten stehen online und sind ziemlich simpel, aber ich kann die Formulare ja nicht einfach ohne Dr. Coves Zustimmung abschicken. Es muss einen Grund geben, warum er das Ganze hinauszögert. Oder vielleicht hat er alles schon erledigt und meine Bemühungen waren völlig überflüssig.

»Sicher doch«, sagt er. »Kommen Sie mit rüber.«

Ich hatte nicht damit gerechnet, dass er einfach Ja sagt. Im letzten Jahr unserer Beziehung vermied Shane alles, was irgendwie einer Besprechung nahekam. Rückblickend betrachtet hat er jegliche Momente mit mir allein vermieden – ob beruflich oder privat. Wie er sagte, hätte ich die Anzeichen erkennen müssen.

Ich nehme meinen Laptop mit, als ich Dr. Cove in sein Sprechzimmer folge. Er hat seinen Schreibtisch ein Stück nach vorn gerückt, damit er mehr Platz dahinter hat. Das ist sinnvoll. Er ist sehr groß. Und durch einen Hauch von teurem Duschgel in der Luft riecht es hier drin weniger nach »ungenutztem Büro«.

Ich schließe die Tür, während er sich hinsetzt, aber er ist in Gedanken ganz woanders. Und das nicht meinetwegen.

Ich nehme ihm gegenüber Platz und warte ab. Er denkt eindeutig über etwas nach. Seine Brauen wandern hoch und runter. Sein perfekter Amorbogen bebt und zuckt. Es ist, als führe er eine stumme Unterhaltung.

»Alles okay, Dr. Cove?«, frage ich.

Er räuspert sich und sieht mir geradewegs in die Augen. »Nennen Sie mich Zach. Was brauchen Sie?«

Der plötzliche Tempowechsel lässt mich nach Luft schnappen, aber ich werde mir diese Gelegenheit nicht entgehen lassen. »Ich habe überlegt, ob ich die Möbel im Wartezimmer wohl ein wenig umstellen könnte. Ich glaube, wenn ich meinen Schreibtisch an die Seite gegenüber vom Fenster rücke, ist mehr Platz.«

Er zuckt mit den Schultern. Ich werde das mal als Zustimmung auffassen.

»Und vorhin ist mir aufgefallen, dass Sie Ihren Terminkalender an den Tagen, an denen Sie hier in der Wimpole Street sind, immer zwischen acht und zehn Uhr geblockt haben. Gibt es irgendetwas, womit ich jeden Donnerstag und Freitag helfen kann?«

Als er den Kopf zur Seite wendet und zur Tür schaut, nutze ich die Chance, seine Wimpern zu betrachten. Ich frage mich, ob er ein Serum benutzt. »Nein, Sie brauchen nichts zu tun. Das ist nur so lange, bis ich mehr zu tun habe.«

»Dann werden Sie also später kommen?«

Er steht auf. »Nein. Ich werde hier sein. Aber bitte vereinbaren Sie keine Patiententermine vor zehn Uhr.«

»Okay«, sage ich. Vielleicht möchte er in dieser Zeit Papierkram erledigen. Als würde ich mich gleich vor ihn werfen, um zu verhindern, dass er sein eigenes Sprechzimmer verlässt, stehe ich ebenfalls auf. »Bevor Sie gehen, ich habe mich über die Vertragsarztzulassung informiert und die Anträge für die fünf größten Krankenversicherungen schon teils ausgefüllt. Möchten Sie sie durchgehen, damit wir sie abschicken können? Dann sollte es hier auch bald betriebsamer werden.«

Ich brauche bloß achtzehneinhalb Monate Betriebsamkeit, danach können Sie hinter Ihrem Schreibtisch hocken bleiben und weiter ... tun, was auch immer Ihnen passt.

Ich warte, dass er erstaunt ausruft, ich sei die beste Praxishilfe, die es je gab. Stattdessen schiebt er die Hände in die Hosentaschen. »Was muss ich mir ansehen?«

Ich bin vorbereitet und habe alle entsprechenden Tabs auf dem Laptop offen. Ich stelle das Gerät auf seinen Schreibtisch und drehe es um, damit er daraufschauen kann. »Die meisten Infos habe ich von der Ärztekammer, also der Website des *General Medical Council*.« Das Stichwort für sein Lob an mich, wie proaktiv ich bin … aber nein, stattdessen herrscht hier eine Atmosphäre, als rollten Steppenläufer an seinem Schreibtisch vorbei.

Immerhin, die mangelnde Wertschätzung ist eine Konstante in diesem so krass anderen Leben als meinem früheren.

Ich gehe mit ihm die Seiten für die Registrierung bei dem Gesundheitsunternehmen Bupa durch, er bestätigt alles, und als ich ihn frage, ob ich die Anmeldung abschicken kann, seufzt er, als hätte ich ihn überredet, eine Katze zu adoptieren, die er eigentlich nicht will. Ich klicke auf Übermitteln. »Ich nehme an, es wird ein paar Wochen dauern, bis die Zulassung durch ist«, vermute ich.

»Stimmt«, erwidert er, als hätte ich ihm gerade gute Neuigkeiten verkündet und ihm nicht etwa gesagt, dass es in seiner Praxis noch eine Weile länger ruhig bleiben wird. Ehrlich mal, er hätte diese Zulassungsanträge weit im Voraus stellen sollen, bevor er eine Praxishilfe eingestellt und Räume angemietet hat.

»Okay, bei Cigna läuft es ganz ähnlich.«

Er sieht auf seine Uhr, als hätte er eigentlich Besseres zu tun. Ich erschaudere, als wäre ich einem Geist begegnet. Shane hatte stets etwas Besseres zu tun, als bei mir zu sein.

Ich schüttele das Gefühl ab und konzentriere mich auf Zachs lange Finger, als er den Zeigefinger an meinem Laptop-Bildschirm hinunterwandern lässt.

Binnen weniger Minuten haben wir einen weiteren Antrag abgeschickt.

»Den Rest können wir später erledigen«, sagt er und verlässt seinen Schreibtisch, als würde es immer noch um meine Kirsch-Mandel-Ecken und nicht etwa um seine berufliche Zukunft gehen. Ich mag von seinem guten Aussehen abgelenkt sein, aber ich könnte schwören, mir entgeht hier etwas.

Diese Formulare auszufüllen ist ihm eindeutig nicht wichtig. Ich dachte, er würde hocherfreut sein und ich hätte mir damit schon den Titel Praxishilfe des Jahres verdient. Um Eindruck auf ihn zu machen, werde ich andere Wege versuchen müssen. Er stiehlt sich zur Tür. Ich glaube, er hat vergessen, dass das hier sein Sprechzimmer ist.

»Soll ich Ihnen einen Kaffee holen?«, frage ich. »Ich kann gern bei Ihrem Lieblingscafé vorbeigehen, wenn Sie möchten.«

Er schüttelt den Kopf. »Ich brauche nichts.« Er drückt die Türklinke, doch sie klemmt.

Als er mich ansieht, lächle ich.

Er wendet sich wieder zur Tür und versucht es erneut, diesmal mit mehr Kraft.

»Habe ich sie versehentlich abgesperrt?«, frage ich.

»Es gibt kein Türschloss.«

Ich trete vor. »Doch, gibt es. An meinem ersten Arbeitstag war hier abgeschlossen.«

Er macht mir Platz, indem er einen Schritt zurücktritt, und verschränkt die Arme. »Also, sofern es kein unsichtbares Schloss ist oder nur ein ganz klitzekleines, das nur *winzige* Menschen sehen können, ist da keins.«

Mein Herz fängt an, gegen meine Rippen zu wummern, als wollte es aus seinem Gefängnis ausbrechen. Dasselbe Gefühl bekam ich auch immer, wenn Shane ein Rennen verlor. Ich wusste, er würde mir die Schuld daran geben, weil ich irgendetwas getan oder zu tun unterlassen hatte, und ich versuchte mich für seinen Zorn zu wappnen, indem ich überlegte, was ich verbrochen haben könnte.

»Es muss doch eins geben.« Kein Türschloss? Ich hätte schwören können, dass an meinem ersten Morgen hier abgeschlossen war. Aber er hat recht, es handelt sich bloß um eine Türklinke aus gebürstetem Metall. Meine Oma hatte in ihrem Haus genau die gleichen. Ich drücke die Klinke und ziehe.

Ich drehe ihm den Kopf zu. »Sie klemmt.«

Er zieht die Augenbrauen hoch, als wollte er sagen: *Schön, dass Sie auch schon darauf gekommen sind.*

Ich wende mich wieder der Tür zu und versuche es erneut. Was mache ich denn? Zach ist fast einen Kopf größer als ich und wiegt wahrscheinlich fünfundzwanzig Kilo mehr. Wenn er sie nicht aufbekommt, wie soll ich das schaffen?

»Versuchen Sie es noch mal«, sage ich.

»Ich hab's schon versucht«, erwidert er.

Ich sehe ihm in die Augen. »Versuchen Sie es. Vielleicht habe ich die Tür für Sie gelockert.«

Er lacht leise, fängt zu meiner Überraschung jedoch nicht zu diskutieren an. Er geht einfach trotzdem zur Tür. Daran, wie er sich mit der anderen Hand am Türrahmen abstützt und die Sehnen an seinem Hals hervortreten, erkenne ich, dass er alles gibt.

Wir sind eingesperrt.

»Ich rufe Jen an«, beschließe ich.

Während er seufzt, ziehe ich mein Handy aus der Hosentasche.

»Machen Sie mal mit Ihrer Arbeit weiter, ich kümmere mich darum«, sage ich. Das Pochen in meiner Brust wird schlimmer. Ich hatte keine Panikattacke mehr, seit … seit Shane und ich uns getrennt haben, aber ich spüre, dass sich eine ankündigt.

Zach setzt sich wieder an seinen Schreibtisch und ich rufe Jen an. Sie ist jedoch auf dem Weg ins medizinische Labor und muss danach noch Mittagessen für Dr. Newman holen. Ich setze schnell eine E-Mail an den Notfall-Hausmeisterdienst des Gebäudes ab und erhalte die übliche automatische »*Wir melden uns*«-Antwort.

Es bleibt nichts außer Warten.

»Hilfe ist unterwegs«, vermelde ich und setze mich hin. Und zwar seitlich, mit Blick zur Tür und nicht zum Schreibtisch. Es wäre seltsam, dazusitzen und ihn anzuglotzen. Dazusitzen und die Tür anzuglotzen ist wiederum nicht seltsam – nein, gar nicht.

Als ich mich im Raum umsehe, bemerke ich, dass Dr. Cove – beziehungsweise Zach – das Whiteboard genutzt hat. Das meiste hat er wieder weggewischt, aber ich kann noch einige Buchstaben erkennen. Das steht ein großes B und ein »zweit«.

Ich kneife die Augen zusammen und beuge mich vor. Steht darunter das Wort *Frau*?

Er bemerkt natürlich, wie ich gucke, und dreht den Kopf, um meinem Blick zu folgen. Ruckartig springt er auf und schnappt sich den Tafelschwamm. »Bloß Notizen für eine Forschungsarbeit«, erklärt er.

Okay, somit sind es eindeutig *keine* Notizen für eine Forschungsarbeit. Er ist kein guter Lügner. Warum tut er so geheimniskrämerisch? Hat er eine Bestenliste seiner aktuellen Bettgespielinnen erstellt?

Lächelnd nicke ich ihm zu.

Als er sich wieder an seinen Computer setzt, starre ich hinunter auf mein Handy und beschwöre innerlich, Jen möge sich so schnell wie möglich wieder hierhermachen oder der Hausmeisterdienst lieber gestern als morgen auf der Bildfläche erscheinen.

Aus den Augenwinkeln kann ich Zach sehen. Er schielt auf

den Bildschirm. Dann macht er einen Schmollmund. Und lächelt aufgesetzt.

Was zum Kuckuck …?

Er sieht mich an. »Forschungsarbeit?«, biete ich an.

»Für einen Freund«, erklärt er alles andere als überzeugend. »Er ist Psycho. Psychologe. Er hat einen Fragebogen rumgeschickt, den ich gerade ausfülle. Ihm zum Gefallen. Bloß … er hat mir den falschen geschickt. Er hat mir die an Frauen gerichtete Version geschickt.«

»Oh«, sage ich, als würde alles Sinn ergeben. Dabei ergibt gar nichts Sinn, allerdings weiß ich auch nicht, ob es das muss. Er erklärt sich zu sehr.

»Ja, es geht um die Interaktion zwischen Männern und Frauen im Arbeitsumfeld«, fährt er fort.

Ich schaue auf mein Handy, um zu sehen, ob sich einer meiner Rettungsposten gemeldet hat. Nein, kein Glück.

»Es wird gefragt, woran eine Frau erkennt, dass ein Arbeitskollege privat an ihr interessiert ist. Ich habe versucht, mich in eine Frau hineinzuversetzen und …«, er verstummt.

»Sie wollen wissen, woran ich erkennen würde, dass ein Arbeitskollege Interesse an mir hat?« Nichts von dem, was er sagt, ist schlüssig. Wenn ich niedergeschrieben lesen würde, was er mich gerade gefragt hat, würde ich denken, es wäre ein ungeschickter Versuch, mich anzumachen – was gleichzeitig megaschmeichelhaft und extrem unangenehm wäre, weil er mein Chef ist und ich immer noch … ich immer noch in der *Nach-Shane-Phase* bin. Aber nie im Leben versucht er derart plump, bei einer Frau zu landen. Er sieht komplett filmstarmäßig gut aus. Jemand so Attraktives besitzt doch mit Sicherheit eine gewisse … Checkermäßigkeit?

Seine Augen weiten sich. »Nein!« Er klingt entsetzt. »Ich frage nur rein theoretisch – für die Forschungsarbeit meines

Freundes«, stellt er klar und vor Scham färben sich seine Wangen rosa. Es ist voll süß. »Er will wissen, woher eine Frau wüsste, dass – ach, schon gut.«

Seine Reaktion macht klar, dass es keine Anmache von ihm ist. Da Zach mich zum ersten Mal um Rat fragt, möchte ich hilfreich sein. Wenn es das ist, was in einer solchen Situation eine gute Praxishilfe ausmacht, dann will ich mich bewähren.

»Lassen Sie mich überlegen«, sage ich. So was dürfte für mich leicht zu beantworten sein – ich habe zehn Jahre lang mit meinem Freund zusammengearbeitet. Da bin ich doch eindeutig Expertin für solche Situationen. In der Anfangszeit haben Shane und ich tagsüber miteinander rumgemacht, aber das war Jahre, bevor ich wegging. Meistens hat sich eher die Arbeit in unser Privatleben erstreckt als umgekehrt. Doch davon will Zach nichts hören. »Ich schätze, der Mann wäre sehr aufmerksam. Er würde oft Rat bei der Frau suchen – Sie wissen schon, als Vorwand, um Zeit mit ihr zu verbringen.«

»Und weil sie ein Ass in ihrem Job ist – auch deshalb findet er sie so anziehend, stimmt's?«, fragt er. »Sie ist brillant.«

Als er mir in die Augen schaut, gerät mein Herz in meiner Brust ins Stolpern. Er sieht mich mit solcher Leidenschaft und Inbrunst an – so habe ich ihn bisher noch nicht erlebt. Es hat ihn von *umwerfend* zu *verflucht sexy* katapultiert.

Zach nickt und tippt los, als notiere er sich, was ich gesagt habe.

Ich blicke wieder hinunter auf mein Handy, während ich im Stillen hoffe, dass er meine Gedanken nicht lesen kann. »Außerdem würde er sie wohl öfter anlächeln als … jeder normale Kollege«, schlage ich vor. Ich bin furchtbar schlecht hierin.

Woher soll ich wissen, wie ein verliebter Kerl aussieht? Wenn ich zurückdenke, ist es Jahre her, seit ich irgendetwas in der Richtung bei Shane wahrgenommen habe. Ich merkte einfach nicht, wie sich unsere Beziehung allmählich auflöste, während die Tage, Wochen und Monate ineinander verschwammen. Wenn ich mich in den Anfangsjahren zu fragen anfing, ob ich glücklich war, wurde ich jedes Mal durch einen von Shanes sagenhaften Wutausbrüchen abgelenkt. Zusammen mit der Tatsache, dass ich meinen Eltern unbedingt beweisen wollte, alles laufe super und Shane sei nicht der Mann, für den sie ihn hielten, bewirkte dies, dass ich nur darauf bedacht war, die Wogen zu glätten. Ich vergaß mich zu fragen, ob ich das vermisste, was auf der Strecke geblieben war. Am Ende war ich dermaßen darauf fixiert, ihn weiterhin glücklich zu machen, dass ich ganz vergaß, dass auch ich glücklich sein sollte.

Zach unterbricht sein Getippe, hält den Blick aber weiter auf den Bildschirm gerichtet. Ich bin dankbar dafür. Eine weitere komplizierte Arbeitsbeziehung kann ich nicht gebrauchen. Ich habe einen Plan und darf mich nicht ablenken lassen. »Aber wenn er keiner ist, der oft lächelt – wissen Sie, wenn Lächeln nicht in seinem Naturell läge –, was könnte dann noch darauf hindeuten, dass er verliebt ist?«

Bevor ich nachfragen kann, an was für einer Art Forschungsprojekt sein »Freund« da arbeitet, donnert etwas vom Wartezimmer her gegen die Tür, sodass die ganze Wand wackelt.

»Jen?«, rufe ich.

»Ich hol dich da ruckzuck raus«, brüllt sie, als wären wir zehn Meter unter der Erde.

Ich blicke wieder zu Zach, der davon gar keine Notiz nimmt. Er ist viel zu sehr damit beschäftigt, seinem »Freund« zu antworten.

5. KAPITEL

ZACH

Nach einem ganzen Tag hinterm Schreibtisch in der Wimpole Street bin ich losspaziert, weil ich dachte, eine Runde durch den Regent's Park wäre eine gute Gelegenheit, mir zu überlegen, wie genau ich den Lesenden meine Hauptfigur vorstellen möchte. Ich weiß, dass Benjamin Butler, der Leiter des Wachdiensts eines Krankenhauses, ehemaliger Profifußballer ist, großer Schachfan und ein überdurchschnittlich intelligenter Mann. Außerdem weiß ich, dass er seine Ex-Frau noch liebt und gern die örtliche Fußballmannschaft trainiert. Ich weiß bloß nicht, wie ich ihn den Lesern vorstellen soll – genauer gesagt habe ich drei Einstiegsszenen geschrieben und kann mich nicht entscheiden, welche am besten funktioniert.

Meine Gedanken sollten sich nicht um Benjamin Butler drehen, wenn ich doch eigentlich gerade versuche, eine Praxis aufzubauen. Es ist nur so, dass ich zum ersten Mal seit Langem einen nennenswerten Teil meiner Zeit außerhalb des Krankenhauses verbringe, während ich gleichzeitig auch gerade Ruhe vor meiner Familie habe, die mich sonst mit diversen Frauen zu verkuppeln versucht. Zwei Tage die Woche nicht im Krankenhaus zu sein, erschöpft von der Arbeit oder genervt von meinen Brüdern, bringt frischen Wind, und der ist angefüllt mit Ideen. Nicht etwa für meine Arztpraxis, sondern Ideen für Romane, die ich schreiben möchte.

Benjamin Butler ist die Hauptfigur in einem Wohlfühlkrimi, der in einem Londoner Krankenhaus spielt – eine Idee, mit der ich schon seit Jahren spiele. Die letzten Wochen haben ihm neues Leben eingehaucht, was sich anfühlt, als wäre ein alter Freund vorbeigekommen. Ich hatte auch die Idee zu einer Serie über eine Grundschullehrerin, die nach Feierabend und am Wochenende Diebesgut aufspürt und Leuten Gegenstände wiederbringt, die aus unterschiedlichsten Gründen einen emotionalen Wert für sie haben. Mir kam sogar die Idee zu einem Londoner Polizisten, der im Ruhestand nach Norfolk zieht und Verbrechen und Morde vor seiner Haustür aufklärt. Die Ideen sprudeln nur so aus mir hervor, sodass ich donnerstags und freitags komplett damit beschäftigt bin – und zunehmend auch an meinen freien Tagen.

Spaziergänge helfen mir, die Einfälle zu sortieren. Ich hatte vor, durch den Regent's Park zu gehen und mir dann vor Primrose Hill ein Taxi zu nehmen. Aber letzten Endes bin ich den ganzen Weg gelaufen und befinde mich auf einmal im Hampstead-Heath-Park. Die Ideen sprudeln derart, dass ich mir Sprachmemos aufnehme, damit ich nichts vergesse.

Ich checke die Uhrzeit auf meinem Handy. Ich werde gut eine Viertelstunde zu spät zum Abendessen bei Nathan sein. Wenn man bedenkt, dass seine vier Brüder und seine Eltern Ärzte sind, ist er das zweifellos gewohnt. Allerdings nicht von mir. Ich beende mein Sprachmemo darüber, wie Benjamin Butler ins Leichenschauhaus gerufen wird, weil eine weitere Leiche aus dem Nichts aufgetaucht ist, und schreibe in den Gruppenchat von uns fünf Brüdern, dass ich eine Viertelstunde zu spät komme. Wer von uns es zu den Abendessen schafft, zu denen wir uns verabreden, hängt immer von den Dienstplänen ab, aber alle Eckdaten stehen im Gruppenchat, sodass jeder, der spontan Zeit findet hinzuzustoßen, dort nachgucken kann.

Mein jüngster Bruder Dax ist der Erste, von dem die unvermeidliche Erwiderung kommt. Ich brauche seine Nachricht nicht einmal zu lesen, um zu wissen, wie sie lautet: *Der perfekte Zach kommt zu spät. Ist Merkur etwa rückläufig?*

Aus irgendeinem Grund halten mich meine Brüder für ein Glückskind. In vielerlei Hinsicht stimmt das natürlich. Ich genieße eine Menge Privilegien. Aber auch nicht mehr als die vier auch. Sie haben sich eingeredet, mir würde alles im Leben zufallen und nie etwas Schlechtes widerfahren.

Die Gedanken an meine Geschwister unterbrechen meinen Ideenfluss. Ich stecke das Handy ein und lasse die Hand in der Manteltasche, wodurch ich die eintrudelnden Witze über mich an meiner Handfläche vibrieren spüre.

Es dauert nicht lange, da bin ich in Highgate und stehe vor der Villa meines Bruders. Er ist als Einziger von uns kein Arzt und ein Teil von mir hofft, dass meine anderen drei Brüder es heute Abend nicht herschaffen werden oder wenigstens noch später dran sind als ich. Ich höre gern von seinem Leben fern von Krankenhäusern. Ich habe es ihm nie gesagt, aber ich bewundere ihn dafür, dass er das Medizinstudium geschmissen hat. Er hat sich seinen eigenen Weg gesucht.

»Wie geht's unserem perfekten Zach?«, fragt Nathans Frau Madison, als sie die Tür aufmacht.

Ich antworte nicht darauf und sie tritt beiseite, um mich einzulassen. »Sind alle schon da?«, frage ich. Ich habe nicht mal mitverfolgt, wer eigentlich alles für heute Abend zugesagt hat.

»Nein, bisher nur du. Jacob und Sutton müssten jeden Moment kommen. Nathan ist hinten in der Küche.«

Nathan ist gerade dabei, einen Wein auszusuchen, als ich hereinkomme. »Wie geht's meinem perfekten Bruder?« Er sieht mich nicht an, sondern begutachtet weiterhin die Flaschen vor sich.

Ich antworte nicht. Wozu auch? Sie denken eh, was sie wollen, ganz egal, was ich sage.

»Soll ich einen aus dem Keller holen?«, ruft er. Wahrscheinlich zu Madison.

»Es ist Freitagabend. Tob dich aus.« Madison tut meinem Bruder gut. Ich hätte nie gedacht, dass ich ihn einmal als verheirateten Mann erleben würde. Allerdings hätte ich auch nicht gedacht, dass ich so lange Zeit als Arzt arbeiten würde, wie ich es inzwischen tue.

»Der hier passt schon.« Er nimmt zwei Flaschen Rotwein aus dem Kühlschrank. »Außer dir kommen heute nur Jacob und Sutton.«

Ich folge ihm rüber zum Küchentresen, wo er sich daranmacht, die Flaschen zu öffnen.

»Na, wie ist das Leben mit Privatpraxis?«, fragt er.

»Gut«, erwidere ich. Womit ich eigentlich meine: *Bisher genieße ich es sehr, Zeit für mich zu haben. Ich sitze an der letzten Szene des ersten Benjamin-Butler-Krimis. So viel Spaß hatte ich schon eine ganze Weile nicht mehr.*

»Klar. Bestimmt rennen dir die Patienten die Türe ein, weil sie einen Termin bei dir wollen.«

Wenn er nur wüsste. Sicher fragt Ellie sich, ob sie für den schlechtesten Arzt dieser Welt arbeitet, schließlich hat sie keinen einzigen Patienten die Praxis betreten sehen. Aber die werden kommen. Insbesondere, nachdem sie jetzt die Anmeldeformulare für mich eingereicht hat. Ich dürfte in den nächsten Tagen die Vertragsarztzulassung der Krankenversicherungen bekommen. Denen scheint egal zu sein, wer genau man ist, solange man nur zugelassen ist, an einem öffentlichen Krankenhaus zu praktizieren.

»Schätze schon.«

Zum ersten Mal, seit ich eingetroffen bin, sieht Nathan

mich an. »Enthusiastisch wie eh und je.« Als er mir fest in die Augen sieht, bin ich für den Bruchteil einer Sekunde versucht, ihm zu erzählen, dass ich gar keine Patienten möchte. Nicht in der Privatpraxis und nicht mal im Krankenhausdienst. Ich will gar kein Arzt sein. Ich möchte jeden Tag so verbringen wie den heutigen: mir Geschichten und Charaktere und Handlungsstränge ausdenken und schreiben, schreiben, schreiben.

Natürlich lasse ich es.

»Was gefällt dir bis jetzt an der Arbeit?«, will er wissen.

Das Beste an der Praxis ist Ellie. Sie ist kompetent und tüchtig und – vor meinem inneren Auge taucht ein Bild davon auf, wie sie breitbeinig vor meinem Schreibtisch steht, sich an der Kante festhält und darüber beugt, während ich ihren Rock hochschiebe – ich muss das Thema wechseln.

Zum Glück kommen Jacob und Sutton herein, und der Anblick der beiden bringt mich fast zum Lächeln. Sie tut ihm so gut. Sie bringt seine besten Seiten zum Vorschein. »Was geht?«, fragt er.

»Nathan macht einen Wein auf«, antworte ich. Wir reden jetzt nicht über meine Praxis und ich denke nicht an meine Praxishilfe. Auf meinem Schreibtisch. Nackt.

»Hört sich gut an.«

»Sind wir heute Abend nur zu fünft?«, erkundigt sich Sutton. »Du hast nicht noch jemanden mitgebracht, oder, Zach?«

Ich stöhne. Ich mag Sutton echt gern und Madison auch, aber wenn die zwei zusammen sind, investieren sie viel zu viel Energie darin, herauszufinden, wer die perfekte Frau für mich wäre.

»Angelina Jolie ist Single«, sagt Madison. »Ist sie dein Typ?«

Ich schüttele den Kopf, während erneut Ellie vor meinem geistigen Auge auftaucht, diesmal hält sie die Augen geschlossen und hat einen entrückten Gesichtsausdruck. Ich würde nicht unbedingt sagen, dass Ellie mein Typ ist, aber offenbar hat sie sich in mein Hirn eingenistet.

»Zachy ist perfekt. Er braucht keine Frau, die sich eine Viole voll Blut um den Hals hängt.«

Die Viole voll Blut um den Hals ist nicht der Grund, warum Angelina Jolie nicht mein Typ ist. Es liegt vielmehr daran, dass ich Angelina Jolie nicht kenne – und erst wenn ich eine Frau kennenlerne, finde ich sie wirklich attraktiv. Wahrscheinlich bin ich deswegen schon so lange Single – die einzigen Frauen, die ich treffe, sind die Freundinnen meiner Brüder oder Arbeitskolleginnen und beides sind strikte Verbotszonen.

»Gibt's jemanden bei deiner neuen Arbeit?«, fragt Nathan.

Seit wann interessiert ihn das? Verwirrt darüber, wie Nathan in Suttons und Madisons Mission eingespannt wurde, mich unter die Haube zu bekommen, ziehe ich die Augenbrauen zusammen. »Nein.«

»Keine Sorge, Kumpel, es wird sich ergeben, wenn du am wenigsten damit rechnest.«

»Mein Gott, Leute, lasst mich in Ruhe. Sex hat keine Priorität für mich.«

»Ach, stimmt«, sagt Jacob. »Wie läuft die neue Praxis? Wenn du mir Visitenkarten von dir gibst, verteile ich sie.«

»Danke«, gebe ich zurück. »Eigentlich habe ich einen Werbeaufsteller in Auftrag gegeben. Ich dachte mir, du könntest dich vielleicht ein paarmal die Woche stundenweise damit in die Cafeteria stellen?«

»Du hast heute ja mal wieder besonders gute Laune«, befindet Jacob.

»Umso bessere, seit du da bist«, erwidere ich.

»Es reicht, Leute«, sagt Sutton. »Lasst Zach in Ruhe. Er kann nichts dafür, dass er so perfekt ist und euch das neidisch macht.«

Wusste ich doch, dass ich Sutton nicht ohne Grund mag.

»Ich bin nicht perfekt.«

Sie tätschelt mir den Arm. »Doch, na klar. Das wissen wir ja alle. Deine Brüder sind bloß sauer, weil sie nicht wie du sind.«

»Ich. Bin. Nicht. Perfekt.«

Als Nathan Weingläser herumzureichen beginnt, kann ich aus irgendeinem Grund nicht einfach eins entgegennehmen und einen Schluck trinken. Es ist, als würde es schon seit Jahren in mir brodeln und ich mit einem Mal überkochen. »Nein«, sage ich.

Nathan zögert und reicht das Glas dann Jacob. »Möchtest du lieber einen Weißwein?«

»Nein«, wiederhole ich. Ich weiß gar nicht, wozu ich eigentlich Nein sage. Nathan hat immer tollen Wein da. Es ist, als würden meine Gefühle in Bezug auf meinen Beruf aus lauter Löchern sickern –

Nein, ich mag meine neue Praxis nicht.

Nein, ich habe überhaupt keine Patienten.

Nein, ich möchte kein Arzt sein.

Nein. Nein. Nein.

»Geht es dir gut?«, fragt Jacob, als er sein Weinglas abstellt. Ich schüttele den Kopf. »Nein. Es ist bloß – nein.« Ich drehe mich zur Tür um. Ich brauche Luft. Ich muss weg von Menschen, meiner Familie, all den Fragen.

»Hey«, ruft mir Nathan den Flur hinterher, woraufhin ich stehen bleibe, mich umdrehe und warte, dass er zu mir aufschließt. »Was ist los? Du kannst doch mit uns reden. Ich weiß, dass es stressig ist, ein neues Unternehmen zu gründen und so, aber das wird schon.«

Ich schüttele den Kopf. »Das glaube ich nicht.« Ich blicke über seine Schulter. Die anderen unterhalten sich ganz normal weiter in der Küche. Ich senke die Stimme. »Ich weiß genau, was ich inzwischen alles hätte unternehmen müssen, um die Praxis in Gang zu bringen. Ich habe nichts davon erledigt. Ich habe weder eine Website noch ein IT-System eingerichtet. Patienten habe ich definitiv keine. Und weißt du was, Nathan? Es fühlt sich verdammt genial an. Ich will überhaupt keine Patienten. Ich mag die Ruhe und Stille.« Ich fahre mir mit den Händen durchs Haar. Es fühlt sich an, als würde ich ungebremst bergab rasen, und was ich als Nächstes sagen werde, lässt sich nicht aufhalten. »Ich hasse es, Arzt zu sein. Es hat mir noch nie gefallen. Ich habe es ausgehalten. Ich bin gut in dem Beruf. Die Arbeit fällt mir leicht, aber ich habe keinen Spaß daran.«

Er lehnt sich gegen die Wand, als wären seine Beine zu schwach, um ihn aufrecht zu halten.

»Tut mir leid«, sage ich.

»Tut dir leid? Wofür entschuldigst du dich? Mir tut es leid, dass du die ganze Zeit immer nur was vorgespielt hast und ich nichts gemerkt habe.«

»Alles in Ordnung?«, ruft Madison den Flur hinunter.

Nathan nickt. »Ja.« Er deutet mit dem Kinn zur Seite. »Sind gleich wieder da.«

Als er in sein Arbeitszimmer schlüpft, folge ich ihm und er schließt die Tür hinter uns. »Hast du die Medizin schon immer gehasst?«

Ich seufze. Ich habe ein schlechtes Gewissen, dass ich ausgerechnet vor Nathan übergekocht bin. Er musste das Medizinstudium gezwungenermaßen aufgeben und hält sich deswegen immer für das schwarze Schaf der Familie. Er wäre liebend gern an meiner Stelle und ich komme mir egoistisch vor, weil ich ihm etwas vorjammere. »Ich hätte das nicht sagen sollen.«

»Doch, selbstverständlich, wenn du so empfindest. Ich fasse es nicht, dass du bis jetzt nie etwas gesagt hast. Hat die Praxis alles noch schlimmer gemacht?«

Ich lasse mich auf einen der flaschengrünen Samtsessel vor seinem Schreibtisch fallen. »Durch die Praxis habe ich bloß ein bisschen mehr Zeit zum Nachdenken. Sonst habe ich so viel zu tun, dass mir gar nicht bewusst ist, dass ich unzufrieden bin. Ich mache einfach meine Arbeit. Aber jetzt, wo ich etwas Zeit für mich habe – Zeit, in der ich überlegen sollte, wie ich meine Praxis aufbaue und was ich in den nächsten zehn Jahren erreichen möchte –, denke ich bloß immerzu, dass ich nicht mehr als Arzt arbeiten möchte.«

Nathan zieht die Luft ein, als hätte ich ihm gerade erzählt, dass ich meine Frau betrüge. »Weißt du denn, was du stattdessen tun möchtest?«

Ich weiß nicht recht, ob ich bereit bin, ihm zu verraten, was ich eigentlich gern machen möchte. Das Problem ist nur, dass ich auch nicht weiß, ob ich es für mich behalten kann. »Ich möchte schreiben.«

Er runzelt die Stirn. »Was *schreiben*?«

»Bücher. Krimis. Thriller. So was.«

»Wow. Okay. Dann willst du also noch mal an die Uni und studieren?«

Das ist mir überhaupt nicht in den Sinn gekommen. »Ich glaube nicht. Ich habe einfach nur lauter Ideen, die ich zu Papier bringen möchte. In den letzten Wochen habe ich einige Ratgeber über Erzählstrukturen gelesen und generell mehr Bücher.« Ich kratze mich am Hinterkopf. »Das ist noch so ein Punkt. In den letzten zehn Jahren als Arzt hatte ich nicht den Kopf dafür frei, über solche Dinge nachzudenken. Gut, ich habe schon ab und zu etwas geschrieben, aber nur wenn ich das Gefühl hatte, wenn ich das nicht mache, lande ich in einer Anstalt. Ich hatte nie wirklich Zeit. Wenn man Arzt ist, kann man praktisch unmöglich zugleich noch irgendetwas anderes sein, weißt du, was ich meine?«

Als ein Ausdruck der Enttäuschung über Nathans Gesicht huscht, fluten Schuldgefühle mein Inneres und ich stöhne.

»Entschuldige«, sage ich. »Ich bin ein unsensibles Arschloch.«

Er schüttelt den Kopf. »Ehrlich, ich bin darüber hinweg. Ich bin eh reicher als ihr alle.« Er schenkt mir ein kurzes Grinsen. »Ich bin bloß verdammt traurig deinetwegen, Kumpel. Ich hatte keine Ahnung, dass es dir so geht.«

»Siehst du? Bin doch nicht so perfekt, was? Ich bin die letzten zehn Jahre schlafwandelnd einem Beruf nachgegangen, den ich gar nicht will.«

»Stimmt. Das ist eine viel zu lange Zeit, sein Leben mit etwas zu verbringen, was man gar nicht will. Du musst anfangen, das geradezurücken.«

Ich verdrehe die Augen. Leichter gesagt als getan. »Wie, soll ich etwa vorgeben, ich würde künftig Vollzeit in der Praxis arbeiten, und im Krankenhaus kündigen?«

Nathan sieht mich an, als hätte ich ein Hirn von der Größe eines Wattebauschs. »Nein, ich finde, du solltest ein Buch schreiben.«

»Ich habe dir doch gerade erzählt, dass der Arztberuf einen total vereinnahmt. Ich habe nicht die –«

»Dann gib den Beruf auf.« Er sagt das, als ob er mir eine Goldmedaille überreichen würde und ich mich bedanken müsste.

»Einfach so«, zweifle ich.

»Ja, Zach. Einfach so. Du bist eindeutig unglücklich, und es ist ja nicht so, als würdest du kündigen, um nur noch auf dem Sofa herumzulümmeln und Coldplay zu hören. Du hast einen Plan. Du weißt, was du machen willst.«

Ehe ich nachfragen kann, wie er auf das mit Coldplay kommt, nehme ich die Stimmen in der Küche wahr und Absatzgeklacker im Flur. Madison steckt den Kopf zur Tür herein.

»Ist alles in Ordnung?«, fragt sie.

»Gib uns noch einen Augenblick, ja?«, bittet Nathan. »Lass dir eine Ausrede einfallen. Wir müssen reden.«

Ich seufze. Wir brauchen mehr als nur einen Augenblick.

»Ich habe keinen Plan«, sage ich, als Madison sich umdreht. »Ich habe einige Ideen und bin so halb mit was fertig. Die letzten paar Donnerstage und Freitage habe ich mir den Morgen immer fürs Schreiben freigehalten und kriege die Worte gar nicht schnell genug aufgeschrieben. Ich liebe es.«

»Das reicht doch als Plan. Kündige deinen Job. Und deinen Mietvertrag in der Wimpole Street. Versuch es mit dem Schreiben.«

»Und was dann? Ich finde heraus, dass ich gar nicht schreiben kann und kehre mit eingezogenem Schwanz ins Krankenhaus zurück?«

»Definitiv nicht. Wenn es dich dermaßen unglücklich macht, wie es klingt, solltest du nie wieder als Arzt arbeiten. Wenn das mit dem Schreiben nicht klappt, wirst du dir etwas anderes überlegen müssen – aber es wird klappen. Du warst in deinem ganzen Leben nie schlecht in irgendwas.« Nathan verstummt und legt den Kopf schief, als würde er überlegen. »Außer vielleicht im Squash.«

»Ich habe nur ein Spiel verloren«, gebe ich zurück. Ich weiß, an welchen Tag er zurückdenkt.

»Du hast nicht bloß verloren. Du hattest deine Arme und Beine nicht unter Kontrolle.« Nathan hatte schon immer ein Grinsen drauf, mit dem er dein Selbstvertrauen sekundenschnell halbieren kann, und jetzt setzt er es auf.

»Ich war Assistenzarzt und hatte eine Sechsunddreißig-Stunden-Schicht hinter mir.« Ich stöhne bei der Erinnerung daran. Heute arbeite ich nicht mehr so lange, aber der Beruf verlangt immer noch vollen Einsatz von einem.

»Wenn du Schriftsteller sein möchtest, dann schaffst du das auch. Ich kenne dich nicht anders. Aber du musst diese Chance ergreifen. Wenn du so weitermachst wie bisher, kommst du nie wieder zum Luftholen. Nutz die Chance, ehe es zu spät ist.«

»Aber was, wenn ich das Schreiben genauso hasse, sobald ich es erst tagtäglich mache?« Bis jetzt liebe ich es, aber wenn ich davon leben müsste, könnte sich das ändern. »Schlimmer noch, was, wenn niemandem gefällt, was ich schreibe?«

»Darüber kannst du dir dann Gedanken machen. Wir sind schwanger. Schlimmstenfalls kannst du der Kinderbetreuer werden.«

Ein Energieschub durchfährt meinen Körper. »Madison ist schwanger?«

Nathan versucht vergeblich, sich das Grinsen zu verkneifen. »Wir wollen es euch heute Abend erzählen. Mum und Dad haben wir vorhin schon angerufen.«

Ich ziehe meinen Bruder in eine Umarmung. »Das ist toll. Ich werde Onkel.«

»Verrate nicht, dass ich es dir erzählt habe. Tu so, als wärst du überrascht, wenn wir es euch nachher sagen.«

»Klar. Ich kann nicht fassen, dass du als Erster von uns Vater wirst. Mum und Dad werden es lieben. Macht vielleicht halbwegs ihre Enttäuschung wett, wenn sie das über mich erfahren.«

Nathan bedenkt mich mit einem ernsten Blick. »Du weißt, dass sie dich immer in allem unterstützen werden. Mich haben sie auch immer unterstützt.«

Ich hole tief Luft. Ich weiß, dass meine Eltern mich glücklich sehen wollen. Und ich weiß, dass sie nach außen hin jede Entscheidung von mir unterstützen werden. Aber ich möchte, dass sie durch und durch stolz auf mich sind, und wenn ich die Medizin aufgeben würde, weiß ich eben nicht, ob sie das könnten.

»Ja«, ist alles, was ich hervorbringe. Wenn ich mich wirklich entschließe, hauptberuflich zu schreiben, ist der Segen meiner Eltern eine weitere Hürde auf meinem Weg. Doch Nathan hat recht – wenn ich je versuchen will, Schriftsteller zu werden, dann jetzt. Nur kommt es mir vor, als hätte ich einen unbezwingbaren Berg zu erklimmen. »Ich werde kommende Woche gründlich über alles nachdenken.« Ich hatte mir im Krankenhaus eigentlich in der Absicht freigenommen, mich auf die Praxis zu konzentrieren. Vielleicht habe ich größere Entscheidungen zu treffen.

»Was auch immer du machst, ich bin für dich da«, verspricht Nathan.

»Erzähl es bloß bitte niemandem. Nicht mal Madison. Ich will nicht, dass es rauskommt und alle ihren Senf dazugeben, was ich tun oder lassen soll. Ich brauche einen klaren Kopf.«

»Versprochen. Bloß Madison muss ich es sagen.«

Ich stöhne. »Ich will nicht, dass das rauskommt. Noch nicht.«

»Ich lasse sie einen Bluteid schwören. Das bleibt unter uns.«

Nathan ist ein hervorragender Geheimnisträger. Dass er das Geheimnis seines besten Freundes gewahrt hat, hätte einmal fast sein Leben ruiniert. Meines ist bei ihm sicher, das weiß ich. Und wenn er darauf vertraut, dass Madison nichts ausplaudert, tue ich es ebenfalls.

Was auch immer geschieht, ich kann nicht so weitermachen wie bisher und in diesem Schwebezustand leben. Entweder ich lasse mich ganz auf den Arztberuf ein und gebe meinen Wunsch zu schreiben auf oder ich probiere es mit dem Schreiben.

Ende nächster Woche werde ich eine Entscheidung treffen – ein für alle Mal.

6. KAPITEL

ELLIE

Ich habe die erste halbe Stunde des Montagmorgens hinter dem Schreibtisch verbracht und online Wartezimmer von Arztpraxen gesucht, um zu sehen, ob ich auf Verbesserungsmöglichkeiten für die Räumlichkeiten hier komme. Ich habe mit Jen und den anderen Praxishilfen über ihre Aufgaben und Pflichten gesprochen, um sicherzugehen, dass mir nichts entgeht. Das Problem ist, dass neunzig Prozent ihrer Tätigkeiten mit Patienten zu tun haben: Termine vergeben, welche absagen, verschieben oder CTs, Blutabnahmen und Endoskopien organisieren und Notfälle dazwischenschieben. Ich brauche nichts von alldem zu tun, denn es ist immer noch kein einziger Patient zur Tür hereingekommen.

Jen versichert mir, sobald die Vertragsarztzulassung da sei, werde sich die Lage ändern. Aber was, wenn nicht? Wie kann ich sicherstellen, dass ich diesen Job die nächsten siebzehn Monate behalte?

Ich habe durchgerechnet, was ich jeden Monat beiseitelegen muss, damit ich mich für die Aufnahme am Cordon Bleu im Juni in etwas mehr als anderthalb Jahren bewerben kann, und ich habe eine Tabelle angelegt, um einen Überblick über jedes Pfund zu haben, das noch zwischen mir und meinem zukünftigen Leben steht. Dem Leben, in dem Shane nur eine schlechte Erinnerung ist. Dem Leben, in dem es um mich geht. Jeden

Monat trage ich in die Tabelle ein, wie viel ich gespart habe. Ich sehe zu, wie die Summe in der Zelle *noch ausstehender Betrag* sinkt. Es ist weitaus befriedigender, als es sein sollte, selbst bei den kleinen Summen, die ich in den Mindestlohnjobs beiseitelegen konnte, die ich bisher hatte. In meiner Tabelle steht auch fett hervorgehoben das Datum, bis wann ich die Bewerbung abschicken muss. Ich habe sämtliches Equipment aufgelistet, das ich bis zum Start meiner Ausbildung anschaffen muss. Ich habe sogar festgehalten, welche Techniken ich gern noch üben würde, bevor ich dort anfange. Es kann nicht schaden, einen Schritt voraus zu sein.

Nur dass ich heute anstellen kann, was ich will, ich werde keinen Schritt voraus sein. Ich werde auf ewig hinterherhinken, weil ich zehn Jahre meines Lebens an Shane verschwendet habe. Wir haben in einer Partnerschaft begonnen, als Powerpaar. Irgendwann im Lauf der Zeit wurde ich nur eine Frau, die seine Geschäfte managte, ihm seine Mahlzeiten kochte und als sein emotionaler Boxsack diente. Eine Frau, die für ihn in nichts von alldem je gut genug war.

Ich weiß nicht genau, wann sich etwas veränderte, vielleicht war alles auch von Anfang an nicht das, wofür ich es hielt. Cynthia hat nie etwas gesagt, aber dass sie nicht überrascht war, als ich ihr erzählte, wie Shane mich behandelt hat, sagte mir, sie hatte immer schon gewusst oder vermutet, dass er nicht gut für mich war.

Ich wünschte nur, er hätte mich nicht erst betrügen und aus meinem Zuhause rauswerfen müssen, damit ich es selbst erkannte.

Sich mit der Vergangenheit aufzuhalten hat keinen Sinn. Ich muss mich auf meine Tabelle konzentrieren.

Es ist alles startklar. Ich muss bloß Zach dazu bringen, uns Patienten ranzuschaffen.

Gerade als meine Gedanken um das leere Wartezimmer zu kreisen beginnen, kommt Zach herein. Was macht er denn hier? Seine Miene lässt sich am besten mit besorgt umschreiben. Er sieht nach wie vor verflucht sexy aus, macht aber definitiv ein unbehagliches Gesicht.

»Hallo«, grüße ich, als er durchs Wartezimmer auf seine Tür zutrottet.

Er bleibt stehen und schaut mich an, als hätte er nicht erwartet, mich zu sehen. Denn anscheinend bin ich unsichtbar für ihn. Wahrscheinlich hat er vergessen, dass er mich dafür eingestellt hat, die ganze Woche über hier zu sitzen und exakt gar nichts zu tun. Jetzt, wo es ihm wieder in Erinnerung gerufen wurde, kriege ich wahrscheinlich die Kündigung.

»Ich hatte nicht erwartet, Sie vor Donnerstag hier zu sehen«, sage ich, da er immer noch nichts von sich gegeben hat.

»Ja. Also, ich werde die ganze Woche hier sein.«

Ich spüre regelrecht, wie mein ganzer Körper aufhorcht. Er hängt sich rein. Er hängt sich wirklich in seine Praxis rein. Das sind super Neuigkeiten.

»Wir werden keine Patienten haben«, erklärt er, und es muss augenfällig für ihn sein, wie meine Schultern nach unten sacken. »Falls jemand einen Termin möchte, legen Sie ihn auf nächste Woche.« Daraufhin geht er in sein Sprechzimmer und schließt die Tür.

Ich beuge mich vor, lasse den Kopf buchstäblich auf die Tischplatte knallen und bleibe so liegen, weil ich nichts Besseres zu tun habe. Ich halte es nicht aus, bloß unproduktiv hier herumzusitzen. Ich befinde mich in einer Angstspirale. Ich muss etwas zu tun haben und mich nützlich machen, und ich will für diesen Job alles geben, damit ich ihn behalte. Man hätte sich die aktuelle Situation nicht quälender ausdenken können, wenn sie speziell für mich gestaltet worden wäre.

Zu spät bemerke ich das Quietschen der Tür.

Als ich mich aufrichte, befindet sich Zach vor mir und sieht mich fragend an.

»Würden Sie mir bitte einen Kaffee holen?«, fragt er und mein Innerstes schmilzt angesichts seiner guten Manieren ein wenig dahin. Ich schelte mich gedanklich – er ist ein Mensch, der grundlegende Höflichkeit an den Tag legt. Meine Messlatte hat viel zu lange viel zu tief gehangen.

Ich springe auf. »Natürlich. Was hätten Sie denn gern?« Jetzt wünsche ich mir, ich hätte mir das gesamte Starbucks-Angebot eingeprägt, um vorbereitet zu sein.

»Nur einen Americano. Mit einem doppelten Espresso.«

»Gern. Von Starbucks? Oder Costa?«

Er zuckt mit den Schultern. »Egal. Zahlen Sie mit der Kreditkarte.« Daraufhin dreht er sich um und will wieder in seinem Büro verschwinden.

»Haben Sie Werbung in Betracht gezogen?«, platze ich heraus. Ich habe keine Ahnung, ob Ärzte Werbung schalten, beziehungsweise ob das überhaupt erlaubt ist.

»Werbung wofür?« Er sieht mich missmutig an.

Ich überlege einen Moment, was ich antworten soll. Was glaubt er denn, was ich meine, wofür er Werbung machen sollte? »Ihre neue Praxis. Vielleicht in spezialisierten Apotheken?« Ich klammere mich an einen Strohhalm und weiß das auch.

»Bloß einen Kaffee, bitte.« Er geht zurück in sein Büro und schließt die Tür.

Ich atme tief durch. Ich muss ihm vertrauen. Seine Praxis ist sein Lebensunterhalt. Seine Zukunft. Für mich geht es nur um ein Jahr und ein bisschen. Er ist viel stärker als ich darauf angewiesen, dass hieraus etwas wird. Ich bin entschlossen, mir einzureden, es sei ein gutes Zeichen, dass er hier ist und einen Kaffee möchte. Ein super Zeichen sogar. Er hat sich die Woche im Krankenhaus freigenommen und kommt jeden Tag her. Würde er nicht wollen, dass die Praxis gut läuft, wäre er irgendwohin verreist, um Sonne zu tanken. Dann hat er derzeit eben keine Patienten, na und? Er *wird* welche haben, nicht? Nichtsdestotrotz ist die Kaffee-Besorgung die perfekte Gelegenheit, um bei der Jobvermittlung anzurufen und zu fragen, ob sich noch etwas anderes aufgetan hat.

Ich schlüpfe in Jacke, Schal und Mütze und ziehe mir die Handschuhe an, während ich die Treppe hinunterlaufe. Kaffee holen zu gehen ist so ziemlich die erste Aufgabe, die ich bekommen habe. Ich werde sie gut machen.

Atemwölkchen bilden sich, sobald ich auf der Vordertreppe hinunter zur Wimpole Street bin. Es ist so kalt, dass die Luft fast schon angewärmt werden müsste, bevor man sie einatmet. Es ist ein Schock für den Körper. Der nächstgelegene Coffeeshop ist Costa gleich an der Ecke zur Wigmore Street. Es sind ungefähr fünf Minuten Weg. Aber die werde ich nutzen. Ich hole mein Handy heraus und nehme die Zipfel der Wollhandschuhe zwischen die Zähne, um sie auszuziehen. Ich werde bei der Jobvermittlung anrufen und mich erkundigen, ob Zach bei denen angerufen hat oder ob irgendein anderer Job frei wird, der vielleicht besser zu mir passt.

»Hallo, Debbie«, sage ich, als sie abnimmt. »Hier ist Ellie Frost. Ich wollte nur mal fragen, ob Sie irgendwas von Dr. Cove gehört haben?«

»Ich habe vor gut einer Woche mit ihm gesprochen. Er meinte, die Praxis sei noch nicht wirklich angelaufen, aber er sei froh, Sie dazuhaben, damit Sie startklar sind, wenn es erst losgeht.«

»Ich bin bereits startklar«, sage ich.

»Sie müssen Geduld haben. Diese Anstellung ist super für Sie. Sie wissen ja, wie viel Konkurrenz auf dem Arbeitsmarkt herrscht und mit Ihrem Lebenslauf – ist es tricky. Dies ist eine großartige Chance. Sie müssen durchhalten. Sie sind noch nicht mal einen Monat da.«

»Ich habe nur langsam das Gefühl, dass etwas nicht stimmt.«

»Er fängt gerade erst an. Klar, dass es langsam losgeht. Ich wette, in einem Monat rufen Sie mich an und beschweren sich, dass Sie überarbeitet sind.«

Die Vorstellung gleicht einer warmen Wärmflasche an meiner Brust, und für immerhin fünf Sekunden geht es mir besser. Aber woher will sie wissen, was in einem Monat sein wird? Ich habe nicht mal gemerkt, dass mein Freund, mit dem ich zehn Jahre zusammen war, mit einer anderen schlief. Debbie hat doch keine Kristallkugel. »Nur für den Fall, dass hieraus nichts wird, haben Sie noch irgendeine andere freie Stelle, auf die ich passen könnte?« Lieber springe ich jetzt ab und fange woanders an, als in einer Woche rauszufliegen, wenn es woanders nichts mehr für mich gibt.

»Im Moment nicht«, sagt Debbie. »Wie gesagt, Ihr Lebenslauf macht es tricky. Zudem haben Sie keine Referenzen. Wenn man für Freunde oder die Familie gearbeitet hat, ist es immer komplizierter.«

»Aber ich bin durchorganisiert und proaktiv und sehr vernünftig. So was ist doch Mangelware.«

»Sie müssen versuchen, in Ihrem jetzigen Job klarzukommen. Aus einer befristeten Anstellung in eine unbefristete zu kommen ist das Beste, was Sie derzeit erreichen können. Das Letzte, was Sie gebrauchen können, ist, sich den Ruf einer Angestellten zuzuziehen, die es nirgends lange aushält. Sie haben es selbst gesagt: Sie sind proaktiv und haben eine Anpackmentalität. Sie müssen sich unersetzlich machen.«

Mir rutscht das Herz bis in die Schuhe. Ihr ist nicht klar, dass meine derzeitige Lage unerträglich ist – sie weiß nicht, dass wir keine Patienten haben. Aber ihr Tonfall sagt mir, dass sie mit dem Gespräch fertig ist.

»Okay, prima, danke, Debbie.« Ich versuche, fröhlich zu klingen, habe jedoch Schwierigkeiten, die Weltuntergangsglocken auszublenden, die um mich herum erschallen. Ich lege auf und mummele mich in meinen Schal ein.

Obwohl es erst Anfang November ist, hängt bei Costa die Weihnachtsdeko im Schaufenster. Ich bestelle den Kaffee und gucke, welche Auswahl an Gebäck sie dahaben. Vielleicht sollte ich Zach etwas mitbringen. Neben den üblichen Croissants und Pain au chocolat gibt es fröhliche Lebkuchenmännchen, die hoffentlich nicht noch von letztem Weihnachten übrig sind. Außerdem wären da noch diese komischen, fiesen Waffeln, die schmecken, als hätte Zucker ein Baby mit Zucker gezeugt und es Zucker genannt. Und ein paar Cupcakes. Nichts Besonderes und nichts vergleichbar Gutes wie die Fudge-Brownies, die ich gestern Abend gebacken und heute als Vormittagssnack eingepackt habe. Ich glaube nicht, dass Zachs gestählter Körper etwas davon abhaben will. Er wollte Kaffee, und den und nur den werde ich ihm besorgen. Er ist mein Chef, nicht mein Freund.

7. KAPITEL

ZACH

Ich versuche ein Lächeln aufzusetzen, als ich am Chefarzt der Gastroenterologie vorbeigehe, ehe ich mein Tablett vom Mittagessen in den Geschirrwagen schiebe.

Es muss schlimm stehen. Ich setze sonst nie ein falsches Lächeln auf. Ich will das Unbehagen überspielen, das ich darüber empfinde, nach einer Urlaubswoche Schreiben wieder hier zu sein. Die Tage sind wie im Flug vergangen, ich bin überaus ungern zurück. Dass die Woche so großartig war, hat meine generelle Unzufriedenheit mit meiner Arbeit genährt und etwas viel Düstereres ist daraus geworden.

Nicht nur, dass ich nicht hier sein möchte, ich wünsche mich an einen anderen Ort.

Ich sehe auf die Uhr. Ich werde mit einer Patientin sprechen, die gestern aufgenommen wurde und bei der ich später heute Nachmittag eine Biopsie machen werde, dann in mein Büro gehen und Papierkram erledigen. Zwei Termine heute Nachmittag sind abgesagt worden, weil der Patient positiv auf Kolibakterien getestet wurde. Das ist übel, aber ich bin dankbar dafür. Ich bin nicht in der richtigen geistigen Verfassung, um Patienten zu diagnostizieren.

Ich halte den Blick zu Boden gerichtet, um jeglichen Augenkontakt zu meiden, und gehe auf die Station.

Meine Patientin ist eine Frau Anfang sechzig. Aufgrund ihrer Blutwerte bin ich mir ziemlich sicher, dass sie Zöliakie hat, aber zur Abklärung braucht sie die Biopsie.

Am Eingang der Station rufe ich ihre Krankenakte auf meinem Tablet auf und vergegenwärtige mir ihren Fall, bevor ich den Flur betrete. So brauche ich nicht am Stationsstützpunkt stehen zu bleiben und laufe nicht Gefahr, von irgendwem in ein Gespräch verwickelt zu werden.

Als ich so weit bin, gehe ich zum Stationstresen. »In welchem Zimmer ist Mrs Fletcher, bitte?«

»Vier«, antwortet eine Krankenschwester, die ich nicht kenne. Sie murmelt noch etwas hinter mir, doch ich bleibe nicht stehen. Plaudern schaffe ich heute nicht.

»Mrs Fletcher«, sage ich, als ich auf ihr Bett zugehe. »Wie geht es Ihnen heute?«

»Gut, Dr. Cove, wenn man von der schlimmen Übelkeit und den Bauchkrämpfen absieht.« Mrs Fletcher ist klug, resolut und scheint mir jemand zu sein, der auch kein Geplauder mag.

»Ihre Blutwerte weisen mit hoher Wahrscheinlichkeit auf Zöliakie hin. Die Biopsie dürfte das bestätigen. Da Sie jetzt kein Gluten mehr zu sich nehmen, sollte sich Ihr Zustand zunehmend bessern.«

»Ich weiß, ich weiß. Ich möchte bloß das Ergebnis erfahren und mir dann überlegen, wie ich mit dieser vermaledeiten Erkrankung zurechtkomme. Ich habe noch zwei Monate bis zum Ruhestand und möchte dann reisen können. Ich möchte Pläne schmieden.«

»Doch so zufrieden mit Ihrem Job?« Das Gefühl kenne ich.

»Ich liebe meinen Beruf bis heute. Ich habe einige der besten Bücher gelesen, die je geschrieben wurden. Und soweit es mir möglich war, habe ich dafür gesorgt, dass sie von mehr Menschen gelesen wurden als nur mir und dem Autor beziehungsweise der Autorin. Ich bin stolz auf das, was ich erreicht habe. Es ist bloß an der Zeit, den nächsten Lebensabschnitt anzugehen.«

Mit einem Mal hat sie mein vollstes Interesse. »Bücher? Darf ich fragen, was genau Sie beruflich machen?«

»Ich bin Literaturagentin. Schon seit vierzig Jahren.«

Mein Bauch macht einen Hüpfer, und ich setze mich auf den Besucherstuhl neben dem Bett. »Wissen Sie was, ich schreibe gerade ein Buch.«

Sie gackert los. »Aber natürlich. Das machen alle, mein Lieber. Mit dem Schreiben anzufangen ist in der Tat ein Leichtes. Doch nur ganz wenige Menschen *beenden* ihr Werk auch tatsächlich.«

»Die Leute haben ihre Arbeit. Und Familien –«

»Oh, es gibt unzählige Gründe. Und kein Mensch will Bücher von jedermann, der eins zu schreiben anfängt. Ehrlich gesagt lehnen die meisten Verlage den Großteil der vollendeten Manuskripte ab. Aber wenn es sozusagen Ihre Medizin ist, dann schön, schreiben Sie für sich selbst.«

»Ich möchte das Buch wirklich gern beenden. Ich habe mir letzte Woche freigenommen und bin bis zum zweiten Wendepunkt gekommen. Ich kam kaum hinterher, so schnell flossen die Worte aus mir heraus.«

Als ich aufschaue, fixiert sie mich mit ihrem Blick. »Was schreiben Sie denn?«

»Einen Wohlfühlkrimi. Er spielt in einem Krankenhaus. Der Protagonist ist ein Wachmann, der früher Profi-Fußballer war. Er wurde sein Leben lang unterschätzt, aber die Polizei braucht ihn, um Mordfälle und mysteriöse Vorgänge im Krankenhaus aufzuklären.«

Sie nickt. »Ich finde das Konzept nicht furchtbar.«

Ich stoße ein verhaltenes Lachen aus. »Das fasse ich mal als Kompliment auf.«

»Ich vertrete einige der besten Thrillerautoren des Genres. Wenn ich sage, ich finde es nicht furchtbar, sollten Sie das als das größte Kompliment auffassen, das Sie je bekommen haben.« Sie sieht mich aus zusammengekniffenen Augen an. »Ich sage Ihnen was, wenn Sie es schaffen, den Krimi in den nächsten zwei Wochen fertig zu schreiben, lese ich ihn. Danach leite ich Manuskripte nur noch an andere Agenten weiter. Die kreisen jetzt schon wie die Haie um den Köder.«

»Das würden Sie machen?« Mein Herz schlägt höher und ich stehe auf. »Wenn Sie wollen, gebe ich Ihnen zu lesen, was ich schon habe.«

»Nein. Ich will ein komplettes Manuskript. Wie gesagt, mit einem Buch anzufangen ist leicht. Es zu Ende zu bringen ist die Schwierigkeit.«

»Ich werde meins zu Ende bringen«, erwidere ich. Ich weiß, dass ich nicht weiter Arzt bleiben kann. Es ist, als wäre ich letzte Woche durch eine Reihe Drehkreuze gegangen, und jetzt kann ich nicht mehr dahin zurück, wo ich vorher war. Ich muss etwas ändern, und wie mir scheint, könnte Mrs Fletcher meine Ausstiegschance sein. Auch wenn ihr mein Werk nicht gefallen sollte, die Gelegenheit, dass eine Literaturagentin es liest, kann ich mir nicht entgehen lassen.

Sie zuckt mit den Schultern. »Sicher. Es ist gut, über etwas zu schreiben, womit man sich auskennt, und Sie kennen sich im Krankenhaus aus. Ich verspreche Ihnen nicht, dass ich es durchlesen werde, wohl aber bis zum ersten Wendepunkt der Handlung.«

»Das ist nur fair«, erwidere ich. »Und ich stelle Ihnen eine Diagnose – so oder so.«

»Klingt nach einem guten Deal«, sagt sie.

Zum ersten Mal, seit ich das Krankenhaus wieder betreten habe, kommt heute Enthusiasmus in mir auf. Mir bleiben zwei Wochen, um ein Buch zu vollenden, das Mrs Fletcher zu Ende lesen möchte. Herausforderung angenommen.

8. KAPITEL

ELLIE

Ich habe ein Büfett von Köstlichkeiten zubereitet, wenn ich mich da selbst loben darf. Ich trete einen Schritt zurück und bewundere die gestern Abend gekochten Speisen in ihren Frischhaltedosen. Wenn ich heute auch keinen vollen Tag haben werde, dann doch immerhin einen vollen Magen.

Zuerst: der Frühstücksburrito.

Nachdem ich die entsprechende Dose beiseitegestellt habe, packe ich alle anderen wieder in eine Papiertüte, damit man nicht sieht, worum es sich handelt. Ich schiebe die Tüte in die hintere Ecke des Gemeinschaftskühlschranks und hoffe, es reicht aus, dass mein Name daraufsteht, damit keiner nachschaut – oder klaut –, was darin ist.

Mit der Plastikdose sowie einer Gabel, die ich mitgebracht habe, gehe ich nach unten. Ich sitze gerade wieder auf meinem Platz, als Zach zur Tür hereinkommt.

»Guten Morgen, Dr. Cove«, zwitschere ich. Ich habe heute ein echt gutes Gefühl. Ich bin an den Zulassungsanträgen als Vertragsarzt drangeblieben und zwei sind diese Woche durchgegangen. Es hat sogar jemand für morgen einen Termin vereinbart. Es geht aufwärts.

»Morgen«, grummelt er.

»Soll ich Ihnen schnell einen Kaffee holen gehen?«, frage ich.

»In einer Stunde vielleicht«, antwortet er.

»Sicher doch.«

Sein Blick fällt auf meinen Frühstücksburrito. Ich möchte mein hausgemachtes Essen selbst behalten, aber Zach sieht es auf eine Weise an, dass ich ihn füttern will. »Das ist ein Burrito. Möchten Sie etwas davon? Ich habe viel zu viel mitgebracht.«

Er hält inne und sieht mir zum ersten Mal heute Morgen in die Augen. Mein Herz hat einen Aussetzer, und mein Bauch gerät bei dem unerwarteten Blickkontakt ins Schlingern. »Sie haben den gemacht?« Er fragt es, als hoffte er, dass ich bejahe – als müsste er lecker sein, wenn ich ihn zubereitet habe. Es ist lachhaft, dass mich eine derart leise Andeutung von schmeichelnder Wertschätzung so freut, und ich schäme mich dafür, wie ich von Stolz erfüllt werde.

Meine Eltern dachten, mit achtzehn hätte ich nur meine Berufsaussichten aufgegeben. Dabei war es sehr viel mehr.

Ich straffe die Schultern. »Ja, den habe ich gemacht. Er schmeckt ehrlich gesagt ziemlich gut.«

»Ich nehme ein Stück.« Seine Stimme klingt wie die Schokoladen-Kaffee-Soße, die ich mal zu Shanes Steak gekocht habe. Sie ist intensiv und voll und bereitet mir Gänsehaut.

»Geht klar.« Ich nehme einen Teller. »Ich habe tolle Neuigkeiten für Sie«, sage ich, während ich ihm in sein Sprechzimmer folge. »Sie haben morgen Vormittag einen Patiententermin. Um elf Uhr dreißig. Wir haben noch nicht über die Gebühren für Selbstzahler gesprochen, deshalb sagte ich, ich würde mich noch einmal zurückmelden. Ich habe ein bisschen recherchiert und denke, dreihundert Pfund wären angemessen für eine Erstberatung. Zweihundertfünfzig Pfund für Folgetermine. Sie sollten sich nicht unter Wert verkaufen, aber gleichzeitig sind Sie noch neu und haben nicht sonderlich viele Patienten.« Beziehungsweise gar keine, unterlasse ich zu sagen.

»Morgen?« Er zieht seine Jacke aus. Er trägt Jeans, die an seinen Hüften kleben wie Marmelade auf einem Scone, und ein blaues Hemd, das seine Augen noch blauer als sonst strahlen lässt. Und sonst sind sie schon blauer als blau. »Ein Patient hat einen Termin?«

Er wirkt nicht so erfreut, wie ich es erwartet hatte. Als er sich mit den Händen durch die Haare fährt, bemühe ich mich, nicht darauf zu glotzen, wie sich der Hemdstoff um seine Oberarme spannt. In einem anderen Leben könnte ich mir vorstellen, mich schwer in Zachary Cove zu verknallen, wenn er in diesem anderen Leben öfter lächeln und seiner Praxishilfe etwas zu tun geben würde.

»Ja, die Vertragsarztzulassung macht sich bemerkbar«, sage ich. »Es ist nur eine Frage der Zeit, bis die Leute Schlange stehen.« Ich gebe ihm den Burrito. Als er den Teller nimmt, streifen seine Finger meine, und so stelle ich es mir vor, wenn einem ein Elektroschock geradewegs ins Herz geht. Ich spüre beinahe einen physikalischen *Rückstoß*. Als er mir in die Augen sieht, die Brauen zusammengezogen, als wäre er verwirrt, frage ich mich, ob er eben das Gleiche wie ich gefühlt hat.

Er schaut weg, setzt sich hin und isst eine Gabelvoll, ehe er überhaupt richtig Platz genommen hat. Vielleicht bilde ich es mir nur ein, aber es hört sich an, als würde er beim ersten Bissen vor Genuss ein leises Stöhnen ausstoßen. Ich muss wegucken, sonst fange ich noch an, ihn in Gedanken nackt auszuziehen. »Das schmeckt total gut.«

Sollte ich ihm je wieder etwas zu essen geben, muss ich sicherstellen, dass ich ihn weder berühre, wenn ich es ihm reiche, noch mit anhöre, wie er es isst. Keine Ahnung, was ich sonst womöglich anstelle.

Er schluckt und lädt sich noch eine Gabelvoll auf. »Aber der Termin? Den werden Sie absagen müssen.«

Mein Gesicht wird heiß, als stünde ich zu dicht am Feuer. Das kann er doch nicht ernst meinen. Der Termin ist für mich seit fast fünf Wochen der erste Hoffnungsschimmer auf eine Zukunft.

»Wieso?«, frage ich.

»Weil ich beschäftigt bin.«

»Womit denn?«, platzt es aus mir heraus und ich bereue es sofort. Es geht mich nichts an, was er den lieben langen Tag in seinem Sprechzimmer macht. Die letzten paar Wochen ist er immer schon vor mir in der Praxis und geht erst nach mir. Vielleicht hat er sich *Minecraft* auf dem Computer installiert oder so. Shanes Computerspielsucht hat immer für Stress zwischen uns gesorgt. Er behauptete steif und fest, dass er vor einem Rennen so am besten runterkomme. Und nach dem Rennen. Und dazwischen. Es machte mich rasend. Wortwitz gewollt.

Mir lag nur daran, dass wir unsere gemeinsame Zeit zwischen den Rennen bestmöglich nutzten. Rückblickend hätte ich die Zeichen erkennen sollen, aber ich steckte so tief drin, dass ich nichts gemerkt habe. Dr. Cove scheint mir nicht der Typ für *Minecraft* zu sein. Allerdings kenne ich ihn auch nicht besonders gut.

Er räuspert sich, als wollte er sagen: *Das geht Sie einen feuchten Dreck an.* »Ich muss vorankommen. Bitte schließen Sie die Tür.« Er sieht mich nicht mal an.

Shit. Von wegen sich unverzichtbar machen, ich schreibe mir hier quasi selbst die Kündigung.

»Entschuldigen Sie. Ich bringe Ihnen in einer Stunde Ihren Kaffee.« Ich lasse ihn allein und schließe beim Hinausgehen die Tür so leise wie möglich, damit es nicht eskaliert. Shane hat immer mit den Türen geknallt, was ich hasste, obwohl er es nie mit Absicht gemacht hat – behauptete er jedenfalls. Wenn ich so daran zurückdenke, wusste er, dass es mich angespannt machte, hat sich aber trotzdem nie bemüht, es zu unterlassen. Wollte er mich bewusst beunruhigen? War das seine Art, sein Missfallen zu bekunden oder hat er darauf abgezielt, dass ich mich schlecht fühle – eine Form der Bestrafung, weil ich ihm nicht gleich nachgegeben habe?

Dr. Cove ist nicht Shane. Mein Verstand weiß das. Aber ein anderer Teil von mir kann es nicht lassen, Parallelen zwischen den einzigen beiden Arbeitsplätzen zu ziehen, die ich je hatte.

Als ich wieder allein bin, seufze ich. Der einzige Patient, den wir in fast sieben Wochen hatten, und er lehnt ihn ab.

Ich hole meinen Notizblock heraus. Ich brauche Ablenkung. Wenn es hier eine voll ausgestattete Küche gäbe, könnte ich meinen Stress besser verarbeiten. Ich würde einfach kochen, um mich zu beruhigen. Aber Pech gehabt. Mir Rezepte zu überlegen ist die nächstbeste Möglichkeit. Ich arbeite aktuell an einer Marinade für ein Hähnchengericht, bekomme aber die richtige Menge Ingwer nicht heraus. Oder vielleicht stören auch die Zitrusaromen? Ich könnte es mit Blutorangen anstelle der normalen Orangen versuchen. Oder eine von jeder Sorte? Vielleicht lasse ich es auch und probiere noch ein Früchtesoufflé aus.

Ich gehe meine Notizen durch und verbringe die folgenden fünfundvierzig Minuten damit, online nach Zutaten zu suchen. Dann ziehe ich meine Jacke an und gehe Kaffee holen. Vielleicht bestelle ich mir heute auch einen.

»Einen Americano für Sie?«, fragt das Mädchen hinter dem Tresen.

Ich seufze. »Ja, bitte.«

»Sonst noch etwas?«

Einen Platz am Cordon Bleu und die Schulgebühren dafür, verkneife ich mir zu sagen. »Einen mittelgroßen Cappuccino, bitte.«

»Sie sehen todunglücklich aus«, stellt die Bedienung fest. »Wollen Sie darüber reden?«

Ich muss mich wohl verhört haben. Sie ist eine völlige Fremde. Sie kann mich doch unmöglich fragen, ob ich meine intimsten Gedanken mit ihr teilen möchte, während sie mir meinen Cappuccino zubereitet, oder?

»Ich bin Schriftstellerin«, sagt sie. »Ich höre mir gern an, was die Menschen zu erzählen haben.«

Ich werde mir einen anderen Coffeeshop suchen müssen.

Ich setze ein gezwungenes Lächeln auf.

»Glauben Sie mir, vergangenes Leid ist geteiltes Leid.«

»Geteiltes Leid ist halbes Leid«, korrigiere ich sie.

Sie zuckt mit den Schultern, als wäre das doch fast das Gleiche und nicht etwa komplett was anderes. »Geht's um eine Trennung?«, rät sie. »Oder stehen Sie auf Ihren Chef und von ihm kommt nichts?«

Ich öffne den Mund, um etwas zu sagen, merke dann aber, dass ich nicht weiß, was. Dr. Cove ist attraktiv, aber ich stehe nicht unbedingt auf ihn. Na ja, es kommt wohl darauf an, wie man »auf jemanden stehen« definiert. Wären wir in einer Bar und er würde mich fragen, ob er mir einen Drink spendieren kann, würde ich Ja sagen. Sonst wäre ich auch schön dumm. Aber es ist nicht so, als würde ich an meinem Schreibtisch hocken und mir ausmalen, wie er wohl nackt aussieht, also mal abgesehen von vorhin, als er meinen Burrito verspeist hat – soll kein Euphemismus sein.

»Oder vielleicht schlafen Sie schon mit Ihrem Chef und er hat eben Schluss gemacht.«

»Ich schlafe nicht mit meinem Chef.« Ich schaue über meine Schulter, um sicherzugehen, dass niemand hinter mir ansteht. »Kann ich meinen Kaffee haben?«

Coffeeshop-Girl lächelt. »Kommt sofort. Ich finde, entweder muss ich selbst die Lebenserfahrung haben, um Geschichten zu schreiben, oder ich muss mir die Lebenserfahrungen anderer Leute anhören.«

»Schon mal dran gedacht, die eigene Fantasie zu nutzen?«, frage ich.

Sie lacht. »Sie sind witzig.«

»Wollte ich gar nicht sein.«

Sie schiebt zwei Becher über den Tresen. »Viel Glück mit Ihrem Chef. Ich hoffe, er ist nicht verheiratet.«

Okay, ich werde mir definitiv einen anderen Coffeeshop suchen. Ich nehme die beiden Becher und gehe hinaus. Hoffentlich wird der Vormittagsimbiss in meiner Tüte Dr. Coves Glauben an mich nach meinem Ausbruch vorhin wiederherstellen.

9. KAPITEL

ZACH

Ich habe ein Buch geschrieben. Die Worte schallen in meinen Ohren, als ich durch die Krankenhausflure gehe.

Ich habe ein Buch geschrieben.

Okay, außer mir hat es niemand gelesen, aber nichtsdestotrotz habe ich gestern Abend »Ende« unter mein Manuskript getippt – einen Tag vor meiner zweiwöchigen Frist. Mrs Fletcher sagte mir, ein Buch zu vollenden sei schwer, mir ist es jedoch nicht schwergefallen. Selbst wenn ich gewollt hätte, hätte ich den Wortfluss nicht stoppen können.

Nach einer Woche Schreiben wieder zurück im Krankenhaus zu sein kommt mir heute nicht so schlimm vor, denn *ich habe ein Buch geschrieben.* Der Höhenflug ist besser als alle Drogen, die je erfunden wurden.

»Hallo, Dr. Cove. Schön, Sie zu sehen«, sagt Nicola, die leitende Krankenschwester in der Notaufnahme, als ich am Stationsstützpunkt angelange. Ich werde nicht oft in die Notaufnahme gerufen, aber immer wenn es passiert, hat Nicola Dienst. »Sie wirken … glücklich.«

Ich atme durch, während ich über ihre Worte nachdenke. Ich bin glücklich. Echt glücklich. Ich habe ein Triumphgefühl wie … vielleicht noch nie. Nicht als ich das Medizinstudium abschloss oder als ich meinen ersten Patienten rettete.

Ich fühle mich frei.

»Ich bin immer glücklich, Nicola«, sage ich tonlos. »Warum wurde ich gerufen?«

»Eine Patientin von Ihnen, Mrs Fletcher, wurde in den frühen Morgenstunden aufgenommen. Sie fragt nach Ihnen. Wenn Sie sie entlassen könnten, wären wir alle glücklich.«

Schuld durchschneidet mich. Wenn ich gewusst hätte, dass es ihr schlecht geht, hätte ich Mrs Fletcher gestern Abend nicht mein Manuskript geschickt. Ich mag zwar nicht gern Arzt sein, aber darunter darf meine Patientenfürsorge nicht leiden. Bevor meine Gedankenspirale zu weit führt, nehme ich mir ihr Krankenblatt. Offenbar wurde Mrs Fletcher letzte Nacht wegen schwerer Dehydrierung erneut eingewiesen. »Ich sehe sofort nach ihr.«

Als ich hinter den Trennvorhang ihres Betts trete, schaut Mrs Fletcher von ihrem Tablet auf und strahlt mich an wie einen lange verschollenen Freund. »Dr. Cove, da sind Sie ja wieder. Und wie ich sehe, haben Sie Ihre freie Zeit sinnvoll genutzt. Danke für Ihre E-Mail.«

Mein Magen hebt und senkt sich. Sie ist der einzige Mensch, der mein Buch zu Gesicht bekommen hat, und aus irgendeinem Grund verunsichert mich das etwas. »Sie sollten sich schonen«, erwidere ich. »Ich hatte nicht damit gerechnet, Sie noch mal hier anzutreffen, sonst hätte ich Ihnen niemals gemailt.«

»Na, ich hoffe doch, jetzt wo Sie da sind, kann ich verschwinden und wieder meinem Leben nachgehen. Es lag daran, dass ich die Pizza meiner Schwiegertochter gegessen habe. Sie meinte, die sei glutenfrei, aber ich sag Ihnen, das war sie nicht. Ich muss hier raus. Ich kann schlecht von hier aus die Verlage anrufen, um Ihr Buch zu verkaufen, stimmt's?«

Mir zieht sich das Herz in der Brust zusammen, als müsste jeder Körperteil von mir möglichst stillhalten, weil sich durch die kleinste Bewegung ändern könnte, was Mrs Fletcher gerade gesagt hat.

»Sie müssen es doch erst mal lesen.« Ich bleibe zurückhaltend. Sie macht Witze, oder? Sie meint doch nicht im Ernst, dass sie mich als Autor vertreten wird. Eine kurze Online-Suche hat offenbart, dass Mrs Fletcher eine hammermäßige Agentin ist – eine Legende der Literaturszene, die abgesehen von Harlan Coben und Stephen King alle meine Lieblings-Thrillerautoren vertreten hat. Die Nachricht ihres bevorstehenden Rückzugs in den Ruhestand stand auf jedem Branchenportal, das mir angezeigt wurde, und man kann durchaus behaupten, dass die Verlagswelt erschüttert darüber ist.

»Sie haben mir das Manuskript gestern Abend geschickt. Jetzt ist fast Mittag. Selbstverständlich habe ich es schon durch. Ich habe ja sonst nichts zu tun, nicht wahr?«

Ich starre auf mein Tablet, während ich ihre Worte auszublenden versuche. Solange ich sie nicht entlassen habe, darf ich nicht darüber nachdenken, dass sie mein Manuskript gelesen hat. Ich muss den Arzt in mir von der Flucht aus dem Beruf trennen.

»Na, Sie können mir die Absage mailen, nachdem ich Sie entlassen habe. Sagen Sie mir, wie stark Ihre Schmerzen sind.«

»Es geht mir gut.« Sie wedelt mit den Händen. »Ich muss nur achtsamer sein, was ich esse. Unterschreiben Sie schon und lassen Sie mich hier raus. Wir müssen die nächsten Schritte für Ihr Buch besprechen.«

»Also gut. Die Krankenschwestern werden Ihre Entlassung in die Wege leiten. Aber jetzt, wo Sie sich glutenfrei ernähren, werden Sie heftiger darauf reagieren, wenn Sie doch versehentlich etwas Glutenhaltiges zu sich nehmen. Sie müssen also wirklich gut aufpassen.«

»Ja, ja. Sagen Sie mir einfach, dass ich nach Hause kann«, erwidert sie und wirft dabei die Arme in die Luft.

»Der Papierkram wird ein Weilchen dauern, aber die Schwestern geben Ihnen Bescheid, wenn Sie gehen können.«

»Ich werde mich bemühen, so geduldig wie möglich zu sein.«

»Gut«, sage ich.

»Und wann können wir über Ihr Buch sprechen?«

Ich verziehe den Mund zu einem Lächeln, um den Impuls zu unterdrücken, *Jetzt, jetzt sofort* zu sagen. »Ich habe noch andere Patienten.«

»Wann haben Sie Dienstschluss?«, drängt sie.

»Um acht.«

»Dann rufe ich Sie um halb neun an. Passt das?«

Ich habe zehn Jahre gewartet, doch sechs weitere Stunden scheinen unmöglich. Aber es muss eben sein. Im Moment bin ich der Medizin verpflichtet, was bedeutet, sie muss an erster Stelle stehen.

»Das passt wunderbar«, antworte ich Mrs Fletcher und verbanne dann alle Gedanken an sie und mein Buch in die hinterste Ecke meines Kopfs, als ich mich zur Visite auf die Station begebe.

Ich komme, kurz bevor mein Handy klingelt, zu Hause an.

»Ich möchte mit Ihnen arbeiten«, sagt Mrs Fletcher, ehe ich auch nur ein Hallo zustande bringe. Sie verstummt, als wartete sie darauf, dass ich etwas erwidere.

»Mit mir arbeiten?« Ich habe es schon verstanden – ich möchte die Worte bloß kurz sacken lassen. »Sie wollen mein Buch vermitteln?«

»Ich habe es verschlungen. Die Einzelheiten sind wunderbar – die Geschichte fühlt sich so real an. Der Held ist trotz seiner Fehler sympathisch. Außerdem mag ich, wie Sie über

Frauen schreiben. Ich denke, das kommt bei einem breiten Publikum an. Ehrlich.«

»Das ist mein erster Roman«, sage ich.

»Ich weiß. Und ich habe Anmerkungen. Ich möchte, dass Sie die Liebesgeschichte zwischen Ben und Madeline stärker herausarbeiten. Zwischen ihnen funkt es eindeutig, und ich verstehe, dass er noch daran zu knabbern hat, seine Frau verloren zu haben, aber ich möchte, dass sie etwas in ihm weckt.«

»Ich schreibe keine Liebesgeschichte. Es ist ein Krimi.«

»Haben Sie mal *Das Model und der Schnüffler* gesehen?« Sie schnaubt. »Wahrscheinlich nicht, dafür sind Sie viel zu jung. Aber tun Sie sich den Gefallen und gucken Sie sich die erste Staffel an. Die findet man bestimmt auf YouTube oder so. Sie sollen es nicht wegen der Verschrobenheit oder der Tonalität gucken – ihr Roman ist ernster. Schauen Sie es sich wegen der Spannung zwischen Cybill Shepherd und Bruce Willis an. Die ist *elektrisch*. Und ich habe das Gefühl, zwischen Ihrem Helden und Ihrer Heldin könnte es ähnlich knistern. Dass sie Madeline heißt, trägt wahrscheinlich dazu bei, aber ich musste sofort an *Das Model und der Schnüffler* denken. Sie ist ein bisschen brav und hält sich immer an die Regeln. Sie kommt aus reichem Hause – das gefällt mir. Und dieses Werden-sie-oder-werden-sie-nicht wird die Leser garantiert fesseln.«

Im Manuskript steht nirgends, dass Madeline aus reichem Hause kommt – aber in meiner Vorstellung trifft das durchaus zu. Dass Mrs Fletcher erfasst hat, was da mitschwingt, fühlt sich komisch an, so als könnte sie in meinen Kopf gucken.

»Das ist meine Hauptanmerkung. Es wird viel Arbeit, dies gut hinzubekommen, aber ich glaube, Sie schaffen das. Wenn Sie mit mir zusammenarbeiten möchten, werde ich einen Ausdruck des Manuskripts handschriftlich kommentieren – da bin ich altmodisch, tja – und die Passagen hervorheben, die sich meiner Meinung dafür eignen, besagtes Knistern dort kulminieren zu lassen. Daneben habe ich noch ein paar andere Anmerkungen.«

»Hört sich super an«, sage ich.

»Aber es gibt zwei Haken. Erstens bin ich wegen meines Besuchs in der Notaufnahme mit der Arbeit in Verzug. Deshalb werde ich Ihnen meine detaillierten Anmerkungen erst in etwa einer Woche schicken können.«

»Das macht nichts.«

»Na, vielleicht doch. Normalerweise gebe ich Autoren einen Monat – eventuell sogar noch länger –, um mir das überarbeitete Manuskript zu schicken. Aber so viel Zeit habe ich nicht mehr. Wie Sie wissen, werde ich in den Ruhestand gehen, und bis dahin möchte ich diesen Roman verkauft haben. Ich möchte, dass Ihre Karriere die letzte ist, die ich mit auf den Weg bringe. Sie sind ein begabter Autor, und ich möchte, dass Sie beim richtigen Verlag unterkommen, mit einem Lektor, der sich um Sie kümmert. Ich möchte mich um Sie kümmern, so wie Sie sich um mich gekümmert haben.«

Es ist, als hätte jemand meinem reinen Freudentaumel soeben die Notbremse verpasst.

Ich sammle kurz meine Gedanken, bevor ich sage: »Mrs Fletcher, Sie schulden mir gar nichts. Mir ist unwohl dabei, wenn Sie sich mir gegenüber verpflichtet fühlen, weil ich Sie behandelt –«

»Nein, überhaupt nicht. Ich fühle mich nie irgendwem verpflichtet. Wie gesagt, Sie sind ein begabter Autor. Wissen Sie, manche Autoren …« Sie verstummt, als überlege sie, wie sie es in Worte fassen soll. »Man merkt, wenn man den Text eines Autors liest, der es liebt zu schreiben. Bei Ihnen trifft das zu. Mehr noch, Sie sind gut darin. Ich mag es nicht, wenn Talent vergeudet wird. So einfach ist das. Wenn Sie sich darauf einlassen, können Sie sehr erfolgreich werden. Aber vielleicht liegt Ihnen der Arztberuf mehr am Herzen als das Schreiben, und Schreiben ist nur ein Hobby für Sie …?«

Ich höre die unausgesprochene Frage und habe das Gefühl, wenn ich antworte, werden meine Worte einen bindenden Vertrag darstellen. Wenn ich sie ausspreche, gibt es kein Zurück.

»Das Arztsein ist für mich keine Herzenssache.« Ich atme aus. »Ich liebe es zu schreiben.« Das Geständnis macht mich ehrfürchtig. Ja, Nathan weiß das von mir, aber er ist mein Bruder. Zum ersten Mal habe ich jemand Wichtigem die Wahrheit gesagt.

»Das merke ich.« Ich kann sie beinahe am anderen Ende der Leitung lächeln hören. »Ich möchte Ihnen helfen, weil Sie Talent haben. Und weil Sie ein ausgesprochen netter Kerl sind. Wenn Sie nicht am Arztberuf hängen, gibt es für Sie eine echte Alternative. Und die möchte ich Ihnen ermöglichen.«

»Wo fangen wir an?«, frage ich. Ich bin bereit. Endlich. Jahrelang habe ich dagegen anzukämpfen versucht, aber jetzt bin ich bereit, für eine Zukunft zu kämpfen, die ich auch wirklich will.

»Tja, das ist der zweite Haken. Das Datum meines letzten Arbeitstags steht felsenfest, weil ich eine neunzigtägige Kreuzfahrt gebucht habe, die eine Woche später losgeht. Bis dahin bleiben mir noch drei Monate. Da es auf Weihnachten zugeht, brauche ich eine realistische Chance, Ihr Buch noch anzubieten, bevor alle zum Jahreswechsel in eine Pause gehen. Und nach der ersten Dezemberwoche kauft kein Verlag mehr irgendwas. Ich brauche das überarbeitete Manuskript zwei Wochen, nachdem ich Ihnen meine Anmerkungen geschickt habe. Also in drei Wochen.«

Zwei Wochen. Das schaffe ich nie und nimmer, es sei denn, ich melde mich krank.

Shit. Ich möchte das machen. Unbedingt. Ich muss bloß einen Weg finden.

»Okay. Abgemacht.«

»Meinen Sie, Sie finden die Zeit dafür?«

Ehrlich gesagt bin ich mir nicht sicher. Aber ich will mir diese Gelegenheit auf keinen Fall entgehen lassen. Nicht wenn ein Traum in so greifbare Nähe gerückt ist, von dem ich stets zu große Angst hatte, zuzugeben, dass er mir alles bedeutet. »Definitiv«, sage ich zu Mrs Fletcher. »Ich kriege das hin.«

10. KAPITEL

ELLIE

In meinem Hirn läuft in Dauerschleife der Traum von Zach Cove, den ich letzte Nacht hatte. Darin ging ich in sein Sprechzimmer und traf ihn unerklärlicherweise nackt an, den hübschesten Hintern präsentierend, den ich je gesehen habe. Ganz zu schweigen von seinen muskulösen Oberschenkeln, dem durchtrainierten Rücken und Armen, die aussahen, als könnten sie Big Ben hochstemmen. Und als er sich umdrehte – eigentlich stehe ich nicht auf Penisse. Ich finde sie hässlich und seltsam. Versteht mich nicht falsch, richtig eingesetzt, können sie magisch sein, aber wenn sie beim Duschen herumwippen oder beim Anziehen umherbaumeln – also, da gucke ich immer weg.

Letzte Nacht war ich von Zachs Penis jedoch regelrecht *gebannt*. Mein Traum-Ich konnte den Blick nicht von ihm lassen – so, als wüsste ich, wozu er in der Lage war, und empfände deshalb nichts als tiefsten Respekt und Verehrung für das, was da vor mir *stand*.

Pech für mein Traum-Ich, dass ich dann aufgewacht bin. Leicht verschwitzt. Als hätten Dr. Cove und ich das Bett geteilt und wären die ganze Nacht schwer beschäftigt gewesen.

Ich weiß, es ist Unsinn, aber als er heute Morgen beschwingten Schrittes in die Praxis kam, fragte ich mich unwillkürlich, ob er wohl den gleichen Traum hatte wie ich.

Ich hänge meine Jacke auf und schnappe mir den Kaffee, den ich eben geholt habe, sowie die Dose mit den Pausensnacks, die ich gestern Abend zubereitet habe. Mein Gefühl sagt mir, diese Woche wird gut laufen. So gut gelaunt habe ich Dr. Cove definitiv noch nicht erlebt. Diese Woche wird er seine neue Praxis angehen, da bin ich sicher.

Ich klopfe an die Tür und er bittet mich herein. Ich setze ein Lächeln auf und versuche das Schamgefühl niederzukämpfen, das mir gefühlt aus jeder Pore dringt.

»Ihr Kaffee«, sage ich,

Er sitzt nicht etwa am Schreibtisch und tippt wie sonst vor sich hin. Er steht da und scheint ... zu packen.

»Danke.« Er schaut hoch. »Ich gehe gleich wieder.«

Mir rutscht das Herz in die Hose. »Oh, verstehe. Werden Sie den ganzen Tag weg sein?«, frage ich in dem Versuch, so zu klingen, als wäre es mir völlig gleich. Aber wenn er geht, wird er nicht da sein, falls irgendwelche Patienten anrufen und kurzfristig einen Termin bei ihm möchten. Unwahrscheinlich, aber die Hoffnung stirbt zuletzt.

»Ja.« Er hält inne, stellt seinen Rucksack ab und dreht sich geradewegs zu mir um. »Genau genommen werde ich zwei Wochen weg sein.« Er muss mir den Schock und die Enttäuschung ansehen, denn sofort versucht er, mich zu beruhigen. »Sie brauchen sich keine Sorgen zu machen. Sie haben weiterhin einen Job. Ich möchte, dass Sie hierbleiben und Anrufe und die Post beantworten.«

Welche Anrufe?, möchte ich ihn anschreien.

»Was soll ich den Leuten sagen?« *Falls jemand anruft, was nicht passieren wird*, verkneife ich mir, hinzuzufügen.

»Ich nehme eine Auszeit von der Arbeit«, sagt er. »Ich sitze immer noch an diesem ...«

»Forschungsprojekt?«, ergänze ich.

»Ganz genau. Und … es ist jetzt in einer spannenden Phase.« Er zieht den Tunnelzug seines Rucksacks zu und schließt dann die Schnallen.

War es nicht das Forschungsprojekt eines Freundes? »Meinen Sie, es wird viel Arbeit nach sich ziehen?«, frage ich.

Ein Grinsen umspielt seine Mundwinkel, als würde er sich ein Lächeln verkneifen. Der echte Dr. Cove sieht sogar noch besser aus als der im Traum. Seine Kieferpartie, seine gerade Nase und sein stolzes Kinn – er besteht in vielerlei Hinsicht nur aus Ecken und Kanten. Aber sein sanftes Lächeln? Dass er seine Haare ein Stück zu lang trägt, so als hätte er bloß vergessen, zum Friseur zu gehen; und seine blauen Augen, wann immer er mich ansieht – die sind wie eine Einladung, in maledivische Gewässer einzutauchen. Ich habe das noch nie über einen Mann gedacht, aber er ist wunderschön.

»Ich glaube schon. Ja.«

»Na, das ist doch gut. Sollte ich mich irgendwie vorbereiten?«

Er schüttelt den Kopf und schultert den Rucksack. Dann kommt er hinter dem Schreibtisch vor und legt mir die Hände auf die Schultern. Wie beim ersten Mal, als wir uns berührten, gibt es ein elektrisches Knistern, und unsere Blicke treffen sich. Als er die Hände sinken lässt, behalte ich seine Finger im Auge, um zu sehen, ob sie tatsächlich Funken sprühen.

»Sie tun bereits alles Nötige.«

Es regt mich auf, aber ich bringe nichts heraus. So als hätte seine Berührung eine Art Betäubungszustand bei mir ausgelöst. Vielleicht hat mich sein Duft – nach Regenschauern und frischen Kiefernnadeln – leicht chloroformiert oder so.

»Okay.« Ich bringe eine jämmerlich gequietschte Antwort heraus, dabei sollte ich ihn eigentlich bitten, mir klipp und klar zu sagen, ob ich noch einen Job haben werde, wenn er wiederkommt. Will er diese Praxis wirklich zum Laufen bringen?

Stattdessen frage ich: »Soll ich Patientinnen und Patienten ab der zweiten Dezemberwoche Termine geben?«

Sein inneres Strahlen lässt kurz nach, wie bei einer flackernden Lampe, deren Glühbirne bald kaputtgehen wird. Ich schaffe es gerade so, nicht aus einem Impuls heraus die Hand auszustrecken und ihn zu trösten. »Rufen Sie mich an, wenn jemand einen Termin möchte.«

»Werden Sie unter Ihrer Handynummer erreichbar sein?«

Er nickt und gibt mir einen Klebezettel. »Falls Sie aus irgendeinem Grund meine Adresse brauchen, dort werde ich sein.« Ich achte darauf, seine Hand nicht zu berühren, als ich den Zettel nehme.

Als er an mir vorbei hinausgeht, drehe ich mich um und sehe ihm nach.

Viel zu lange habe ich abgewartet, dass es besser wird mit Shane. Ich habe an dem Glauben festgehalten, wenn ich alles mir Mögliche tue und wir durchhalten, würde alles gut werden.

Und sieh sich einer an, wie das ausgegangen ist.

Es ist an der Zeit, mir ehrlich einzugestehen, ob ich die gleichen alten Fehler wiederhole.

LinkedIn ist mein persönlicher Erzfeind. Zusammen mit dem Wort *Markt*, wenn es ums Gehalt geht. Die sollten einfach ehrlich sein und sagen: *Wir haben vor, Ihnen so wenig zu bezahlen, wie noch erlaubt ist.* In den letzten anderthalb Stunden habe ich mich auf schätzungsweise zwanzig Stellen beworben und drei Recruitern auf die Mailbox gesprochen, sie mögen mich bitte zurückrufen.

Ich überfliege gerade die Website des Cordon Bleu, als es an der Tür klingelt, und ich stoße mir fast den Kopf an der Zimmerdecke, so hoch springe ich.

Es hat noch nie geklingelt.

Ich musste noch nie einen Patienten hereinlassen. Jemand muss unten am Klingelschild den falschen Knopf gedrückt haben.

»Praxis Dr. Cove«, antworte ich.

»Paket für Dr. Cove«, erwidert jemand. Klingt nach Bullshit. Dr. Cove kriegt nie irgendwas geliefert.

»Wer ist da?«, rufe ich.

»*Rapid Couriers*. Würden Sie mich reinlassen?«

Ich wünschte, es gäbe eine Video-Gegensprechanlage.

»Ich komme runter. Ich kann die Tür nicht von hier aus öffnen.« Das ist gelogen, aber irgendwas stimmt hier nicht. Ich haste gerade die Treppe runter, da geht ein Patient einer anderen Praxis hinaus, und als die Tür aufschwingt, steht draußen ein Typ mit Fahrradhelm, der ein braunes Paket dabeihat.

»Paket für Dr. Cove?«, frage ich, als ich an der Tür angelangt bin. Der Kurier gibt mir ohne ein weiteres Wort den großen braunen Umschlag. Er ist schwerer, als er aussieht, und vorne drauf steht lediglich in schwungvoller Handschrift DR. COVE.

Er hat die Größe und das Gewicht eines Stapels Papier. Komisch. Zach hat nicht gesagt, dass er eine Sendung erwartet.

Er ist erst ein paar Stunden weg, aber ich muss ihn anrufen. Das Paket könnte wichtig sein.

Ich renne nach oben und wähle seine Handynummer.

»Ellie«, sagt er, als er abnimmt, und von seiner rauen Stimme kribbeln mir die Knie. Ich muss mich setzen.

»Gerade ist ein Paket angekommen.«

»Shit«, sagt er. »Ich dachte, sie würde es direkt nach Schottland schicken.« Er seufzt ins Telefon. »Können Sie es per Kurier an die Adresse schicken, die ich Ihnen gegeben habe? Ich steige gleich in ein Flugzeug.«

Ein Flugzeug? Wo zur Hölle will er denn hin? Er hörte sich eigentlich nicht so an, als mache er Urlaub. Ich nehme das gelbe Post-it, das er mir heute Morgen gegeben hat, und werfe einen richtigen Blick auf die Adresse. Schottland.

»Selbstverständlich«, sage ich.

»Ich brauche es so schnell wie möglich. Heute. Oder spätestens morgen.«

»Überlassen Sie das mir«, sage ich. Einen Kurier zu bestellen ist nicht schwer. Es ist ja nicht so, als würde er mich bitten, es auf eine abgelegene polynesische Insel zu schicken. Es geht um Schottland.

»Wenn Sie wollen, kann ich es einscannen und Ihnen mailen?«, schlage ich vor.

»Ich werde dort oben keinen Drucker haben und brauche das Original. Ich möchte nicht, dass mir etwas entgeht.«

»Kein Problem.«

Wir legen auf und ich googele Kurierdienste. Als ich der Frau am Telefon gerade die Kreditkartendaten durchgeben will, sagt sie: »Warten Sie. Morgen können wir nicht garantieren. Für die Adresse, die Sie mir genannt haben, gilt eine Paketlaufzeit von mindestens drei Tagen.«

»Sind Sie sicher?«, frage ich nach.

»Yep. So sagt es mir der Computer.«

»Aber es geht um Schottland.«

»Keine Ahnung, was ich Ihnen sagen soll. Drei Tage mindestens.«

»Okay, dann werde ich es lassen.«

Ich lege auf und rufe einen anderen Kurierdienst an. Dort sagt man mir das Gleiche – die Zustellung dauert drei Tage. Beim nächsten ist es noch schlimmer. Sie brauchen fünf Tage. Ich rufe Google auf und gebe die Adresse ein. Wo will Zach denn nur hin, dass ein Kurier drei Tage dorthin braucht? Zu den meisten Orten in Großbritannien könnte ich binnen drei Tagen wahrscheinlich *zu Fuß* laufen.

Die Karte zoomt auf eine kleine Insel vor der Westküste Schottlands.

Huch. Entlegener geht es kaum. Was führt Zach dorthin? Hat er Familie in der Gegend? Eine Freundin? Will er einfach nur in Ruhe diese Forschungsarbeit fertigstellen?

Ich probiere es noch bei ein paar weiteren Kurierdiensten, doch keiner kann helfen, also schreibe ich Zach. Ich will bloß sichergehen, dass die Sendung wirklich so dringend ist, wie er meinte.

Die meisten Kurierdienste sagen, die Zustellung dauert mindestens drei Tage. Passt das?

Wenn er mit Nein antwortet, weiß ich nicht recht, welche Möglichkeiten wir haben, aber immerhin, welche nicht.

Während ich eine Antwort abwarte, sehe ich mir sein Ziel ein bisschen genauer an. Es liegt genau südlich von Skye, eine kleine Insel namens Rùm. Man kommt nur per Fähre hin. Warum um alles in der Welt sollte Zach ausgerechnet dort hinwollen?

Mein Handy piept auf dem Schreibtisch, und noch bevor ich nachgesehen habe, weiß ich, dass es Zach ist. Ich wische mit dem Daumen nach oben, um seine Antwort zu sehen.

Nein, das passt nicht. Ich brauche die Sendung spätestens morgen. Sorgen Sie dafür.

Mir wird schwer ums Herz. Dieser Job ist ganz anders, als ich erwartet hatte, aber er ist immer noch der kürzeste Weg von dort, wo ich aktuell stehe, nach da, wo ich hinmöchte, nämlich ans Cordon Bleu. Der Kurs steht fest: Wenn kein Kurier das Paket rechtzeitig liefert, werde ich es selbst hinbringen müssen.

11. KAPITEL

ELLIE

Ich sacke vor Erleichterung darüber in mich zusammen, endlich auf der Fähre nach Rùm zu sein. Es mag zwar nach wie vor Großbritannien sein, aber in der Zeit, seit ich meine Wohnung verlassen habe, hätte ich es inzwischen auch bis nach Mexiko geschafft. Ich bin kurz davor, mich in Frodo umzubenennen, nur dass ich keinen Ring habe, sondern bloß einen leicht zerfledderten braunen Umschlag, den ich doch glatt auch noch an der Rezeption des Hotels in Glasgow, in dem ich übernachten musste, hatte liegen lassen. Zum Glück brachte man ihn mir gerade rechtzeitig aufs Zimmer, um den leichten Herzkasper zu stoppen, den ich bekam, als ich merkte, dass er weg war. Obwohl ich keinen Tropfen Alkohol angerührt habe, ging ich mit schwirrendem Kopf und dem dringenden körperlichen Bedürfnis, mich hinzulegen, ins Bett. Aufgewacht bin ich im Grunde im selben Zustand, und die vierstündige Fahrt von Glasgow nach Mallaig hat es nicht viel besser gemacht. Immerhin habe ich es auf die Fähre geschafft.

Ich reise zum ersten Mal nach Schottland, doch es gibt nicht viel zu sehen. Wir gleiten umhüllt von einer grauen Wolke dahin, einem Nebel, der Sehen und Hören erschwert. Was ich vom gegen das Schiff peitschenden Meer erkennen kann, sieht kalt, dunkel und abweisend aus. Nicht, dass ich vorgehabt hätte, baden zu gehen. Es sind keine leisen Dudelsackklänge zu hören. Keine zerklüfteten Berge zu sehen. Keine sexy Männer in Kilts mit Beinen, die aussehen, als könnten sie jemanden damit killen. Ich wünschte, ich wäre zu Hause.

Das ist es wert, sage ich mir selbst. *Er wird echt zu schätzen wissen, was du für ihn machst.*

Auf dem Schiff herrscht eine merkwürdige Mischung aus Stille und Lärm. Ich höre weder Stimmen noch Verkehrsrauschen oder andere vertraute Geräusche, doch gleichzeitig ist es alles andere als leise. Der Wind pfeift und heult wie ein launischer Teenager, und die Wellen donnern und krachen wie das Geschnarche eines schlafenden Riesen.

Dann durchschneidet die Lautsprecheranlage das Getöse, als sie knackend und knisternd zum Leben erwacht. »Dies ist eine Sicherheitsdurchsage. Alle Passagiere begeben sich bitte sofort nach drinnen.«

Mir zieht sich das Herz in der Brust zusammen. Eine Sicherheitsdurchsage? Ich sehe mich um. Es stehen nur wenige Menschen an Deck. Alle anderen, die an Bord der Fähre gegangen sind, haben bereits Schutz vor den Elementen gesucht. Ich stehe der Tür nach drinnen am nächsten, also drehe ich mich und bücke mich, um meinen Koffer zu nehmen, da bäumt sich das Schiff auf wie ein scheuendes Pferd. Dadurch falle ich hin und pralle gegen die Bordwand, wobei meine Schulter bei dem Sturz das meiste abbekommt.

Ehe ich weiß, wo oben und unten ist, erscheinen zwei Männer und packen mich unter den Armen. Ich jaule vor Schmerz auf, als sie mich hochziehen. »Gehen Sie rein«, schreit einer von ihnen.

Ich sehe mich suchend nach meinem Koffer um, doch er ist weg. Nein! Ich darf das verdammte Päckchen nicht verloren haben. »Mein Koffer!«

Der Mann, der mich angeschrien hat, zeigt zu dem anderen,

der gerade hineingeht und mein Gepäckstück hinter sich herzieht.

Gott sei Dank. Ich schaffe es bis zur Tür, während sich die Fähre hebt und senkt, wie es bis jetzt noch nicht der Fall war. Als ich nach drinnen trete, knallt die Tür hinter mir zu, wie um zu sagen: *Du verdammte Idiotin, komm ja nicht wieder raus, ehe es dir gestattet wird.*

Ich finde mich in einem in glänzender weißer Außenfarbe gestrichenen Innenraum wieder, und zu drei Seiten gibt es hüfthohe Fenster. Hier drin ist es sogar heller als draußen. Eine Durchgangstür führt noch in einen weiteren Raum, aber es sitzen nur gut acht Leute auf den drei Holzbänken entlang der Wände. Ich nehme meinen Koffer und rutsche ans Ende der Bank mit Blick in Fahrtrichtung. Zu meiner Linken nestelt eine Frau an einem Rosenkranz. Fairerweise muss ich sagen, wenn ich Katholikin wäre, würde ich mich jetzt bekreuzigen und einige Ave-Marias beten. Ich weiß, ich bin in Schottland, aber die See ist rau. Die einzige Fähre, auf der ich je war, ist die riesige Autofähre über den Ärmelkanal nach Frankreich, die wir immer nahmen, als ich klein war. Die Überfahrten waren nie annähernd so ... schaukelig.

Ich schaue mir die Mienen der anderen Passagiere an, um herauszufinden zu versuchen, ob sie Angst haben. Wenn es nicht erlaubt ist, raus an Deck zu gehen, hat sich vielleicht die Wetterlage geändert, seit wir abgelegt haben. Vielleicht hat die Crew nicht mit solchem Seegang gerechnet.

Meine Angst übersteigt die Scham, jemand Wildfremdes anzusprechen, und ich wende mich an die Frau neben mir. »Ist es normal, dass es verboten wird, an Deck zu gehen?«, frage ich.

Sie dreht den Kopf nicht zu mir, während sie auf ihrem Handy herumtippt. »Ich wüsste nicht, dass im Winter jemand draußen an Deck bleibt.«

Ich bin eindeutig keine Einheimische. Aber wenn man bedenkt, dass ich nicht mal mit dem Mietwagen übersetzen durfte, weil alle Fahrzeuge auf Rùm eine Genehmigung brauchen, stellt sich die Frage, ob überhaupt Einheimische auf Rùm leben. Und wie um alles in der Welt ist Zach ausgerechnet da gelandet?

Es geht mich nichts an, sage ich mir. Ich bin nur hier, um ein Paket abzuliefern, bis heute Abend werde ich wieder von der Insel runter und zurück in Glasgow sein.

Sehr lange eindreiviertel Stunden, nachdem wir abgelegt haben, legen wir im Hafen von Rùm an. Lebend.

»Danke«, rufe ich, als ich den Metallsteg überquere und festen Boden betrete. Ich weiß nicht genau, ob ich den Kapitän meine, die Crew oder die Frau mit dem Rosenkranz – jeden, der uns sicher hergebracht hat, nehme ich an.

Jetzt muss ich nur noch Kinloch House finden. Darauf beschränkt sich die Adressangabe. Kinloch House, Rùm. Ich sehe mich um, um mich zu orientieren, brauche jedoch nicht zu raten, in welche Richtung ich gehen muss. Es gibt nur eine. Ich folge den anderen Fährpassagieren die Straße hinauf. Die meisten werden an einem kleinen Parkplatz etwa fünfzig Meter hinter dem Hafen mit dem Auto abgeholt. Aber zwei gehen weiter die Straße entlang und ich folge ihnen. Die müssen in die Stadt gehen. Oder ins Dorf oder wo auch immer sich das Leben auf dieser winzigen Insel abspielt. Als die zwei, denen ich folge, ein Stück weiter die Straße hinauf in ein Auto steigen, wird mir klar, dass ich keine Ahnung habe, wo ich hinmuss beziehungsweise wie lang der Fußweg dorthin ist. Ein Teil von mir hatte wohl einfach angenommen, am Fähranleger würde es einen Taxistand geben. Pech gehabt. Zu allem Übel ist mir der Nebel, der die Fähre eingehüllt hat, anscheinend an Land gefolgt, und die Sichtweite beträgt nicht mehr als zehn Meter.

Verfluchter Nebel.

Verfluchtes Schottland.

Verfluchter Zach Cove.

Ich bleibe stehen und überlege, ob ich zum Fähranleger zurückgehen soll, um zu schauen, ob dort irgendwer weiß, wie man nach Kinloch House kommt. Ein Hupen schreckt mich auf, aber das Paar, dem ich die Fähre hinunter gefolgt bin, hält mit dem Auto neben mir an.

»Sollen wir Sie mitnehmen?«, fragt die Frau, die eine braune Pudelmütze trägt. Sie sieht genauso irritiert aus wie ich.

»Ich suche Kinloch House. Kennen Sie das?« Ich beuge mich vor, damit ich mitkriege, was sie sagt.

»Kinloch Castle?«, fragt sie.

Ich hole mein Handy heraus, um nach der Adresse zu sehen, die Zach mir aufgeschrieben hat. »Ich glaube nicht. Er hat definitiv Kinloch House genannt.«

»Sie will zu dem Engländer«, sagt der Mann auf dem Beifahrersitz. »Im Cove-Haus.«

Das Cove-Haus. Gehört es Zach etwa? Es ist wohl kaum ein praktisch gelegenes Ferienhaus, zu dem man kurz mal übers Wochenende fahren kann.

»Ahh«, macht die Frau, »der Engländer. Natürlich. Ich kann Sie hinfahren. Springen Sie rein.«

Normalerweise würde ich schnellstens das Weite suchen und der Polizei wahrscheinlich versuchtes Kidnapping melden, wenn mir eine Fremde sagen würde, ich solle in ihr Auto springen. Aber an diesem Punkt meiner Reise wäre eine kleine Entführung eine willkommene Abwechslung. Ich bin dabei.

»Das wäre toll«, erwidere ich. »Vielen Dank.«

»Brauchen Sie Hilfe mit Ihrem Koffer?«, erkundigt sich der Mann.

»Nein, danke, das geht schon.« Ich stelle meinen Koffer in den Fußraum und umrunde dann das Heck des Wagens, um auf der anderen Seite einzusteigen. Erst als ich im Auto sitze, merke ich, wie kalt mir war. »Vielen Dank.«

»Kein Problem. Das wäre ein ganz schöner Fußmarsch gewesen. Außerdem wohnen wir nicht weit weg vom Cove-Cottage.« Sie lächelt mich an. »Haben Sie sich von der Überfahrt erholt?«, fragt sie lachend. »Bin nicht sicher, ob die Fähre noch wieder ablegen wird. Ich war überrascht, dass sie überhaupt fuhr.«

»Gott sei Dank schon«, meint der Mann. »In Mallaig will man nicht festsitzen.« Sie lachen beide, als wäre in Mallaig festzusitzen, wie in einem Vergnügungspark eingeschlossen zu sein, nachdem alle Fahrgeschäfte abends dichtgemacht haben.

»Da lang kommen Sie zur Post und zum Gemischtwarenladen.« Die Frau deutet auf eine Straße, die zur Küste hinunterführt.

»Ich bleibe nicht«, erkläre ich. »Ich bin nur hier, um meinem Chef ein Paket zu bringen. Danach muss ich wieder zurück.«

Der Mann setzt an, etwas zu sagen, aber als ihm die Frau das Knie tätschelt, lässt er es bleiben. Hoffentlich wollte er mir nicht mein Schicksal verkünden und sagen: »Sie werden nirgendwo hingehen. Wir bringen Sie um, braten Sie und verspeisen Sie zum Abendessen.«

»Es ist gleich da oben«, sagt die Frau in einem Singsang. »Nicht mehr weit. Das Cove-Cottage ist das abgelegenste von allen Häusern da oben. Der Rest von uns wohnt lieber in fußläufiger Entfernung zum Laden. Wir zwei führen außerdem die Post, deshalb müssen wir in der Nähe leben. Egal, wie das Wetter ist, wir haben immer geöffnet, nicht wahr, Charlie?« Sie wartet keine Antwort ab. »Wenn richtig schlechtes Wetter herrscht, kann man nirgendwo hinfahren.«

»Verstehe«, sage ich. »Es ist bestimmt wunderschön hier im – «

»Es ist immer schön«, sagt sie. »Das kann man heute bloß nicht sehen. Der Nebel ist ein ulkiges Biest. Binnen einer Minute da. In der nächsten wieder weg.«

»Besser als Schnee«, meint er.

»Da wären wir.« Wir biegen von der Hauptstraße in einen Schotterweg ein. »Ich lasse Sie hier raus, wenn das in Ordnung ist.«

Durch die trübe Nebelsuppe ist gerade so ein kleines einstöckiges, weiß verputztes Haus zu erkennen. Es ist bloß geschätzte dreißig Meter entfernt. »Perfekt. Vielen Dank.«

»War uns ein Vergnügen. Willkommen auf Rùm. Man sieht sich.«

Eher unwahrscheinlich, verkneife ich mir zu erwidern. Ich werde noch heute die Fähre zurück nach Mallaig nehmen und habe keinen Grund, dazwischen noch bei der Post anzuhalten. Ich steige mit meinem Koffer aus. »Danke noch mal.« Ich winke und schließe die Autotür. Ich habe Bauchflattern vor lauter Erwartung, als ich mich aufrichte und auf das Haus zugehe.

Ich bin auf Zachs Gesicht gespannt, wenn ihm klar wird, dass ich den ganzen weiten Weg hergekommen bin, um ihm sein Paket persönlich zu bringen.

12. KAPITEL

ELLIE

Ich hebe den runden Türklopfer an der weißen Kassettentür an, und er landet mit einem Klonk auf dem Holz. Noch einmal und dann warte ich. Er wird so was von dankbar sein. Ich kann es nicht erwarten, sein Gesicht zu sehen.

Als Zach die Tür aufmacht, vollführt mein Bauch einen Salto. Es ist erst einen Tag her, aber ich hatte vergessen, wie attraktiv er ist. Seine blonden Haare sehen noch zerzauster aus als sonst, und er trägt eine dunkelgraue Jogginghose und ein Henleyshirt, bei dem die obersten Knöpfe offen stehen und den Blick auf etwas Brusthaar freigeben, was ich zuvor noch nie zu Gesicht bekommen habe.

»Ellie?«, fragt er, als wäre er eben erst aufgewacht. »Was? Wie?«

»Ich bringe das Paket«, verkünde ich und kann nicht anders, als ihn anzustrahlen. Ich bin total zufrieden mit mir. »Ich konnte keinen Kurierdienst finden, der es in weniger als drei bis fünf Tagen zugestellt hätte. Sie haben darauf beharrt, dass Sie es noch heute brauchen, also habe ich es selbst hergebracht.«

Er macht große Augen und fährt sich mit einer Hand durchs Haar, wobei sein Shirt hochrutscht und zehn Zentimeter durchtrainierten Oberkörper offenbart. »Wow.« Das *Wow* kommt nicht so heraus, wie ich es sagen würde, wenn jemand Himmel und Hölle in Bewegung gesetzt hätte, damit ich bekomme, was ich brauche. Ich bekomme dasselbe hohle Gefühl in der Magengrube, wie wenn Shane sich darüber beschwerte, ich würde ihm nach seinen Rennen nicht genug Berichterstattung in den Mainstream-Medien sichern. Tatsache war, dass sich die Mainstream-Medien einen feuchten Dreck um Speedway-Rennen scherten. Ehrlich gesagt scherte sich abgesehen von den Fahrern und ihren Familien kaum jemand um Speedway. Wie es aussah, schrumpfte selbst die eingefleischte Fangemeinde in den zehn Jahren, in denen ich Shanes Freundin-Schrägstrich-Managerin war.

»Ich möchte nicht stören«, sage ich. »Ich wollte das nur vorbeibringen und wieder gehen. Ich nehme die nächste Fähre zurück nach Mallaig.«

Er runzelt die Stirn, tritt dann zur Seite und macht die kleine Tür so weit auf, wie es geht. »Kommen Sie rein.«

»Ehrlich, es ist eine lange Rückreise, ich sollte gar nicht bleiben.« Ich bin erschöpft. Bei der Aussicht auf die vierstündige Fahrt zurück nach Glasgow nach einer erneuten zweistündigen Fährüberfahrt kommt in mir keine Freude auf, aber dazusitzen und Small Talk mit jemandem zu betreiben, den ich kaum kenne – auch wenn er verdammt sexy ist und schon meinen Schlüpfer gesehen hat –, wird es kein Stück besser machen.

»Kommen Sie rein, Ellie.« Sein energischer Tonfall überrumpelt mich. »Es fahren heute keine Fähren mehr.«

Ich erschauere und meine Rippen schmerzen vor Kälte. Was meint er mit *heute keine Fähren mehr*? »Ich bin mit der ersten heute hergekommen und nehme die am Nachmittag zurück.«

Es fahren täglich zwei Fähren. Ich habe nachgeschaut.

»Nachmittags fährt keine. Nicht im November. Sie müssen auf den Sommerfahrplan geschaut haben.« Er schließt die Tür und geht an mir vorbei.

Mir hängt vor Angst ein Kloß im Hals. Ich bin die Praxishilfe. Ich sollte durchorganisiert sein und proaktiv. Ich sollte in der Lage sein, einen Fährfahrplan zu lesen. »Es geht bestimmt noch eine andere«, murmele ich.

»Möchten Sie Kaffee oder Tee?«, ruft er von wo auch immer er hin verschwunden ist.

Ich blicke hoch. Das Cottage ist winzig. Die Haustür führt direkt ins Wohnzimmer, in dem sich links in der Wand eine aus rotem Backstein gemauerte Kaminnische befindet und gegenüber ein großes Sofa. Für mehr als einen Korb Holzscheite ist weiter kein Platz. Neben dem Kamin gibt es noch eine kleine Tür, durch die Zachs Stimme kommt. Ich stelle meinen Koffer ab und gehe hindurch. Die Küche ist zwar größer, als ich erwartet hatte, aber dennoch klein, und sie wirkt sogar noch kleiner, weil Zach so groß ist.

»Ich möchte Ihnen keine Umstände machen. Ich komme schon klar, ich muss mir bloß ein Hotel suchen und nehme dann morgen früh die Fähre zurück.«

»Es gibt keine Hotels auf der Insel. Sie bleiben heute Nacht hier …« Während seine Stimme verklingt, wird mir klar, dass ich festsitze und mein Chef, dem ich eigentlich zur Hand gehen sollte, mir Kaffee macht.

Das ist lächerlich. Ich bin ein hoffnungsloser Fall. Kein Wunder, dass dies der einzige Job über dem Mindestlohn ist, den ich kriegen konnte. Ich habe keinerlei Fähigkeiten oder Qualifikationen. Ich bin zu nichts weiter nutze, als die Termine meines Freundes zu koordinieren.

Unterdrückte Tränen kommen hoch und drohen sich Bahn zu brechen. »Entschuldigen Sie mich«, stoße ich hervor, ehe ich aus der Küche und zur Haustür hinaus fliehe. Was mache ich hier? Was habe ich mir nur gedacht? Ich lehne mich gegen die Hauswand, sinke dann auf die Knie und verberge das Gesicht in den Händen.

Ich bin nutzlos. Shane hatte recht. Wie soll ich ein Jahr am Cordon Bleu schaffen, wenn ich nicht mal nach Schottland fahren kann, ohne es zu vermasseln?

Meine Eltern hatten auch recht. Für meinen Freund das Studium zu schmeißen war die schlechteste Entscheidung meines Lebens. Die Freunde, die ich noch habe, sind dabei, die Karriereleiter hochzuklettern, und ich hocke hier im Nirgendwo und bin nicht mal richtig in der Lage, eine Postsendung zuzustellen. Ich habe die letzten sechs Wochen mit Nichtstun verbracht. Zu mehr tauge ich nicht. Wenn Zach tatsächlich jemals Patienten hat, wird er mich feuern, denn damit werde ich nie im Leben umgehen können.

»Ellie?« Zach ist nach draußen gekommen und steht vor mir.

»Geben Sie mir bitte einen Augenblick?«, frage ich, ohne die Hände vom Gesicht zu nehmen.

»Es ist kalt hier draußen. Kommen Sie rein.«

»Mir geht's gut. Ich brauche bloß einen Augenblick.«

Es geht mir nicht gut, und ich werde mordsviel länger brauchen als einen Augenblick, um mich wieder zu fangen, aber ich halte es nicht aus, dass mein Chef meinen Kollaps mitbekommt.

Ich höre die Tür zugehen und atme aus, dankbar darüber, dass ich jetzt wenigstens ohne Publikum zusammenbrechen kann.

Tief einatmen. Lange ausatmen.

Faktisch gesehen habe ich es vermasselt. Aber wenigstens hat Zach sein geheimnisvolles Paket. Wenn er drei bis fünf Tage darauf hätte warten können, hätte er das sagen sollen. Die einzige Möglichkeit, es heute zu ihm zu bekommen, war nun einmal, es selbst herzubringen, also habe ich das gemacht.

Er wird sich mit einem Übernachtungsgast abfinden müssen, aber wenigstens hat er sein Paket. Ich stehe auf. Schlimmstenfalls feuert er mich. Ich rechne jetzt schon eine ganze Weile fest damit, bin also auch nicht ärmer dran als vor meiner Abreise aus London. Na ja, ich bin an die fünfhundert Pfund ärmer dran, aber wenigstens habe ich meine proaktive Art unter Beweis gestellt.

Ich atme tief durch und drehe mich zum Haus um. Zach sieht mir durch das Fenster in der Tür entgegen. Er wirkt besorgt. Oder genervt. Ich kenne ihn nicht gut genug, um das unterscheiden zu können.

Ich muss mich den Tatsachen stellen, statt es mir anders zu wünschen. Als ich einen Schritt vorgehe, öffnet er fast im selben Augenblick die Tür.

»Ich hätte mich bedanken sollen«, sagt er. »Dafür, dass Sie das Päckchen gebracht haben. Ich weiß das sehr zu schätzen. Mir hätte klar sein müssen, dass die Paketdienste ewig brauchen, um es hierher zu liefern.«

»Ich möchte Ihnen einfach die bestmögliche Praxishilfe sein. Wenn ich gewusst hätte, dass es keine Fähren und keine Hotels gibt …« Mir ist vor Scham und Angst flau im Magen. Heiße Tränen brennen mir in den Augen, aber ich blinzele sie weg. Meine Reaktion liegt nicht an Zach Cove und seinem Päckchen, er braucht jetzt nicht meinen ganzen Frust über ein Jahrzehnt verpasster Karrierechancen abzubekommen.

Als er die Hand ausstreckt, als wollte er mir den Arm tätscheln, mache ich mich auf das elektrische Kribbeln gefasst, das ich immer spüre, wenn er mich berührt. Seine Hand bleibt in der Schwebe und er zieht sie zurück. »Legen Sie die Jacke ab und wärmen Sie sich am Kamin auf.«

Ich kann nirgends hin, also muss ich die Peinlichkeit der Lage schlucken und das Beste daraus machen. Ich ziehe die Jacke aus und hänge sie an die Garderobe neben der Tür.

»Machen Sie einfach mit dem weiter, womit Sie bis eben beschäftigt waren. Sie brauchen nicht den Gastgeber für mich zu spielen.«

»Zehn Minuten kann ich erübrigen«, sagt er. »Ich habe Kaffee gemacht.« Er nickt zu einem kleinen Beistelltisch neben dem Sofa.

»Danke.« Ich setze mich und lege die Hände um die Tasse, um sie zu wärmen.

»Sind Sie denn heute Morgen hergeflogen?«, fragt er.

Ich stöhne innerlich. »Mit dem letzten Flug gestern Abend, sonst hätte ich die Fähre nicht gekriegt.«

»Wow.« Er hockt auf der Lehne des grün karierten Sofas und wirkt ungefähr so entspannt, wie ich mich fühle. Aber bei ihm sieht unentspannt gut aus. Seine Hose liegt an genau den richtigen Stellen eng an, und das körperbetont sitzende Henleyshirt bringt seinen V-förmigen Oberkörper und seine muskulösen Arme zur Geltung. Vielleicht versteckt er in der Praxis Gewichte in den Schreibtischschubladen und verbringt seine gesamte Zeit dort mit Pumpen. Oder was weiß ich. »Wie gesagt, ich bin Ihnen sehr dankbar. Eigentlich sollte das … Paket direkt hierher geschickt werden. Da muss offenbar etwas schiefgegangen sein.«

Ich nicke, als würde ich verstehen, was ich jedoch nicht tue. Er soll mir verraten, was denn so wichtig ist. »Ja. Da muss jemand durcheinanderbekommen haben, wann Sie abreisen, oder so.« Wir haben nicht 1999. Was kann man denn nicht per E-Mail schicken? »Haben Sie hier Internet?«

»Kein stabiles. In der Post gibt es guten Empfang. Die Gebühr ist nur ein Pfund pro Stunde.«

Ich schweige in der Hoffnung, dass er dann die Leerstellen füllt. Zum Beispiel, warum zum Kuckuck er sich das Ding nicht per E-Mail hat schicken lassen. Aber er stellt keinen Zusammenhang zwischen meiner Frage und seinem mysteriösen Päckchen her. »Ich komme wirklich allein zurecht. Machen Sie also ruhig einfach weiter mit … was auch immer Sie gemacht haben, bevor ich ankam.«

Ich weiß nicht recht, was ich mit mir anfangen soll, aber bestimmt fällt mir etwas ein. »Ach, wie wär's, wenn ich uns Abendessen koche. Hatten Sie irgendwas geplant?« Ich schnelle hoch. Auf die Art kann ich mich nützlich machen. Ich kann kochen. Wir müssen schließlich beide etwas essen, und mich in die Küche zu stellen ist gerade die einzige umsetzbare Möglichkeit, meinem Gedankenkarussell zu entkommen – dem allerletzten Ort, an dem ich sein will.

13. KAPITEL

ZACH

Ich verschränke die Hände hinter dem Kopf und stoße den Atem aus, während ich auf meinen Laptop starre, der auf dem Frisiertisch im einzigen Schlafzimmer des Cottage steht. Gott sei Dank gibt es Ellie. Mrs Fletchers Anmerkungen haben etwas in mir losgetreten; ich verstehe, was sie von mir möchte und warum. Es hilft, dass sie Passagen im Manuskript hervorgehoben hat, von denen sie findet, dass ich dort leichtes Geflirte einbauen und Verbundenheit herstellen kann.

Mrs Fletcher hat sich mit ihren Kommentaren hauptsächlich auf die Liebesgeschichte konzentriert. Auf Stellen, wo sie findet, das Knistern könnte gesteigert werden, und Lücken, wo ihrer Meinung nach mehr davon durchschimmern sollte. Jetzt, wo ich Seite für Seite durchgehe, ist ganz klar, dass es zwischen den beiden Figuren knistert. Mir war bloß nicht in den Sinn gekommen, dass man das … ausbauen könnte. Beziehungsweise, dass es ausgebaut werden *sollte*. Aber sie hat recht – es funktioniert. Es gibt Benjamin mehr Tiefe. Neben seinem scharfen Verstand und seiner harten Schale bekommt er auch ein Herz. Nicht, dass er innerlich tot wäre – er hat nur hohe Ansprüche, und um seine Aufmerksamkeit zu erregen, also, da muss eine Frau schon außergewöhnlich sein.

Mrs Fletcher ist echt genial.

Allerdings habe ich das Gefühl, mir fallen bald die Finger ab.

Ich brauche eine Pause. Ich stehe auf, beuge mich vor und speichere sorgsam die Änderungen ab, die ich heute vorgenommen habe.

Es ist gerade mal kurz nach vier, aber wenn ich jetzt eine Pause mache, schaffe ich danach noch mal zwei oder drei Stunden.

Nur für den Fall, dass Ellie aus irgendeinem Grund ins Schlafzimmer geht, drehe ich das Manuskript um. Mrs Fletcher hat *überall* Kommentare hingekritzelt, und die lesen sich definitiv nicht so, als hätten sie irgendeinen medizinischen Hintergrund.

Ich gehe hinaus, um mir eine Tasse Kaffee zu holen.

Heute habe ich mit vielem gerechnet, aber nicht mit einem Übernachtungsgast. Ich bin dankbar, dass Ellie das Manuskript hergebracht hat, aber es wäre einfacher gewesen, wenn es ein Kurier geliefert hätte. Mir gefällt der Gedanke einfach nicht, dass jemand weiß, was ich hier mache. Das muss geheim bleiben. Getrennt von allem anderen.

Und Ellie ist ... nicht unbedingt eine *Ablenkung*, schließlich nimmt mich das Schreiben voll und ganz ein, aber mit ihr zusammen in diesem kleinen Häuschen zu sein, das kaum größer ist als die Praxisräume, ist viel. In London bin ich mir ungefähr die erste Stunde jeden Morgen ihrer Anwesenheit gleich hinter der Wand immer extrem bewusst.

Wenn Mrs Fletcher es schafft, mein Buch zu verkaufen, ändert sich alles. Darauf muss ich fokussiert bleiben. Ja, da wäre noch meine Familie und ihre Vorstellung davon, wie mein Berufsweg aussehen sollte, aber wenn ich mit der Neuigkeit bei ihnen ankomme, dass tatsächlich ein Verlag mein Buch gekauft hat, regt es sie vielleicht nicht ganz so auf, dass ich kein Arzt mehr sein will. Dad ist dann vielleicht trotzdem stolz.

Als ich die Schlafzimmertür aufmache, hüllt mich ein zarter Fliederduft ein, als würde ich an Wildblumen vorbeispazieren.

In der Praxis ist es auch so. Der Duft ist sommerlich und schön und verrät sofort Ellies Anwesenheit. Ich versuche, mir ein Grinsen zu verkneifen. Vielleicht wird es nett, ein bisschen Gesellschaft zu haben – jemanden, der mich aus der fiktiven Welt holt, in der ich den ganzen Tag verbringe. Vielleicht gehe ich dann morgen frischer ans Werk.

»Hey«, sage ich und lehne mich gegen den Türrahmen der Küche, während Ellie irgendetwas in der Spüle abwäscht. »Alles okay bei Ihnen?« Sie war vorhin ganz außer sich, und ich weiß nicht recht, warum. Ich kann verstehen, dass sie nach Hause wollte, aber es wundert mich, dass es sie so schlimm getroffen hat, über Nacht hier festzusitzen.

Als sie sich umdreht und lächelt, ist es, als hätte jemand am Dimmer gedreht und meinen Tag heller gestellt. »Hey. Kann ich Ihnen eine Kleinigkeit zu essen machen?«

Ich lache. Sie bietet mir ständig etwas zu essen an. »Ich wollte mir bloß einen Kaffee machen.«

»Überlassen Sie das mir. Gibt es hier eine Cafetiere?« Als sie sich umdreht und anfängt, in den Schränken nachzusehen, versuche ich zu ignorieren, wie ihr das offene Haar über den Rücken fällt, fast bis zur Taille, die wie bei einem Korsage tragenden Filmstar der Fünfzigerjahre ganz schmal zuläuft und dann wieder auseinandergeht.

»Ich steh auf Instantkaffee«, sage ich und nicke dabei zu dem Vorratsglas neben dem Wasserkocher.

Sie dreht sich mit gerunzelter Stirn um. »Echt?«

»Schwer zu glauben, weil ich ein Mann von exzellentem Geschmack bin?«

Als sie errötet, spüre ich die Hitze ihrer Wangen in meiner Brust. Sie ist wunderschön. »Ich hatte angenommen, dass ...«

Sie schüttelt den Kopf. »Ignorieren Sie mich einfach. Ich setze Wasser auf.«

Sie ignorieren? Ich glaube nicht, dass das geht.

In der Küche ist nicht sonderlich viel Platz, deshalb lasse ich sie den Wasserkocher befüllen und aufsetzen. Besser so, als versehentlich mit ihr zusammenzustoßen. Immer wenn ich sie berühre, verspüre ich ein elektrisches Kribbeln. Ich komme nicht dahinter, warum.

»Wie läuft's mit der Arbeit?«, erkundigt sie sich.

Ich nicke. »Gut. Was sie mir hergebracht haben, ist sehr hilfreich.«

Ohne die Anmerkungen war die Liebesgeschichte schwieriger zu schreiben als erwartet. Als ich das Thema am Telefon mit Mrs Fletcher besprach, schien es eigentlich ziemlich klar zu sein. Ich bin es nicht gewohnt, mir so intensiv Gedanken darüber zu machen, was Frauen denken oder wie sie wohl auf das reagieren, was ein Mann äußert. Aber wie Mrs Fletcher sagt, lege ich bloß Zündpapier aus. Es muss nicht brennen. Wenigstens hat sie mir klar markiert, wo ich ansetzen soll, ich muss mir also bloß das Was überlegen und nicht das Wo.

»Das ist schön«, sagt sie. »Tut mir leid, wenn ich Sie aus dem Tritt gebracht habe.«

»Im Gegenteil«, erwidere ich. Ohne sie hätte ich im Nebel gestochert, ohne recht zu wissen, was ich machen soll.

Als sie noch mehr errötet, macht sich Verlangen in meiner Brust breit.

Vielleicht fällt Benjamin an Madeline zuallererst auf, wie sie errötet. Oder der leicht besorgte Ausdruck hinter ihrem Lächeln, so wie Ellie ihn hat. Vielleicht will er wissen, was sie derart beschäftigt.

»Möchten Sie eine Kleinigkeit zu essen?«, fragt Ellie noch einmal, während sie frisch gekochtes Wasser in die bereitgestellte Tasse gießt.

Instinktiv lege ich die Hand auf den Bauch, woraufhin Ellies Blick dorthin und dann schnell wieder zum Wasserkocher huscht, als wäre sie auf frischer Tat ertappt worden. Ich verkneife mir ein Grinsen. »Der Kaffee reicht mir«, antworte ich.

Sie nimmt die Tasse und schiebt sie neben mich auf die Arbeitsfläche, statt sie mir zu geben. Ich kann nicht anders, als mich zu fragen, ob sie Körperkontakt mit mir vermeiden will. Spürt sie etwa immer das Gleiche wie ich, wenn wir uns berühren?

Ich greife nach der Tasse. »Ich sollte mich wieder an die Arbeit machen.«

»Sagen Sie Bescheid, wenn Sie etwas zu essen möchten«, sagt sie. »Ich koche für mein Leben gern.«

Unwillkürlich überlege ich, ob sie wohl ihre ganze Freizeit in der Küche verbringt und warum sie nicht beruflich kocht, wenn sie es doch so gern tut.

Ich nehme die Tasse und kehre zurück ins Schlafzimmer und zu Benjamin Butler.

Für mich ist meine Hauptfigur ein zufriedener Single, bis er Madeline begegnet und etwas ihn ihm aufkeimt. Ganz allmählich. Und ich stelle mir vor, wie er darum ringt, den Keim zu ersticken – sie *nicht* zu mögen. Aber ich denke, er kommt nicht dagegen an, dass er zunächst fasziniert und dann beeindruckt von ihr ist. Ja, auf die Art verliebt sich ein Romanheld wie Benjamin. Zuerst muss es in seinem Kopf klick machen. Zwischen ihnen muss es erst auf der geistigen Ebene passen, dann kommt die körperliche hinzu. Vielleicht denken sie ähnlich. Oder haben die gleiche methodische Herangehensweise. Er findet vielleicht, dass sie zu stark auf moderne Technik und neue Verfahrensweisen setzt, aber nichtsdestotrotz haben beide lieber Block und Stift dabei, statt sich elektronisch Notizen zu machen. Sie gibt ihm vielleicht eher einen Schubs, als er es sonst von anderen kennt. Ein bisschen so, wie Ellie es mit der Vertragsarztzulassung gemacht hat. Ja, Benjamin versucht, Madeline zu widerstehen, aber auch wenn er es nicht merkt, ist sie genau, was er braucht. Das Schicksal hat die beiden im Visier.

14. KAPITEL

ELLIE

Ich habe das Beste aus dem gemacht, was sich im Kühlschrank und den Küchenschränken finden ließ. Keine Ahnung, was genau Zach heute Abend essen wollte, aber den acht Dosen auf dem Fensterbrett nach zu schließen, hätten wohl Baked Beans dazugehört.

Zum Glück gab es so eine Art Begrüßungspaket mit Lebensmitteln, das noch unangerührt war, sodass ich es geschafft habe, einen Würstchenauflauf mit Wirsingkohl, Kartoffelpüree und Soße zuzubereiten. Ein Lieblingsgericht von mir, das ich ewig nicht gekocht habe, weil Shane es hasste.

Ich nehme an, irgendwann wird Zach aus dem Schlafzimmer rauskommen, aber um acht ist das Essen fertig – gleich also. Länger wird er doch bestimmt nicht arbeiten. In der Küche steht ein kleiner Tisch, gerade groß genug für uns beide. Gerade so. Ich habe ihn mit Platzmatten und Besteck eingedeckt. Das Essen braucht nur noch ein paar Minuten und ich habe schon den Abwasch erledigt – von Hand, denn es gibt keine Spülmaschine.

Ich lehne mich gegen die Arbeitsplatte. Wie könnte ich noch etwas verbessern? Mit Senf natürlich, aber den habe ich nicht. Ich habe sämtliche Küchenschränke ausgeräumt, um zu sehen, ob ich noch ein verstecktes Glas finde, aber es gibt keins. Mein Blick fällt auf einen leeren Keramikbecher auf dem Fens-

terbrett, auf den in blauer Schreibschrift *Rùm* aufgedruckt ist.
Ich schaue aus dem Fenster. Draußen vor dem Cottage wächst
nicht viel. Die Landschaft hier ist ziemlich unwirtlich. Aber es
gibt jede Menge Heidekraut. Ich schnappe mir meine Sneakers
von der Fußmatte und schlüpfe hinein. Ich muss mich beeilen,
denn gleich klingelt die Ofenuhr.

Dass ich mir nicht die Mühe mache, eine Jacke anzuziehen,
bereue ich sofort, als ich nach draußen trete. Es herrscht jene
beißende Kälte, die unten im Süden nur alle paar Jahre vorkommt, außerdem ist es gruselig dunkel. Nur weil Licht durch
die Fenster nach draußen fällt, sehe ich überhaupt etwas, doch
in der Ferne kann ich rein gar nichts erkennen. Ich ziehe die Tür
bis auf einen Spalt heran, damit keine kalte Luft reinkommt, ich
mich aber auch nicht aussperre. Das Cottage ist erstaunlich gut
isoliert. Dass ich gekocht habe und ein Feuer im Kamin brennt,
hilft natürlich. Gleich neben der Haustür steht ein blühender
Busch Heidekraut. Ich beuge mich vor und betrachte die rot-
violetten Blüten. Je genauer ich hinschaue, desto mehr scheinen
sie zu leuchten. Ich pflücke ein paar Stängel, doch als ich mich
wieder aufrichte, fegt mich eine Windböe beinahe um. Ich halte mich am Türknauf fest, um nicht das Gleichgewicht zu verlieren, und ziehe die Tür dabei versehentlich zu.

Shit.

Ich versuche sie aufzudrücken, aber sie ist eingerastet.

Wenn Zach mich nicht eh schon für eine Vollkatastrophe
hält, dann wird er es jetzt.

Allmählich spüre ich meine Fingergelenke, und meine Zähne fangen an zu klappern. Ich werde klopfen müssen. Ich lasse
den Türklopfer herunterfallen und warte ab. Doch nichts tut
sich. Ich hebe ihn erneut, und just als er gegen das Holz fällt,
wird die Tür aufgezogen.

Zach sieht mich finster an. »Was machen Sie denn?«

»Sorry«, erwidere ich. »Die Tür ist zugefallen.« Ich schiebe mich an ihm vorbei und bleibe die Heidekrautstängel umklammernd vor dem Kamin stehen. Die waren es definitiv nicht wert, aber ich lasse sie jetzt nicht los.

»Alles okay?«, fragt er. »Sie sollten eine Jacke anziehen, wenn Sie vor die Tür gehen.«

Angst strudelt in mir hoch. Shane hat stets dafür gesorgt, dass ich keinen Fehler je vergaß.

Ich nicke und mache mich darauf gefasst, zwangsläufig gleich runtergeputzt zu werden.

Zach sagt jedoch gar nichts, sondern geht einfach wieder ins Schlafzimmer.

Ich stoße den Atem aus und überlege, was da gerade passiert ist. Er hat recht, ich sollte wirklich eine Jacke anziehen, wenn ich vor die Tür gehe – bloß wollte ich eigentlich nur ganz kurz nach draußen und hatte nicht damit gerechnet, dass es so kalt sein würde. Vielleicht kommt er nachher noch mal darauf zu sprechen.

Mir geht auf, dass ich hätte erwähnen sollen, dass das Essen fertig ist. »Ich hab Essen gemacht«, rufe ich. »Kommen Sie, wenn Sie so weit sind.«

Zach streckt den Kopf zur Tür heraus.

»Sie haben gekocht?« Als seine Hand erneut zu seinem Bauch wandert, folge ich ihr ganz bestimmt nicht mit dem Blick. Ich habe vorhin genug gesehen, um zu wissen, dass er einen Waschbrettbauch hat.

»Würstchenauflauf.«

Er nickt. »Okay. Ich komme gleich.« Kein Wort darüber, dass ich mich bei der Eiseskälte draußen ausgesperrt habe. Fast als hätte er es schon wieder vergessen.

Als die Ofenuhr klingelt, gehe ich wieder in die Küche und mache mich daran die Speisen aufzutun, die ich zubereitet habe. Ich stelle die Teller auf den Tisch, fülle Wasser in den Becher und gerade als ich das Heidekraut hineinstelle, erscheint Zach in der Küche.

»Sie haben den Tisch gedeckt.«

»Ja, möchten Sie lieber Ihren Teller mitnehmen und weiterarbeiten?«

Er zögert und überlegt. »Nein, passt schon.«

Mir wird klar, dass ich gleich mit einem fast Fremden zu Abend essen werde. Und zwar einem gut aussehenden. Anderer Tag, andere Umstände und das hier könnte ein Date sein.

Es ist sehr lange her, dass ich ein Date hatte – wenn Teenager-Dates überhaupt zählen. Eher Kinobesuche mit peinlichen Unterhaltungen und einem übereifrigen feuchten Kuss – an mehr erinnere mich jedenfalls nicht aus meiner Zeit vor Shane.

»Vielen Dank hierfür«, sagt Zach, als er sich hinsetzt.

Bei seinen Worten wird mir warm ums Herz. Es ist schön, wertgeschätzt zu werden. »Kein Ding«, erwidere ich. »Ich hoffe, ich habe Sie nicht von Ihrer Forschungsarbeit weggerissen.«

»Ich darf mich nicht übernehmen. Außerdem ist es schon spät.« Er greift zum Besteck und ich tue es ihm gleich. »Ich liebe Wirsing«, sagt er.

Da muss ich lachen. Es ist eine total süße, jungenhafte Bemerkung. »Gut.«

Wir essen eine Weile schweigend, aber es ist nicht unangenehm. Er hat gute Tischmanieren. Shane aß immer, als ob eine Sanduhr auf dem Tisch stünde, und sobald alle Körner durchgerieselt wären, würde sich eine Klappe öffnen und sein Teller durchfallen.

»Das ist lecker«, sagt er. »Alles. Meine Mutter kocht das immer für mich und meine Brüder. Es schmeckt genauso gut wie bei ihr.«

Ich versuche mir ein Grinsen zu verkneifen – so gut wie bei seiner Mum? Das Kompliment nehme ich doch gern. »Wie viele Brüder haben Sie?«

»Vier. Ich bin Nummer drei.«

»Sie sind fünf Brüder?« Unwillkürlich frage ich mich, ob die anderen auch so gut aussehen wie Zach.

Einer seiner Mundwinkel wandert zu einem schiefen Grinsen nach oben. »Ja. Im Nachhinein habe ich keine Ahnung, wie meine Eltern das mit uns hinbekommen haben, als wir noch klein waren. Sie hatten beide sehr anspruchsvolle Posten im Krankenhaus.«

»Sind sie Ärzte?«

Er lacht. »Man merkt, dass Sie nichts mit Medizin zu tun haben. Mum ist Chirurgin. Dad ist Arzt. Und drei meiner Brüder auch.«

»Wow. Ich möchte wetten, da wird am Esstisch viel gefachsimpelt.«

Sein Lächeln schwindet und er nickt. »Immerzu. Es ist schön und manchmal auch weniger schön. Was ist mit Ihnen? Haben Sie Geschwister?«

»Eine jüngere Schwester. Sie wohnt noch zu Hause.«

»Oh wow. Dann also viel jünger.«

Ich lege den Kopf schief und werfe ihm einen Blick zu, der sagt: *Echt jetzt? So alt bin ich nun auch wieder nicht.*

»Was denn?«, fragt er. »Habe ich was missverstanden?«

Ich zucke mit den Schultern. »Sie ist zehn Jahre jünger als ich.«

»Na also, viel jünger. Ich will damit nicht sagen, dass Sie alt sind. Wie alt sind Sie überhaupt? Dreißig?«

»Achtundzwanzig. Vielen Dank auch.«

»Dann lag ich doch richtig.«

»Nein«, erwidere ich. »Sie dachten, ich wäre zwei Jahre älter, als ich tatsächlich bin. Nicht gerade das schönste Kompliment des Tages.« Ich sage es lächelnd. Keine Ahnung, wieso, aber dass er nicht besonders charmant ist, tröstet mich irgendwie. Vielleicht liegt es daran, dass ich ihm gegenüber einen Fehler nach dem anderen gemacht habe. Ich bin nicht perfekt und er genauso wenig.

Er verdreht die Augen. »Doch bloß zwei Jahre. Ich bin zweiunddreißig. Ich hatte angenommen, dass wir beide etwa gleich alt sind.«

Ich lache. »Hören Sie auf, Sie graben sich Ihre Grube nur immer tiefer. Ich nehme dreißig, wenn Sie eigentlich sogar auf zweiunddreißig getippt hätten.«

»Wer mit fünfundzwanzig hübsch ist, ist es auch mit fünfunddreißig«, sagt er nüchtern und das Wort *hübsch* hallt durch meinen Kopf wie volltönendes Glockengeläut. »Frauen altern zwischen fünfundzwanzig und fünfunddreißig nicht.«

»Ist das Ihre Meinung als Arzt?« Ich bin weder auf Komplimente aus noch hake ich nach, ob er mich etwa gerade hübsch genannt hat. Wenn, dann war es unabsichtlich, und ich will ihn nicht verlegen machen.

»Bloß meine Meinung als Mann.«

»Männer altern zwischen dreißig und fünfundvierzig nicht«, sage ich. »Und viele Männer werden in dieser Zeit sogar attraktiver. Sie wachsen in ihre Körper und Gesichter hinein oder so ähnlich.«

»Da freu ich mich drauf.« Er schiebt sich eine Gabelvoll Auflauf in den Mund und kaut.

»Unwahrscheinlich bei Ihnen. Sie sind am Maximum.« Ich erschrecke und bereue die Worte im selben Moment, als sie meinen Mund verlassen. Ich muss lernen, meine innere Stimme auch im Innern zu behalten.

Er runzelt die Stirn. »Am Maximum?«

Ich zucke mit den Schultern. Es ist ja nicht so, als wüsste er nicht, dass er gut aussieht. »Sie werden nicht noch attraktiver werden«, sage ich.

Er lacht leise, sagt jedoch nichts, und das löst irgendwas in mir aus. Er besitzt ein eigenartiges Selbstvertrauen, das wie ein Eierstockmagnet wirkt. Entweder das oder er hat in seinem Leben schon so oft Komplimente für sein Aussehen bekommen, dass er sie kaum noch registriert. Oder er gibt nichts auf sein Äußeres. Wie auch immer, auf einmal ist es, als könnte ich gar nicht mehr darüber hinwegsehen, wie attraktiv er ist. Er hat breite, durchtrainierte Schultern und lange Beine, die seitlich unter dem Tisch hervorragen, da er sich anscheinend bemüht, mir meinen Platz zu lassen. Er hat einen Body, der einen vor einem Hurrikan beschützen könnte – wie ein Superheld, der unschuldige Bürger durch seinen Körper abschirmt. Er sollte sich mal bei Marvel melden.

Als er hochschaut, gucke ich weg. Ich wurde beim Anglotzen erwischt. Ich kann es einfach nicht lassen. Ich muss mich zusammenreißen.

»Und hier werden Sie zwei Wochen bleiben?«, erkundige ich mich.

»Vielleicht noch ein bisschen länger«, antwortet er. »Kommt darauf an, wie ich mit … Sie wissen schon, meiner Forschungsarbeit vorankomme.«

Ich möchte ihn fragen, warum um alles in der Welt er die Kosten für eine Praxishilfe und die Räume in der Wimpole Street auf sich genommen hat, wenn er an einer Forschungsarbeit sitzt. Aber ich will mich nicht selbst um meinen Job bringen. Er ist schlau. Sicher weiß er, was er tut.

»Sagen Sie Bescheid, wenn ich irgendwie helfen kann. Daten einpflegen. Korrektur lesen. Irgendwas. Ich habe gern zu tun.«

»Danke.« Er wirkt nicht begeistert. Und dann setzt er ein derart breites Lächeln auf, dass ich ein sehnsüchtiges Ziehen spüre. »Ihre Pausensnacks sind lecker.«

»Finden Sie?« Ich grinse. »Ich koche für mein Leben gern.«

Als sich unsere Blicke treffen, ist es wie eine körperliche Berührung und löst das gleiche elektrische Knistern aus wie die Male, als er mich berührt hat.

Er räuspert sich und sieht wieder hinunter auf seinen Teller, als spüre er das auch und es verwirre ihn genauso.

Nachdem er aufgegessen hat, ist kein Krümel Essen mehr auf seinem Teller.

»Möchten Sie noch etwas? Es ist noch jede Menge –«

Als er den Kopf schüttelt, verstumme ich. »Das Einzige, was dieses Essen noch besser gemacht hätte, wäre ein Glas Rotwein«, sagt er. Er nickt zu dem Becher mit dem Heidekraut. »Wir hatten sogar Tischdeko.«

Ich komme mir ein bisschen blöd vor, aber ich mag es, wenn jemandem mein Essen schmeckt. »Ein Glas Wein wäre – vielleicht keine so gute Idee gewesen.« Mit einem Glas Wein intus würde ich mir in Gegenwart von Zach selbst nicht mehr über den Weg trauen. Ich habe ihm ja so schon gesagt, dass er gut aussieht, dabei bin ich absolut nüchtern. Wer weiß, was ich mit vom Alkohol gelockerter Zunge alles sagen oder tun würde. Wahrscheinlich würde ich ihm über diesen total abschleckenswerten Hals schlecken. Oder ihm erzählen, dass er der wahrscheinlich bestaussehende Mann ist, den ich je erblickt habe. Dieser Gefahr bin ich entgangen. Gott sei Dank befinde ich mich morgen auf der Fähre weg von hier.

»Ich muss Ihnen etwas sagen«, fängt er an, woraufhin ich Messer und Gabel weglege.

Wusste ich es doch. Er entlässt mich. Meine grauenvolle Reise hierher war völlig umsonst. Ich atme zur Beruhigung

einmal tief durch, bereit, mein Schicksal anzunehmen. »Keine
Sorge. Ich weiß schon, was Sie sagen wollen.«

»Ja?«, fragt er stirnrunzelnd. »Sie wussten also, dass Sie sich
den Sommerfahrplan angesehen haben?«

Was er sagt, ergibt keinen Sinn. »Was?«

»Sie wissen, dass nur dreimal die Woche eine Fähre zwischen Rùm und Mallaig fährt?«

In meinem Bauch entfacht ein Feuerball und ich muss aufstehen. »Was? Aber morgen fährt doch eine, stimmt's?«

»Nein, erst Sonntag. Vorausgesetzt, das Wetter lässt es zu.«

Das Feuer erlischt, ich lasse mich auf meinen Stuhl fallen
und stütze den Kopf in die Hände. »Es tut mir furchtbar leid.
Ich dachte, ich täte das Richtige. Verdammt, ich versuche verzweifelt, nicht gefeuert zu werden – ich wollte, dass Sie denken,
ich mache einen Megajob. Ich bin eine Vollidiotin.« Nicht nur
das mit der Fähre ist eine totale Schmach. Sondern das Gefühl,
dass ich nach Shane einfach keinen Fuß auf den Boden bekomme. Er macht mit seinem Leben weiter, und für ihn wird
sich nicht viel geändert haben, außer dass er jetzt eine andere
Frau vögelt. Garantiert ist sie schon bei ihm eingezogen. Aber
was mich angeht, ist mein Leben nach wie vor ein Trümmer-
haufen. Und immer wenn ich versuche, mir wieder etwas aufzubauen, löst sich alles auf oder stürzt in sich zusammen, sobald ich mich wegdrehe.

Ich brauche eine Atempause.

»Shit, Ellie.« Das Kratzen von Zachs Stuhl verhindert, dass
meine Tränen hervorquellen. Noch eine Blamage ertrage ich
heute nicht. Er wird seine Praxishilfe nicht weinen sehen.

»Es geht mir gut.« Als ich hochsehe, steht er neben mir und
hat eindeutig keinen Schimmer, was er tun soll. Ich möchte
weglaufen oder wenigstens in ein anderes Zimmer gehen, doch
das Cottage ist winzig, und ich habe nicht mal ein Gästezim-

mer, in das ich flüchten könnte. »Es geht mir bestens. Tut mir leid, ich werde noch eine Nacht länger bleiben müssen und dann sind Sie mich los. Ich verspreche, dass ich Ihnen kaum zur Last fallen werde.« Ich stehe auf, um zu signalisieren, dass es mir gut geht, doch er rührt sich nicht. Stattdessen beugt er sich vor, damit er mir in die Augen schauen kann.

Als er mir eine Hand auf die Schulter legt, ist da wieder dieses elektrische Kribbeln, aber diesmal zuckt er nicht zurück. »Schon okay, Ellie. Lassen wir dieses formelle Siezen, ja? Es ist toll, dass du mir den Umschlag hergebracht hast. Das Paket. Ich bin echt dankbar dafür, das sorgt für einen Riesenunterschied, wie viel ich die nächsten Tage schaffen werde. Dass du hier bist, macht gar nichts. Mir jedenfalls nicht.«

Keine Ahnung, ob es an seiner Berührung liegt, an seinem Tonfall oder daran, dass ich seinen Duft nach Kiefern und Lagerfeuer einatme, aber mein Körper beginnt dahinzuschmelzen. »Ich werde für uns kochen.« Meine Stimme ist dünn.

»Das brauchst du nicht.« Als er mit der Hand meinen Arm hinabstreicht, laufen knisternde Funken über meine Haut. »Aber wenn, dann werde ich's essen.« Als er lacht, ist es das aufrichtigste, warmherzigste, tröstlichste Geräusch, das ich je gehört habe. Ich kann nicht anders, als ihn anzulächeln.

Einen Augenblick zu lang starren wir uns an, spiegeln einander unser Lächeln, und dann schaut er weg.

»Ich sollte mal die Schlafplätze fertigmachen. Ich muss morgen im Schlafzimmer arbeiten, da steht mein Schreibtisch. Aber heute Nacht nehme ich das Sofa und –«

»Nein«, lehne ich ab. »Definitiv nicht. Das Sofa reicht mir absolut. Auf keinen Fall tauche ich hier auf, muss dann bleiben, weil ich den Fahrplan der Fähre nicht richtig lesen kann, und schmeiße dich aus deinem Bett. Das kommt nicht infrage.«

Einen Augenblick herrscht Stille, dann sieht er mir geradewegs in die Augen. »Ich schlafe auf dem Sofa.« Seine Stimme ist tief, ernst und voll geballter Männlichkeit. Sie ist dermaßen intensiv, dass ich wegschauen und mich am Tisch abstützen muss, damit ich nicht umkippe.

Mir ist klar, dass es keinen Zweck hat, zu diskutieren.

15. KAPITEL

ZACH

Mein Verstand driftet wieder zu dem ersten Gedanken, den ich heute beim Aufwachen hatte. Es ist derselbe, der mir im Lauf des Tages schon mehrmals gekommen ist: Ich bin geliefert.

Wegen ... Ellie.

Ich kann sie zwischen Küche und Wohnzimmer hin- und hergehen hören. Heute Morgen habe ich sie gesehen, aber da hatten wir etwas, was wir bereden und worauf wir uns konzentrieren konnten. Sie wollte den Wagen nehmen, um runter ins Dorf zu fahren und mehr Lebensmittel zu besorgen. Ich gab ihr Tipps, wie man vermeidet, dass man sich auf dem Weg irgendwo festfährt, und in welchen Läden sie was bekommt. Gegen Mittag fragte sie dann, ob ich etwas essen möchte, und servierte mir das beste Hühnchen-Sandwich, das ich je gegessen habe.

Der Tag lief prima. Aber wegen heute Abend mache ich mir Sorgen. Wenn wir uns beim Essen gegenübersitzen und ich versuche, die Rundungen ihrer Brüste zu ignorieren oder dass ihre Augen bei den Lichtverhältnissen hier oben im Norden blauer wirken. Wenn ich versuche, mich nicht darüber zu amüsieren, dass sie nicht in der Lage ist zu verbergen, was sie denkt, aber trotzdem etwas Geheimnisvolles an sich hat, das ich fast schon verzweifelt aufdecken möchte. Meistens sagt sie einfach, was sie denkt, und wenn nicht, steht es ihr ins Gesicht geschrieben. Deshalb weiß ich, dass sie auch diese … *Energie* zwischen uns spürt.

Ich schaue auf meinem Laptop nach der Uhrzeit. Es ist fast acht, und ich rieche den Duft von … Ist das Brot? Oder Zimt? Ein verdammt leckerer Geruch zieht ins Schlafzimmer.

Ich wünschte, es wäre nur das Essen, worauf ich mich heute Abend freue.

Als ich die Tür aufmache, steht Ellie über das Sofa gebeugt und arrangiert die Kissen neu. Ich kann in ihren Ausschnitt gucken.

Fuck. Ich schließe die Augen, und das Bild von weißer Spitze und milchiger Haut brennt sich in meine Lider ein.

»Hey«, sagt sie, worauf ich die Augen wieder aufmache. »Ich hatte mich schon gefragt, wann du rauskommst. So in zehn Minuten ist das Essen fertig. Möchtest du ein Glas Wein?«

Ich sollte ablehnen. »Du bist nicht meine Bedienstete, Ellie. Ich erwarte nicht, dass du –«

Sie grinst. »Schon klar. Du weißt doch, ich koche für mein Leben gern.«

Schweigen breitet sich zwischen uns aus.

»Okay, geh du den Wein holen«, sagt sie. »Und ich mach das hier fertig.«

Ehrlich gesagt ist ein Glas Wein genau, was ich jetzt möchte, obwohl ich ein bisschen Sorge habe, die Grenzen zwischen mir und Ellie, die ohnehin schon vage sind, wenn man auf so engem Raum zusammen ist, könnten dann noch mehr verwischen.

Ich gehe in die Küche, wo ich eine Flasche Rotwein auf der Arbeitsfläche vorfinde. Gerade als ich den Korkenzieher aus der Schublade nehme, kommt Ellie herein.

»Heute gibt's Hühnchen-Piccata mit Zitronen-Knoblauch-Reis und grünen Bohnen«, sagte sie, während sie sich vorbeugt, um in den Ofen zu schauen.

Sie trägt Jeans, die wie angegossen sitzen, was mich nicht stört. Ihr Po macht Kim Kardashian keine Konkurrenz, aber es ist eine schöne Handvoll und –

Ich muss mich zusammenreißen. »Klingt toll, allerdings habe ich keine Ahnung, was Piccata ist.«

Sie richtet sich auf und schenkt mir ein breites Lächeln. »Super! Wird dir schmecken.« Sie strahlt etwas aus, was ich bisher nicht wahrgenommen habe. Oder was vielleicht nur kurz aufgeblitzt ist. Immer wenn sie über Essen redet, erstrahlt sie.

»Da bin ich sicher.« Ich bringe zwei Gläser und die Flasche rüber zum Tisch, um aus dem Weg zu gehen. »Kann ich sonst noch was machen, außer Wein einschenken?«

»Ich tue uns nur das Essen auf und das war's. Ach, und ich habe Brot gebacken, das haben wir also auch noch, wenn wir uns schön mit Kohlenhydraten sattessen wollen. Ich weiß nicht, wie's dir geht, aber sobald es in den November geht, will ich immer nur noch Kohlenhydrate essen. Schätze, unsere primitivsten menschlichen Instinkte lassen nie nach.« Als sie meinen Blick bemerkt, könnte ich schwören, dass ich rot anlaufe. Mein primitivster Instinkt hat gerade rein gar nicht mit Kohlenhydraten, aber sehr viel damit zu tun, sie aus diesen Jeans herauszuholen und zwischen den Schenkeln zu küssen.

Mein Gesichtsausdruck scheint mich zu verraten, denn sie guckt leicht errötend weg.

»Bitte sehr.« Sie bringt die Teller zum Tisch und lächelt mich an. »Bon appétit.«

Ich stelle ihr das Weinglas hin und sie greift danach.

»Danke«, platze ich heraus. »Fürs Kochen«, stelle ich klar, auch wenn ich nicht sicher bin, ob ich ihr dafür danke. »Es sieht köstlich aus.« Wie etwas, das ich in einem Restaurant serviert zu bekommen erwarten würde, nur duftet es noch besser.

»War mir ein großes Vergnügen. Ich liebe Kochen, aber noch besser ist es, für jemand anderen zu kochen als mich selbst.«

»Spielt es eine Rolle, für wen?«

Sie legt den Kopf schief, als würde sie echt darüber nachdenken. »Ja.«

Ich sehe ihr in die Augen und nach einem kurzen Moment schaut sie weg.

»Na, dann hoffe ich mal, ich bin ein guter Ersatz, bis du wieder nach Hause kommst zu …«

Sie stößt ein mattes Lachen aus. »… meiner Mitbewohnerin. Sie isst alles – was super ist. Oh, ich habe das Brot vergessen.« Sie holt zwei kleine Teller mit je einer türstopperdicken halben Scheibe Brot, dem ich schon beim bloßen Anblick die ewige Treue schwören könnte. Ich nehme ihr den Teller ab und reiße ein Stück ab. Es ist noch warm, und ich kann mir beim Kauen ein Stöhnen nicht verkneifen.

Als ich die Augen aufmache, erwische ich sie, wie sie mich beobachtet und sich dabei auf die Unterlippe beißt. Ich setze mich anders hin, entkreuze die Beine und ziehe meins nicht zurück, als ich ihr linkes streife. Zwischen uns kribbelt es elektrisch, wie immer, wenn wir uns berühren. Ich lasse das Bein an ihrem, ohne dass sie es wegnimmt.

Unsere Blicke treffen sich und wir tauschen eine stumme Erkenntnis – gerade wurde eine Schwelle überschritten.

Sie schaut weg. »Ich hoffe, es schmeckt dir.«

»Ganz sicher«, sage ich und fange an zu essen.

»Hast du alles geschafft, was du schaffen wolltest?«

Vielleicht macht sie nur Small Talk.

Vielleicht will sie mehr über die »Forschungsarbeit« herausfinden, an der ich sitze.

Vielleicht will sie einfach zurück zu unserer Dynamik als Arbeitskollegen.

Aber der Zug ist abgefahren.

»Ja, für heute.« Als ich von dem Hühnchen koste, ist es das Beste, was ich je gegessen habe. »Meine Güte, Ellie. Das ist köstlich. Wo hast du so gut kochen gelernt?«

Als sie leicht errötet, regt sich mein Schwanz. Sie ist umwerfend. Wenn sie Make-up trägt, sieht man das nicht. Ihre Haut strahlt, ihre großen Augen leuchten und das dunkle Haar trägt sie in einem lockeren Dutt am Oberkopf, als fühle sie sich ganz wie zu Hause. So glücklich habe ich sie, glaube ich, noch nie gesehen. Schätze, dies ist die private Ellie und nicht die Arbeits-Ellie. Das gefällt mir. Sehr sogar.

»Ich habe es mir selbst beigebracht –« Sie unterbricht sich, dabei wollte sie eindeutig noch mehr sagen.

»Aber …«, hake ich nach.

»Ich würde gern … noch dazulernen.«

Sie versucht mit etwas hinterm Berg zu halten, und es gelingt ihr furchtbar schlecht. Was zugleich urkomisch und total zauberhaft ist. »Und wie lautet dein Plan? Dir ist nämlich anzumerken, dass du einen hast.«

Sie seufzt. »Ja, stimmt, aber … du bist mein Chef.«

Ich schüttele den Kopf, denn solche Gedanken gehen gar nicht. Wenn ich anfange, sie als meine Angestellte zu betrachten? Mein Gehirn schafft es nicht, den Sinneseindruck von ihrem Bein an meinem mit dem Gedanken in Einklang zu bringen, dass ich irgendwie Einfluss auf ihre Berufslaufbahn habe.

»Heute Abend nicht. Nicht, solange du hier bist.«

Mit zusammengekniffenen Augen wägt sie ab, was ich gerade gesagt habe. »Versprochen? Kannst du das wieder aus deinem Gedächtnis streichen, wenn ich es dir erzähle?«

»Ich versprech's.«

»Ich möchte ans Cordon Bleu. Dafür spare ich. Deswegen brauche ich den Job unbedingt.«

Als ich höre, wie wichtig der Job für sie ist, verspüre ich stechende Schuld. Im Grunde habe ich sie ignoriert, seit sie bei mir angefangen hat. Mir ist nicht mal in den Sinn gekommen, dass sie Sorge haben könnte, gekündigt zu werden. »Okay«, schaffe ich rauszuquetschen.

»Ich will nicht illoyal sein. Es wird eine Weile dauern, genug anzusparen. Ich werde dich nicht von einem Tag auf den anderen im Stich lassen, wenn es so weit ist.«

Sie sorgt sich, ob sie sich illoyal mir gegenüber verhält, dabei werde ich gar keine Praxishilfe mehr brauchen, wenn mein Plan aufgeht. »Du brauchst keine Sorge zu haben, dass du illoyal wärst. Heutzutage behält doch niemand mehr sein Leben lang ein- und denselben Job.«

»Stimmt«, sagt sie und Traurigkeit huscht durch ihren Blick. »Hätte ich das doch schon ein bisschen früher kapiert.«

Ich überlege, was noch gleich über ihre vorige Anstellung in ihrem Lebenslauf stand, aber dem habe ich kaum Beachtung geschenkt. Ich brauchte schlichtweg eine Praxishilfe, und sie wirkte am Telefon enthusiastischer als ich, also habe ich sie eingestellt. »Hast du zuvor als Köchin gearbeitet?«

Sie schüttelt den Kopf. »Nein, ich habe meinen Freund gemanagt – die Speedway-Karriere meines Ex-Freundes.«

»Speedway? Was ist das?«

Sie stöhnt, als wünschte sie, wir hätten nicht davon angefangen, oder vielleicht auch beim Gedanken an ihren Ex-Freund. »Ein Haufen Männer, denen es nie zu kindisch geworden ist, mit Motorrädern ohne Bremsen auf Schotterstrecken Rennen zu fahren.«

»Davon habe ich noch nie was gehört. Wusste nicht, dass das ein Ding ist. Und du warst seine Managerin?«

Sie zuckt mit den Schultern. »Der Sport ist nicht mehr so populär wie früher, aber er hat richtige Nerd-Fans und die Fahrer sind Stars in ihrer Szene.«

Ich muss lachen. Sie zeichnet nicht gerade ein schmeichelhaftes Bild. »Das verstehe ich. Berühmtheiten ihres Metiers. So was kann ... echt nervig für ihr Umfeld sein.«

Sie schluckt und fixiert mich. »Mit solchen Andeutungen kommst du nicht davon. Werd bitte genauer.« Sie sagt es lächelnd, jedoch in einem Tonfall, als erwarte sie absolut, dass ich der Aufforderung nachkomme.

Ich lache – sie hat so eine unverstellte Art, die total erfrischend ist. »Meine Eltern. Sie sind beide Koryphäen in ihren Fachbereichen. In der Medizinwelt kennt jeder ›Die Coves‹. Ich heiße zwar selbst so, aber wenn die Leute von den ›Coves‹ sprechen, meinen sie Mum und Dad.« Ein paarmal habe ich mitbekommen, wie Leute sich über »die Cove-Brüder« unterhielten. Ich hatte jedoch vage den Eindruck, da ging es eher nicht um unsere medizinische Kompetenz. »Ich bin stolz auf sie. Versteh mich nicht falsch. Aber es ist komisch.«

»Wegen der Erwartungshaltung der Leute?«, fragt sie.

Ich zögere. »Ja. Und ... auch weil sie derart brillant sind ... nachweislich so erfolgreich, dass es schwer ist, sie in Zweifel zu ziehen – beruflich, meine ich.«

Als ich zu ihr schaue, runzelt sie die Stirn. Vermutlich ergibt, was ich sage, nicht viel Sinn für sie.

»Aber sie sind wunderbare Menschen. Beide sind inzwischen im Ruhestand.« Wieder lache ich, und das überhaupt nicht bitter – eher resigniert und ungläubig. »Ihr Vermächtnis lebt weiter. Ich glaube, es liegt daran, dass sie beide für sich genommen brillante Ärzte waren, aber eben verheiratet, so wurde aus ihnen dieses Power-Paar. Das gab es in der Medizin davor noch nie.«

»Also hast du das Gefühl, in ihrem Schatten zu stehen? Willst du deshalb anscheinend gar keine Patienten?«

Ich stoße den Atem aus. Ich befinde mich auf gefährlichem Terrain. Sie hat mir etwas Persönliches preisgegeben, und ich will ihr nicht lauter Lügen und Halbwahrheiten erzählen, um zu verheimlichen, was ich wirklich mache – das käme mir wie Verrat vor. »Lass uns nicht über die Arbeit reden.«

»Sorry, wenn ich zu weit gegangen bin.«

Ich schüttele den Kopf und lasse auch mein anderes Bein gegen ihres gleiten, um ihr zu versichern, dass ich nicht sauer bin. Ich will sie nur nicht anlügen. Es kommt mir vor, als habe ich mich die letzten zehn Jahre selbst belogen und sei an einem toten Punkt angelangt. Je länger ich schreibe, desto mehr *will* ich schreiben und desto weniger kann ich mir vorstellen, irgendetwas anderes zu tun. Nach dieser Reise wird es kein Zurück mehr geben, aber noch möchte ich die Ruhe genießen, bevor ich wieder ins reale Leben zurückkehre und mir überlege, wie es weitergehen soll.

Wir essen zu Ende und machen uns dann daran, den Tisch abzuräumen und die Teller zum Abwaschen auf der Küchenarbeitsplatte zu stapeln.

»Abwaschen oder abtrocknen?«, fragt sie.

»Egal.«

»Tja, Gelb ist meine Farbe«, verkündet sie und greift nach den Gummihandschuhen. »Also werde ich abwaschen.«

Mit einem Schnippen, das ich bis in meine Lenden spüre, zieht sie die Handschuhe über und wendet sich der Spüle zu. Wir arbeiten im Team, waschen und trocknen ab, bis die Küche wieder ordentlich aussieht.

»Noch irgendwas, bevor ich die Dinger ausziehe?«, fragt sie, hält die behandschuhten Hände hoch und blickt sich dabei in der Küche um.

Mir war gar nicht bewusst, dass ich Uneitelkeit so antörnend finde.

»Nur eins noch.« Ich lasse das Geschirrtuch auf die Arbeitsplatte fallen und trete dicht vor sie.

Ich umfasse ihren Hinterkopf und schaue ihr tief in die Augen. »Das ist schon lange überfällig, findest du nicht?«

Sie schluckt und nickt, was mich zum Grinsen bringt, bevor ich die Lippen auf ihre drücke.

Sie schmeckt frisch und süß nach Orange mit einem Hauch Zimt, und ihre kurzen Atemzüge und das Rasen ihres Pulses unter meinen Fingern verraten mir, dass sie das hier will. Aber sie ist nervös. Sie ist eine herrlich widersprüchliche Mischung aus unerschrocken erfahren und völlig unschuldig. Ich möchte sie besser kennen, ihre Abwehr auflösen, ihre Schichten offenlegen.

Sie zieht die Gummihandschuhe aus und lässt die Hände meine Brust hinaufgleiten. Erschauernd vertiefe ich unseren Kuss. Ich weiß nicht, ob es daran liegt, dass ich hier bin – in Schottland, wo ich der bin, der ich sein möchte –, aber ich fühle mich so frei wie seit Langem nicht mehr. Vielleicht noch nie. Und irgendwie fühlt es sich an, als sei Ellie ein Teil dieser Freiheit.

Als ich das Gewicht verlagere und den Oberschenkel zwischen ihre Beine schiebe, stöhnt sie in meinen Mund. Der Laut vibriert durch meinen Körper und bringt jede Zelle auf Zack.

Instinktiv mache ich mich los, trete einen Schritt zurück und fahre mir unwillkürlich mit dem Handrücken über den Mund, während ich abwarte, dass das Wummern meines Pulses in den Ohren aufhört.

Ihr Mund ist von meinen Bartstoppeln gerötet, und es haben sich einzelne Haarsträhnen gelöst, die ihr Gesicht einrahmen. Sie sieht verdammt toll aus, aber wenn ich mich jetzt nicht am Riemen reiße, dränge ich zu sehr.

Und *wenn* ich sie vögele, will ich nicht, dass sie sich dazu gedrängt fühlt.

»Okay«, sagt sie.

»Ich hoffe mal, das ist nicht dein Urteil über den Kuss.« Ich lehne mich gegen die Arbeitsplatte und kann mir ein Grinsen nicht verkneifen. »Denn der war mindestens *sehr gut*.«

Sie legt den Kopf schief. »Hmmm, nein. Für ein *Sehr gut* hätte er nicht so … abrupt enden dürfen.«

»Das mache ich nächstes Mal besser.«

»Vielleicht«, erwidert sie, nimmt die auf die Arbeitsplatte geworfenen Gummihandschuhe und legt sie ordentlich bei der Spüle ab.

Ganz bestimmt.

16. KAPITEL

ELLIE

Ich schrecke aus dem Schlaf. Ich könnte schwören, dass ich gerade eine Bombe habe hochgehen hören.

Wieder geht ein Knall durch das Haus, sodass ich aus dem Bett springe, mir schnell was überziehe und nachsehen gehe.

Als ich im Wohnzimmer bin, kommt Zach mit Holzscheiten auf den Armen von draußen herein. Ich war noch nie eine, die auf Holzfällertypen steht, aber bei diesem Zach, der gerade zur Tür hereingekommen ist, mache ich eine Ausnahme. Mit einem so dichten Drei-Tage-Bart wie jetzt habe ich ihn noch nicht gesehen, das steht ihm. Er hat diesen entschlossenen Ausdruck in den Augen wie gestern Abend, kurz bevor er mich geküsst hat.

Als sich unsere Blicke treffen, spüre ich das Kribbeln unseres Kusses zwischen den Beinen.

Wenn er ihn nicht beendet hätte, hätte ich ihn wie einen Baum bestiegen und angefleht, mich ins Bett zu bringen. Wenn er so geschickt mit seiner Zunge ist, wie ich glaube, hätte ich letzte Nacht nicht viel Schlaf bekommen.

Doch er hat den Kuss beendet. Das war sicher klug. Schließlich ist er mein Chef und ich fahre heute nach Hause.

»Orange Wetterwarnstufe«, sagt er mit tiefer, Respekt einflößender Stimme.

»Orange was?«

»Es wird schneien. Ich hole Feuerholz rein. Das Haus liegt ziemlich abgeschieden, und anscheinend kann es passieren, dass wir eingeschneit werden. Wir müssen Vorbereitungen treffen und sicherstellen, dass wir genug Holz aus dem Vorratsschuppen dahaben.«

Jemand muss mich zur Fähre fahren. Will er damit sagen, dass er keine Zeit hat, mich hinzubringen? »Soll ich versuchen, mir ein Taxi zur Fähre zu bestellen?«

»Heute fahren keine Fähren, Ellie.«

Seine Worte treffen mich mit Wucht, sodass ich einen Schritt zurückweiche, dabei gegen die Sofalehne stoße und mich hinsetze. »Keine Fähren. Shit.« Ich hätte niemals herkommen sollen. Was habe ich mir nur dabei gedacht? »Tut mir schrecklich leid. Es ist eine einzige Witznummer.«

Er lässt das Holz neben den Kamin fallen, dreht sich zu mir um, stützt die Hände zu beiden Seiten meiner Schenkel auf und beugt sich zu mir. »Jetzt hör mal zu. Ich bin dir dankbar, dass du das Päckchen hergebracht hast. Ich hab dich gern hier.« Er macht eine Pause, in der sein Blick zu meinem Mund wandert, ehe er mir wieder in die Augen sieht. »Wir müssen Vorbereitungen treffen.« Er drückt mir einen Kuss auf die Lippen, als wäre nichts weiter dabei, und richtet sich dann auf. »Lass uns einkaufen fahren. Es kann sein, dass es Warnstufe Rot gibt, und dann ist nicht abzusehen, wann wir das nächste Mal wieder hier wegkommen, um Lebensmittel zu besorgen.«

Ich spüre seinen Kuss immer noch, stehe aber auf und ziehe meine Schuhe an.

»Es ist jetzt schon windig«, warnt er mich und gibt mir eine Mütze. »Deshalb ist vorhin die Tür zugeknallt. Ich hatte versucht, dich nicht zu wecken.«

»Du sollst mich aber wecken«, sage ich und spüre dann, wie meine Wangen rot anlaufen. Ich meine das wegen der Wetterwarnung, aber auch wenn es keine gäbe, würde ich trotzdem wollen, dass er mich weckt. »Willst du hierbleiben und Holz reinholen und ich fahre einkaufen?«

»Nein«, antwortet er. »Das erledigen wir gemeinsam. Ich will, dass wir zusammenbleiben.«

Ich weiß nicht, ob es an seinen Worten liegt oder an seinem bestimmten Tonfall, aber er vermittelt mir irgendwie ein Gefühl von Sicherheit. Mir war gar nicht bewusst, dass es mir gefehlt hat, doch bei Shane habe ich das nie gefühlt. Niemals.

»Ich muss mir eine Liste machen.«

»Du hast zehn Minuten. Ich richte mir so lange schon mal den Schreibtisch für nachher ein, wenn wir wieder zurück sind.«

»Na, dann los.«

Wir fahren in langsamem Tempo in das kleine Dorf und parken direkt vor dem Einkaufsmarkt. Der ist definitiv kein *Super*markt. Er ist winzig. Aber es handelt sich um einen Laden und er führt Lebensmittel. »Wie lange wird diese Wetterlage anhalten? Wie viel müssen wir besorgen?«, frage ich, während ich aus dem Auto aussteige.

»Keine Ahnung. Ein paar Tage?«, vermutet er.

»Ein paar?«, wiederhole ich und versuche dabei, die in mir aufsteigende Panik im Zaum zu halten. »Ich hab nicht genug Wechselunterwäsche mit.«

Er grinst mich an, sagt jedoch nichts.

»Gibt's einen Tiefkühlschrank im Haus?«

»Ja.«

»Ich kann Suppe und Curry machen …«, murmele ich vor mich hin. Hätte ich mehr Vorlaufzeit gehabt, hätte ich Menüs zusammenstellen können.

»Können wir alles besorgen, damit du noch mal dieses Brot backen kannst? Das war megalecker.«

Ich presse die Hände gegen meine geröteten Wangen. Wenn jemand mein Essen als megalecker bezeichnet, würde ich so ziemlich alles für denjenigen machen.

Die Ladentür geht nach innen auf, und als er sie mir aufhält und ich hineingehe, streife ich seinen Körper. Ich schaue zu ihm hoch. Er spürt auch dieses Kribbeln, wenn wir uns berühren, das kann ich ihm ansehen. Wir werden also tagelang zusammen in einem Haus festsitzen? Es brodelt jetzt schon zwischen uns, doch ich habe keine Ahnung, wie ich die Flamme runterdrehen soll.

»Okay, dann lass uns Mehl besorgen«, sage ich. »Vielleicht mache ich sogar eine Socca.« Die Zutaten dafür habe ich noch vom letzten Mal im Kopf, also schnappe ich mir einen Einkaufskorb und biege nach links ab.

Als ich vor dem Regal mit dem Mehl stehen bleibe, nimmt Zach mir den Korb ab. »Lad ihn voll.« Er grinst mich an, als befänden wir uns in so was wie einer Supermarkt-Spielshow mit Zeitlimit. In London wirkt er immer so … unglücklich.

Umwerfend, aber verdrießlich.

Diese verspielte Seite von ihm ist viel besser und verflucht sexy.

Der Laden ist zwar klein, aber die Regale sind bis unter die Decke vollgepackt mit Waren. Es gibt mehrere Rollleitern mit Handläufen links und rechts, die man verschieben kann, um an die oben stehenden Sachen heranzukommen. Als ich Haferflocken entdecke, greife ich mir eine der Leitern.

»Warte«, sagt Zach.

»Geht schon«, erwidere ich, wobei ich hochzusteigen beginne.

»Sicher? Ich kann – «

»Ganz sicher.«

146

Er macht keinen Aufstand wegen meiner Abfuhr, und es ist klar, dass er mir nur Hilfe anbieten wollte und nicht etwa sein zartes Ego davor bewahren, dass eine Frau vor seinen Augen auf eine Leiter klettert. Das ist erfrischend. Und ganz schön sexy.

Ich nehme die Packung Haferflocken aus dem Regal und gucke, was außerdem noch in Reichweite ist. Ahh, ja, Kichererbsenmehl. Als die Klingel über der Eingangstür schellt, erregt das Zachs Aufmerksamkeit. Ich nutze die Gelegenheit, um ihn von meiner Warte aus zu betrachten. Seine Haare sind ganz zerzaust und irgendwie wirken seine Arme von hier oben noch muskulöser. Sie sind nicht »Schmier dich mit Selbstbräuner ein und lass vor der Kamera die Muskeln spielen«-mäßig, aber »Ich bin eben ein Kerl, der Holz hacken und dich über die Schulter legen kann«-mäßig. Und ich steh drauf.

»Na, hast du Spaß da oben?«, fragt er, den Kopf in den Nacken gelegt. Sein amüsierter Blick verrät, dass er genau weiß, wie ich ihn abgecheckt habe.

Ich lache. Es hat keinen Zweck es abzustreiten. »Ich genieße bloß die Aussicht.«

»Oh, davon kriegst du die nächsten Tage noch jede Menge zu sehen.«

Zwischen meinen Beinen pulsiert es sehnsüchtig. Keine Ahnung, ob sein Spruch so vieldeutig rüberkommen sollte, wie es der Fall war, aber egal, ich nehme, was ich kriegen kann.

»Wie wär's mit Apfelkuchen?«, schlägt er vor, als ich von der Leiter steige. »Wenn wir Fertigteig nehmen, kriege ich den tatsächlich hin.«

»Ach ja?«, gebe ich zurück. »Lernt man das im Medizinstudium?«

Er stößt ein schnaubendes Lachen aus. »Auf der Cove-Familien-Uni. Meine Mum kocht und backt hervorragend und es befindet sich eigentlich immer ein Apfelkuchen in der Zubereitung.«

»Es geht nichts über hausgemachten Apfelkuchen. Lass uns gucken, ob die hier geeignete Äpfel haben. Einen Teig kriege ich immer hin.« In meiner Brust geht ein Feuerwerk der Begeisterung los. Mit lauter Koch- und Backzutaten eingeschneit zu sein, könnte mit das Beste werden, was mir je passiert ist.

»Für dich ist das noch besser als Weihnachten, oder?«, fragt er, während er mir den schmalen Gang entlang folgt. »So begeistert habe ich dich noch nie erlebt.«

»Wenn ich jetzt kleinlich wäre, hätte ich gern die Zeit gehabt, Menüs zusammenzustellen, und vielleicht – ach, hier stehen die Kräuter und Gewürze.« Obwohl der Laden klein ist, hat er ein bemerkenswert breites Sortiment.

»Weißt du, was für mich zu einem Apfelkuchen gehört?« Er kommt näher, schlingt einen Arm um meine Taille und zieht mich an sich. »Zimt.« Er drückt mir einen Kuss auf die Wange und lässt mich dann wieder los, doch meine Beine haben sich in Wackelpudding verwandelt, und ich taumele ein paar Schritte nach hinten.

»Zimt«, wiederhole ich, während ich das Gleichgewicht wiederzugewinnen versuche. »Zimt.« Ich fahre mit den Fingern über die Gewürzgläschen, bis ich finde, was er möchte. Offenbar steht Zach auf Zimt. Ich lege das Gläschen in den Einkaufskorb, den er trägt, und gehe weiter, wobei ich zu ignorieren versuche, wie es sich anfühlt, wenn er mich anschaut. Es ist, als würde ich seinen Blick spüren – als hätte er Masse und Gewicht und Bedeutung.

Wir arbeiten uns systematisch durch den Laden, um sicherzugehen, dass wir alles haben, was wir brauchen. Nudeln, Reis, Couscous, verschiedene Mehlsorten, Bohnen und Linsen. Fisch, Kalbfleisch und Hühnchen. Dann kommen wir zur Obst-und-Gemüse-Abteilung.

»Meiner Meinung nach gibt es zwei Sorten von Menschen«, beginne ich, »Auberginen-Fans und Idioten. Wozu gehörst du?«

Als er nicht antwortet, drehe ich mich um und er grinst mich an. »Aubergine? Wie das Emoji, das für … einen Penis steht?«

Ich seufze theatralisch. »Was bist du, etwa ein vierzehnjähriger Junge gefangen im …« Ich betrachte ihn von oben bis unten. In den zehn Minuten, seit ich ihn das letzte Mal beäugt habe, ist er kein bisschen weniger sexy geworden. »… im Körper eines Mannes?«

»Oh Gott, mach dich schon mal auf was gefasst. Wenn du meine Brüder triffst, wirst du gar nicht wissen, wie dir geschieht. Die müssen mindestens einen Penis-Witz pro Stunde machen, sonst geht ihnen die Luft aus.« Er drückt mir einen Kuss auf den Scheitel, als wäre es keine große Sache, dass er gerade davon gesprochen hat, ich würde seine Familie kennenlernen. Ich meine, wir haben uns erst ein Mal geküsst. Auch wenn ich immer, wenn wir uns nahe sind, das Gefühl habe, wir entflammen gleich, braucht er nicht vorschnell zu werden. Er greift an mir vorbei und nimmt eine Aubergine. »Aber fürs Protokoll: Ich esse ausgesprochen gern Aubergine. Wie stehen die Chancen auf eine Moussaka?«

»Ist eine meiner Spezialitäten«, sage ich und bin prompt von der Idee abgelenkt, heute Abend eine zu kochen. »Zimt haben wir auch schon. Gibt es hier Lammhack?«

»Eventuell will ich gar nicht, dass das Wetter je wieder aufklart«, befindet Zach und stellt dabei den ersten der beiden Körbe hoch, die er trägt.

Auf dem Kassentresen stehen diverse reduzierte Artikel, unter anderem ein Drehständer mit Souvenir-Schlüsselanhängern. Die Insel ist ziemlich abgelegen, und man kann sich schwer vorstellen, dass je welche davon verkauft werden. Besonders im Winter. Vorsichtig, damit keine herunterfallen, drehe ich den Ständer, während ich überlege, ob ich einen mitnehmen soll als Erinnerung an eine der unvergesslichsten Reisen, die ich je unternommen habe.

Der Verkäufer hinter dem Tresen ist schätzungsweise um die zwanzig. Er hat sich einen Bart stehen lassen, der nach einem wissenschaftlichen Experiment aussieht, und trägt eine kleine runde Brille. »Gerade ist Warnstufe Rot draus geworden«, sagt er zu niemand Bestimmten.

»Wirklich?«, kommt eine Stimme aus dem Hintergrund und dann taucht eine kleine Frau in dunkelgrünem Wollpullover und Jeans neben ihm auf, als hätte sie nur darauf gewartet, aus ihrem Versteck hervorzuspringen.

»Hat Jim eben geschrieben.«

Ich nehme einen Schlüsselanhänger vom Ständer. Es ist bloß ein glatter grauer Stein, den zwei weiße Quarzadern durchziehen, aber diese Schlichtheit hat etwas Schönes.

Die Frau wendet sich uns zu. »Ihr wohnt in Kinloch House, stimmt's?«

»Ja, gehört meinem Cousin«, erwidert Zach.

Sie schnaubt abfällig und schüttelt den Kopf. »Hab ihn noch nie gesehen. Seht bloß zu, dass der Generator aufgefüllt ist. Hab keine Lust auf unnötige Notrufe. Bei Warnstufe Rot kriegen wir hier immer nur Notrufe, wenn irgendein Tourist so blöd war, bei dem Wetter vor die Tür zu gehen, oder wenn einer so blöd war, keine Vorkehrungen zu treffen.«

»Es gibt einen Generator?«, fragt Zach. »Den hat Vincent nie erwähnt.«

»Woher sollte er auch davon wissen?«, erwidert sie. »Er war ja noch nie hier. Übel, wenn ihr mich fragt. Aber egal, ihr scheint ein nettes Paar zu sein. Tut euch den Gefallen und holt Diesel für den Generator.«

»Und woher weiß ich, ob der Generator überhaupt funktioniert?«, fragt Zach.

»Angus wartet ihn regelmäßig, schließlich wird er dafür bezahlt.« Sie hat einen Tonfall, als würde sie mit einem Fünfjährigen reden. »Aber er lässt natürlich keinen Diesel im Haus, denn –« Sie bricht ab, als merke sie gerade, dass sie gar nicht weiß, warum.

Der Mann springt ein: »Das Ethanol verfliegt. Diesel kann man nicht lange lagern.«

Die Meckertante nickt. »Ganz genau. Der Generator steht im Nebengebäude, aber man kommt auch durch den Schuppen rein, sodass man nicht nach draußen gehen muss. Der Schlüssel hängt an der Tür neben der Toilette.«

Ich hatte mich schon gefragt, wo die Tür neben der Toilette hinführt. Die Frau scheint ganz schön viel über das Haus von Zachs Cousin zu wissen.

»Danke für den Tipp«, sage ich.

»Aber holt das Holz aus dem Schuppen rein. Wegen der Verwehungen kann es passieren, dass Kinloch House komplett eingeschneit wird. Könnte sein, dass ihr ein paar Tage nicht rauskommt.«

Ich schaue Zach an, aber er wirkt nicht besorgt. »Gut, wir werden zur Tankstelle fahren und dann direkt zurück zum Cottage, um das restliche Holz reinzuholen.«

Ich bin so daran gewöhnt, diejenige sein zu müssen, die jedes Problem löst, dass ich leicht davon überrumpelt bin, dass Zach anscheinend genau weiß, was als Nächstes zu tun ist. Wir stecken hier in einer potenziell lebensbedrohlichen Lage und er … kümmert sich. Das fühlt sich gut an.

»Gibt's hier oben oft solche Wetterlagen?«, frage ich.

»Ein paarmal im Jahr. Man gewöhnt sich dran. Muss aber zugeben, ich hatte nicht damit gerechnet, dass wir schon so früh im Jahr Warnstufe Rot kriegen.« Sie schüttelt den Kopf und ihre Miene nimmt einen weicheren Zug an. »Ihr werdet das super machen. Ihr habt die ganzen Lebensmittel hier. Und Feuerholz. Besorgt noch den Diesel, dann wird das schon. Sobald es wieder geht, schicke ich Angus rüber, um nach euch zu sehen. Außerdem habt ihr ja auch noch die Notfallkiste.« Als sie zwischen Zach und mir hin- und herschaut, machen wir wohl beide ein fragendes Gesicht.

»Die Kiste unter der Treppe. Also ehrlich mal, als euer Cousin sollte er euch so was sagen. Da drin ist eine Taschenlampe, ein Funkgerät und Rettungsdecken.«

Rettungsdecken? Langsam wird mir der Ernst der Lage bewusst. Hier geht's nicht nur darum, dass ich nicht mit der Fähre nach Hause fahren kann und zusammen mit einem heißen Typen und jeder Menge Zutaten, um den lieben langen Tag zu kochen, in einem hübschen Cottage bleiben muss. Mit einem Mal fühlt es sich viel gravierender an.

17. KAPITEL

ZACH

Warm werden wir es immerhin haben, denn hier im Cottage sind genug Holzscheite für mindestens zehn Tage. Zum Glück hat sich Ellie nicht davor gescheut, dabei zu helfen, sie alle reinzuholen, wodurch wir noch vor elf damit fertig waren. Obwohl es fast Mittag ist, fühlt es sich ein bisschen an wie abends. Draußen ist es beinahe stockdunkel und auf einmal wird es richtig kalt. Ellie kommt in ein Handtuch gewickelt aus dem Bad und tappt durchs Wohnzimmer Richtung Schlafzimmer.

Ich muss mich beherrschen, nicht eine Ecke des Handtuchs festzuhalten und zuzugucken, wie sie sich auf dem Weg zur Tür herausschält.

Ich setze ein verhaltenes Lächeln auf.

»Ich fühl mich tausendmal besser. Kann ich nur empfehlen«, sagt sie.

»Was, mit dir zu duschen?«, hake ich nach.

Sie legt beinahe strafend den Kopf schief und huscht an mir vorbei ins Schlafzimmer. Recht hat sie. Ich bin zugleich verschwitzt und friere. Eine Dusche ist genau, was ich jetzt brauche.

Gerade als ich auch die unterste Lage Longshirt ausziehe, kommt Ellie wieder raus. »Oh, entschuldige, mir war nicht klar, dass du dich – «

Ich fahre mir mit den Fingern durchs Haar, während wir uns gegenüberstehen – sie nur mit einem Handtuch bekleidet, ich nur in Jeans. Es wäre ein Leichtes, den Abstand zwischen uns aufzuheben und für den Rest des Tages …

»Ich wollte bloß fragen, ob du noch irgendwas aus dem Schlafzimmer brauchst, bevor ich … du weißt schon.«

Dich nackt ausziehst?, unterlasse ich zu fragen. Sie ist im Prinzip gerade nackt. Schätze, sie muss sich abtrocknen. Vielleicht muss sie ihre zarte, blasse Haut überall eincremen. Ist sie die Sorte Frau, die sich gern direkt anzieht, oder schminkt sie sich in Unterwäsche und macht sich die Haare, wie es sich Teenagerjungs von Frauen vorstellen?

Mein Hirn produziert Bilder, die mich ins Wanken bringen, weil alles Blut in meinen Schwanz rauscht. »Lass dir Zeit. Ich glaube, dein Vorschlag war genau richtig. Ich werde duschen gehen, solange wir noch heißes Wasser haben.«

Als sie das Gewicht von einem Fuß auf den anderen verlagert, möchte ich mir irgendwie einbilden, sie würde überlegen, ob sie vorschlagen soll mitzukommen.

Heißes Wasser werde ich gar nicht brauchen. Ich muss mich abkühlen.

»Okay«, presst sie mit dünner Stimme hervor, und ich sehe ihr zu, wie sie wieder ins Schlafzimmer geht.

Ich bleibe wie angewurzelt stehen, unfähig, mich zu rühren, weil mein Schwanz so hart ist, dass ich Sorge habe, er könnte abbrechen.

Und dann fällt mir ein, dass ich meinen Laptop aufgeklappt auf dem Tisch im Schlafzimmer stehen lassen habe, und mein Manuskript mit Mrs Fletchers Kommentaren liegt daneben.

Shit.

Das Blut weicht aus meiner Leistengegend, und ich renne ins Schlafzimmer. Ich denke nicht mal daran anzuklopfen, bevor ich die Tür aufmache, und Ellie zuckt erschrocken zusammen, als ich hereinplatze. Sie steht vor meinem Laptop und fährt mit dem Finger über die aufgeschlagene Seite meines Manuskripts. Ein Kloß aus Ärger und Angst formt sich in meiner Kehle.

Sie reißt den Kopf herum. »Hey.«

»Das ist privat.« Ich strecke die Hand aus, ziehe die Seiten unter ihren Fingern hervor, klappe den Laptop zu und klemme ihn mir unter den Arm.

Ich sehe kaum etwas, so wütend und enttäuscht bin ich.

Schreiben bedeutet mir inzwischen so viel, dass ich es beschützen muss. Und zwar vor …

Im Augenblick ist das Schreiben ganz allein meine Sache. Gut, Nathan weiß darüber Bescheid, aber er hat noch nichts von mir gelesen. Mrs Fletcher schon, doch sie ist ein Profi und wir verfolgen beide dasselbe Ziel. Sie ist auf meiner Seite. Sie versteht es.

Ellie ist Teil der Welt in der Wimpole Street und wartet darauf, dass ich in eine Zukunft starte, die ich gar nicht will. Sie wird es nicht verstehen, und ich bin nicht bereit, mich zu verteidigen. Noch nicht. Nicht, solange das Buch nicht fertig ist.

18. KAPITEL

ELLIE

»*Shit, shit, shit, shit, shit*«, zischele ich vor mich hin, während ich meinen BH anziehe und meine Jeans zuknöpfe. Ich habe nicht herumgeschnüffelt. Okay, doch. Aber er hat alles offen liegen lassen.

Als ich aus dem Schlafzimmer stürme, rechne ich damit, Zach vorzufinden, sodass ich mich entschuldigen kann, doch niemand ist im Wohnzimmer. Das Wasser in der Dusche geht an. *Shit.*

Ich fühle mich schrecklich. Er sah so zornig und gleichzeitig traurig aus. Ich wollte nichts Böses. Ich wollte ihn auf keinen Fall verärgern. Während ich darauf warte, dass er aus dem Bad kommt, gehe ich im Zimmer auf und ab, doch er lässt sich Zeit.

Vielleicht sollten wir uns lieber erst mal beruhigen. Oder zumindest er. Ich habe Zach desinteressiert erlebt und unhöflich, aber nie wütend.

Ich bin hergekommen, um zu beweisen, dass ich meinen Job gut mache. Nicht, um gefeuert zu werden.

Aber es geht nicht nur um den Job. Ich will ihn nicht verärgern. Er ist ein guter Kerl. Und ich mag ihn. *Sehr* sogar.

Ein altbekanntes Gemisch aus Schuld, Scham und Verzweiflung schwemmt meinen Bauch und sickert in mein Inneres. Ich möchte mich einfach nur ganz klein zusammenrollen.

Shanes Verhalten kannte ich wenigstens. Ich wusste, was ich tun musste, damit zwischen uns alles wieder gut ist.

Mein Blick geht zur Haustür. Ich kann nicht weg. Draußen ist es dunkel und es hat bereits angefangen zu schneien.

Ich atme durch und versuche zu überlegen, doch mein Verstand ist ganz benommen. Zu viele Erinnerungen stürzen auf mich ein, zu viel Bedauern und Traurigkeit.

Ich taumele in die Küche. Ich muss mich ablenken. Etwas kochen. Mit meinem Essen kann ich ihm zeigen, wie leid es mir tut.

Ich fange an, Gemüse zu schälen. Das hat immer etwas Befriedigendes – jedes Mal, wenn ich eine fertig geschälte Kartoffel oder Möhre weglege, kriegt mein Hirn einen klitzekleinen Dopaminschub.

Ich erstarre, als ich die Badezimmertür aufgehen höre, rühre mich jedoch nicht. Es hat keinen Sinn, mit ihm zu reden, bevor er sich angezogen hat. Niemand will nur mit einem Handtuch bekleidet streiten.

Oder mit einem Sturzhelm auf, wie Shane immer sagte.

Ich will tief Luft holen, doch der Atemzug ist kurz und abgehackt. Wie konnte ich das nur tun? Ich habe sein Vertrauen missbraucht. Ich hätte mich nur um meinen eigenen Kram kümmern sollen. Sonst lasse ich herumschnüffeln eigentlich schön bleiben – wenn ich es mir recht überlege, ist das auch der Grund, warum Shane so lange mit dem Fremdgehen durchgekommen ist. Er hat stets darauf bestanden, dass ich seine Privatsphäre respektiere. Er meinte immer, das gelte auch umgekehrt, dabei hatte ich nie etwas zu verbergen.

Als ich anfange, die Möhren klein zu schneiden, geht die Schlafzimmertür auf und zu und dann eine Tür, die ich nicht recht verorten kann – es hört sich weiter weg an. Vielleicht die Badezimmertür, wobei, nein –

Ich registriere das Gefühl, wie das Messer in meinen Zeigefinger schneidet, bevor der Schmerz einsetzt.

Es ist keine schlimme Schnittwunde. Nur blutet sie stark. Ich presse den Daumen darauf, um den Blutfluss zu stoppen, und stelle mit dem Ellbogen den Wasserhahn an.

Natürlich taucht Zach genau in diesem Moment in der Tür zur Küche auf.

Ich lasse die Hand unter dem Wasserstrahl und schaue über die Schulter nach hinten. »Zach, es tut mir unheimlich leid.«

»Was ist passiert? Hast du dich verbrannt? Dich geschnitten?« Seine Miene wirkt unwirsch und gereizt.

»Ach, nichts weiter.« Ich halte den Finger bloß weiter unters fließende Wasser, weil ich befürchte, der Schnitt hat nicht aufgehört zu bluten und wird dadurch schlimmer aussehen, als er eigentlich ist. Ich will mich jetzt nicht um meinen Finger kümmern müssen. Ich will das mit Zach in Ordnung bringen. »Ich weiß, ich habe herumgeschnüffelt, und dafür gibt es keine Entschuldigung. Mir ist klar, dass du das, woran du arbeitest, für dich behalten wolltest, und trotzdem habe ich draufgeguckt. Ich kann gar nicht in Worte fassen, wie leid es mir tut. Ich habe dich hintergangen und –«

Er kommt zu mir, nimmt meine Hand und untersucht die Schnittwunde, aber sie ist wirklich nicht schlimm.

Er zieht finster die Brauen zusammen, besieht sich aber meinen Zeigefinger. »Ich glaube, amputieren müssen wir ihn nicht.«

»Es tut mir so leid. Ich weiß nicht, ob du mir jemals verzeihen kannst, aber ich schwöre, dass ich vertrauenswürdig bin, außerdem habe ich eigentlich gar nichts gesehen.« Ich versuche mich zu erinnern, was ich da überhaupt gelesen habe. Es ging um nichts Medizinisches. Ich hatte erwartet, Zahlendiagramme und Tabellen zu sehen, aber … Stirnrunzelnd registriere ich, wie nah er ist, wie einfach es wäre, über seinen Rücken zu streicheln.

Er stellt den Wasserhahn aus, reißt ein Stück Küchenpapier ab und tupft meinen Finger trocken. Die Wunde hat aufgehört zu bluten.

»Es tut mir wirklich leid. Wie kann ich –«

Er seufzt entnervt. »Steig runter vom Kreuz, Ellie. Bei dem Wetter, das gerade aufzieht, brauchen wir echt jedes Stück Holz.« Er beugt sich vor und holt ein Erste-Hilfe-Set aus der Küchenschublade.

»Welches Kreuz?«, frage ich im selben Moment, als es mir dämmert. Sollte das ein Witz sein oder wirft er mir vor, zu dramatisieren?

»Ich hätte nichts offen liegen lassen sollen, wenn ich nicht will, dass du draufguckst.« Er drückt ein Pflaster auf meine Schnittwunde und klebt es straff um meine Haut. »Ich bin bloß eigen.«

»Ich hätte nicht gucken sollen. Ich bin kein Kind. Ich hätte deine Privatsphäre respektieren sollen.«

Er nickt. »Schätze, dann haben wir beide Schuld.« Sein Tonfall ist weder fies noch gehässig. Er hört sich nicht an, als halte er mich für mordsdumm oder könnte es nicht fassen, dass er es mit jemand so Lachhaftem wie mir zu tun hat. Er hat … sich einfach damit abgefunden, was passiert ist, oder zumindest akzeptiert, dass er seinen Teil dazu beigetragen hat.

»Es tut mir leid.«

»Ich weiß«, erwidert er. »Und mir tut leid, dass ich so wütend geworden bin.« Er dreht sich zum Gehen um. »Ich muss weitermachen. Ich habe eine Deadline.«

Ich strecke meinen ausgestreckten Zeigefinger hoch wie irgendeine Verrückte, die ihre beste E.T.-Imitation macht. »Danke.«

Er lacht verhalten und geht aus der Küche, während ich immer noch zu verarbeiten versuche, was gerade passiert ist.

War's das? Er quält mich doch garantiert noch weiter? Vielleicht schreit er mich nachher an. Oder straft mich den Rest meiner Zeit hier mit Schweigen? Wobei, nach unserem Austausch eben scheint das unwahrscheinlich.

Vielleicht bin ich auch darauf konditioniert zu denken, jeder Fehltritt und jedes Versehen von mir wäre eine Riesensache, aber in Wirklichkeit … stimmt das gar nicht. Ich habe die Schuld für absolut alles auf mich genommen, was in Shanes Leben schieflief. Ich sagte mir, als seine Managerin sei es mein Job, ihn davor zu bewahren, dass etwas nicht nach seiner Nase läuft. Aber die berufliche Dynamik zwischen uns übertrug sich auf unser Privatleben, und ich verbrachte viel Zeit damit, mich zu entschuldigen und die großen und kleinen Sünden wiedergutzumachen zu versuchen, die ich offenkundig begangen hatte – nur dass keine davon je klein war. Cynthia meinte immer, ihr gefalle nicht, wie Shane mit mir rede, dass er mir ständig die Schuld an allem gebe. Ich habe ihre Bemerkungen abgetan, weil es mir nichts ausmachte, wenn ich mich für etwas entschuldigen musste, wofür ich eigentlich nichts konnte, oder Shanes Wutausbrüche wegen Kleinigkeiten abbekam. Aber vielleicht hätte es mir etwas ausmachen sollen. Vielleicht hätte ich mir nicht von Shane einreden lassen dürfen, es sei meine Aufgabe, die Verantwortung für alles zu übernehmen, was in der Welt schieflief.

In dieser neuen Version meines Lebens machen Menschen vielleicht Fehler, und ihnen wird einfach vergeben.

Man stelle sich das einmal vor.

19. KAPITEL

ZACH

Als ich hoch zur Uhr schaue, merke ich, dass ich im Dunkeln arbeite. Laut Computer ist es 19:35 Uhr, aber das kann nicht stimmen. Ich hatte kein Mittagessen. Als ich mich auf meinem Stuhl zurücklehne, verrät mir mein Bauchgrummeln, dass es höchste Zeit fürs Abendessen ist.

Ich klicke auf Speichern und wiederhole das dann zur Sicherheit noch mal. Bevor ich das Dokument schließe, checke ich die Wörterzahl. Ich habe seit heute Nachmittag um drei fast viertausend Wörter ergänzt. Das sind mehr als doppelt so viele, wie ich sonst pro Tag schreibe. Viertausend Wörter Liebesgeschichte zwischen Benjamin und Madeline. Ich war dermaßen in meine Romanfiguren vertieft, dass ich alles um mich herum vergessen habe. Ich klicke auf Beenden und stehe auf.

Als ich mich strecke, knacken meine Knie, so als wären sie den ganzen Tag in ein und derselben Haltung gewesen. Ich lasse die Schultern kreisen und gehe dann Ellie suchen. Ich bin sicher, dass mit ihrem Finger nichts weiter ist, möchte ihn mir aber trotzdem gern ansehen, und ich freue mich auf sie. Ich war wutentbrannt, als ich sah, wie sie sich Mrs Fletchers Kommentare durchlas, doch als ich überlegte, warum das so schlimm ist, fiel mir kein Grund ein. Stimmt, sie hätte nicht herumschnüffeln sollen, aber ich hätte das Manuskript auch nicht aufgeschlagen liegen lassen sollen. Es muss ihr ziemlich schräg vorkommen, dass ich mich gar nicht um Patienten bemühe. Ich kann verstehen, was sie dazu gebracht hat, nach Anhaltspunkten bezüglich meiner mysteriösen Forschungsarbeit zu suchen.

Im ganzen Haus duftet es köstlich. Als ich ins Wohnzimmer komme, stelle ich fest, dass Feuerholz im Kamin nachgelegt wurde und es angenehm warm ist. Ellie ist echt gut darin, Menschen zu umsorgen. Jede Wette, dass sie die Karriere ihres Freundes supergut gemanagt hat. Ich möchte mehr darüber erfahren. Eingeschneit zu sein, ist vielleicht doch gar nicht so verkehrt.

Ich stecke den Kopf in die Küche. »Hey.«

Als sie herumwirbelt, macht sie ein erschrockenes Gesicht, als hätte sie nicht erwartet, mich zu sehen. »Du bist's.«

»Mit wem hattest du denn gerechnet?«

»Ich wollte nur sagen, wie leid es mir tut, du denkst bestimmt – «

»Ellie, hör auf, dich zu entschuldigen. Wir haben das doch schon besprochen.« Als ich einen Schritt auf sie zumache, merke ich, dass sie zittert. »Alles okay mit dir?«

Sie weicht zurück und schnappt nach Luft. »Du warst den ganzen Tag da drin, und jetzt ist es schon nach sieben – du musst wütend sein – «

»Ich bin nicht wütend. Ich habe bloß die Zeit aus den Augen verloren. Mehr nicht.« Weil ich sie irgendwie beruhigen will, lege ich die Arme um sie. »Dachtest du etwa, ich würde mich absichtlich da drin verschanzen? Um dich zu bestrafen oder so?« Wieso macht sie aus einer Mücke einen Elefanten? Es ist, als hätte sie im Kopf eine Parallelwelt erschaffen.

Achselzuckend fixiert sie meine Schulter. »Glaub schon. Mir ist klar, dass ich falsch gehandelt habe.«

»Es ist vergeben und vergessen«, sage ich, damit sie es auch vergisst. Ich verstehe nicht, warum sie sich deswegen so fertigmacht. »Du gehst echt hart mit dir ins Gericht. Wir hatten beide Schuld, erinnerst du dich?«

Sie zieht die Brauen zusammen und sieht mir endlich in die Augen. »Du bist gar nicht mehr wütend?«

»Ich war nie wütend auf dich. Auf mich selbst schon mal kurz, aber selbst das hat nicht lange angehalten. Ich bin bloß ein wenig ärgerlich gewesen. Du hast doch nicht das Haus abgefackelt – sondern einen Blick auf etwas geworfen, was du nicht lesen solltest.«

Als sie den Atem ausstößt, kann ich spüren, wie die innere Anspannung von ihr weicht. Wir schweigen ein paar Sekunden, ehe sie sagt: »Ich habe Abendessen gemacht. Ich war mir nicht sicher, ob du rauskommen würdest, aber es gibt Moussaka.«

Das duftet hier also so gut.

»Wie kommst du auf die Idee, ich würde mir eine Mahlzeit entgehen lassen, die du gekocht hast? Ich weiß auch nicht, wie ich es geschafft habe, bis jetzt durchzuarbeiten. Die Stunden sind einfach so verflogen.«

»Wirklich? Du hast einfach bloß die Zeit vergessen?« Sie glaubt immer noch nicht, dass ich sie nicht mit Folter strafen will. Was zum Kuckuck hat sie erlebt, dass sie das von mir erwartet?

Ich drücke ihr einen Kuss auf die Stirn. »Wirklich. Kann ich mich irgendwie nützlich machen?« Als ich sie loslasse, schenkt sie mir ein kleines Lächeln und schüttelt den Kopf.

»Nein, du könntest höchstens einen Wein aufmachen, wenn du nichts dagegen hast.«

Wieso sollte ich etwas dagegen haben?

Wir machen uns daran, Teller aus dem Schrank zu holen, Besteck aus der Schublade zu nehmen und die Weinflasche zu entkorken.

Während Ellie die Moussaka auftut, schnappe ich mir den mittlerweile leeren Becher, in den sie gestern Heidekraut gestellt hat, und gehe nachsehen, ob ich draußen noch welches finden kann.

Der Schnee liegt schon fünf, sechs Zentimeter hoch, und es herrscht dichtes Gestöber, als könnten die dicken Flocken nicht schnell genug herunterkommen. Der Boden ist vollständig bedeckt, aber ich weiß, dass direkt am Haus Heidekraut gepflanzt ist. Mit der Hand grabe ich ein Loch in den Schnee. Rasch habe ich einen kleinen Heidekrautbusch freigelegt. Ich pflücke drei, vier Zweige ab und drehe wieder um. Hier draußen herrschen mindestens minus fünf Grad, sodass ich annehme, es wird für die nächsten paar Tage das letzte Mal gewesen sein, dass ich vor der Tür war.

Ich stampfe den Schnee von den Schuhen, ehe ich wieder hineingehe und schnell Jacke und Schuhe abstreife. Ich will nicht, dass die Moussaka kalt wird.

»Heidekraut für den Tisch«, verkünde ich und halte meine Ausbeute hoch.

Ellie schaut hoch, hält inne und schüttelt den Kopf. »Wer bist du?«

Ihre Reaktion verwirrt mich, ich sage jedoch nichts. Ich dünne das Heidekraut aus, stecke es in den Becher und stelle ihn auf den Tisch, bevor ich mir die Hände wasche.

»Fertig?«, frage ich.

Als sie mir das breiteste Lächeln überhaupt schenkt, geht ein Ziehen durch mein Inneres. Ich habe das Gefühl, sie lächelt nicht so oft, wie sie sollte. »Und wie«, antwortet sie.

Wir setzen uns und sie erhebt ihr Glas. »Auf dass wir es überleben, eingeschneit zu sein.«

»Ach, ich gehe davon aus, dass wir es mehr als nur überleben werden«, erwidere ich. Es wäre schon okay gewesen, allein hier zu sein. Ich hätte mir jede Menge Suppe und Käse-Schinken-Sandwiches gemacht, ich hätte mindestens einmal am Tag das Feuer im Kamin neu anzünden müssen und außerdem hätte ich beim Essen nicht so nette Gesellschaft gehabt. Durch Ellies Anwesenheit ist alles besser, als wenn ich allein hier wäre.

»Wie ist die Lage draußen? Es sieht nach einer dicken Schneedecke aus, aber dadurch, dass sich das Licht im Fenster spiegelt, lässt es sich nicht so genau sagen.«

»Bis jetzt liegen etwa fünf Zentimeter. Aber es kommt ordentlich was runter und der Wind ist stürmisch.«

Sie lacht. »Warum um alles in der Welt hast du dir im November eine schottische Insel ausgesucht?«

Ich lächle, nicht über meine absurde Wahl, sondern ihretwegen. Sie ist umwerfend. Jetzt, da ich ihr versichert habe, dass ich nicht wütend bin, ist sie aufgeheitert. Glücklich steht ihr gut.

»Ich muss sagen, das ist die beste Moussaka, die ich je gegessen habe.« Ich deute mit der Gabel auf meinen Teller. Es ist bodenständiges Wohlfühlessen und will auch nichts anderes sein, dabei aber die perfekte Kombination aus käsig, scharf und süß. »Die schmeckt unglaublich. Du bist eine super Köchin.«

Sie errötet und tut das Kompliment mit einem Handwedeln ab, als glaube sie es mir nicht. »Danke. Aber würd's dir was ausmachen, mir zu verraten, warum ich mitten im Nirgendwo koche?«

»Das Cottage gehört meinem Cousin. Ich musste kurzfristig was finden und … er war noch nie hier. Das Haus war ein Wetteinsatz und er hat es gewonnen.«

»Was?«, ruft sie mit hoher Stimme aus und macht große Augen, als hätte ihr gerade jemand gesagt, *sie* habe ein Haus gewonnen. »Wer gewinnt denn durch eine Wette ein Haus?«

»Er ist Amerikaner. Er spielt regelmäßig in einer Pokerrunde und … Keine Ahnung, schätze, jemandem ist das Bargeld ausgegangen.«

»Es ist ja echt hübsch und so, aber wenn er nie herkommt, wieso um alles in der Welt verkauft er es dann nicht?«

»Ich glaube, weil er Leuten gern erzählt, dass er eine Immobilie in Schottland hat, und die dann annehmen, es handele sich um ein Schloss.« Keine Ahnung, ob das stimmt. Ich habe es bloß gesagt, um sie zum Lachen zu bringen. Es ist der beste Laut überhaupt.

»Also, ein Schloss ist es definitiv nicht. Aber im Sommer ist es bestimmt wunderschön hier. Oder im Frühling. Oder sogar im Herbst.«

Jetzt muss ich lachen. »Ja, nur nicht mitten im Winter. Aber es erfüllt seinen Zweck. Ich komme mit der Arbeit voran.«

Sie isst eine Gabelvoll Aubergine und nickt.

Meine Arbeit. Die, über die ich sie anlüge, weil ich schreibe und es nicht im Entferntesten mit Medizin zu tun hat.

»Ich sitze gar nicht an einer Forschungsarbeit«, sage ich.

Sie sieht mir in die Augen, sagt jedoch nichts.

Ich stoße den Atem aus, lege die Gabel weg und lehne mich auf meinem Stuhl zurück. Was habe ich denn schon zu verlieren, wenn ich reinen Tisch mit ihr mache? Gut, sie weiß dann, dass ihre Anstellung bei mir wahrscheinlich nicht von Dauer sein wird, aber sie verfolgt doch ohnehin einen anderen Traum, und wenn es sein muss, können wir bestimmt die Köpfe zusammenstecken und ihr woanders eine Stelle suchen. Selbst wenn sie nur einen kurzen Blick auf mein Manuskript geworfen hat, dürfte sie wissen, dass es keine medizinische Forschungsarbeit ist. Ich erzähle ihr nichts, was sie nicht schon weiß.

»Ich überarbeite ein Buch«, sage ich, »genauer gesagt mein eigenes Buch.« Ich erzähle ihr von Mrs Fletcher, davon, dass sie bald in den Ruhestand geht und will, dass mein Roman der letzte wird, den sie vermittelt. »Vielleicht wird nichts daraus, aber wenn sich einem eine solche Gelegenheit bietet, finde ich, dass man mit beiden Händen zugreifen muss.«

»Dann bist du also Schriftsteller«, sagt sie. »Und kein Arzt.«

Mein Herz donnert gegen meine Brust. *Kein Arzt.* Die Worte treffen mich, als wäre ich gegen eine Glasscheibe gelaufen.

Ich kenne mich selbst überhaupt nur als Arzt.

Medizin ist schon seit ich denken kann in meiner Familie das, was zählt, und war es schon lange, bevor einer von uns Medizin zu studieren begann. Wir wuchsen damit auf, dass die Regale im Arbeitszimmer meiner Eltern voller Auszeichnungen, Trophäen und Zertifikate standen. Alles und jeder von Bedeutung in meiner Kindheit hatte mit Medizin zu tun. Ich hörte meinen Vater lebhaft von einem Durchbruch in seiner Forschung erzählen, in jenen Zeiten, wo er nicht als praktischer Arzt tätig war. Meine Mutter kam beschwingt oder niedergeschlagen nach Hause, je nachdem, wie ihre OPs an dem Tag verlaufen waren. Beim Abendessen wurden Beförderungen gefeiert, beim Frühstück die Vor- und Nachteile diverser Therapieformen diskutiert. Medizin war unsere Luft zum Atmen, unsere gemeinsame Sprache, die Welt, die wir kannten und verstanden.

Wenn ich kein Arzt bin, wo ist dann mein Platz in der Welt?

Klar, Nathan hat einen für sich gefunden, aber auch nicht, ohne zu stolpern. Es hilft, dass er quasi berühmt, unvorstellbar reich und einer der mächtigsten Männer der Finanzbranche ist. Nathan hat sich innerhalb der Familie eine Festung errichtet, und wann und wie er sie verlässt, bestimmt er selbst.

Ich bin festungslos.

»Ich weiß nicht recht, was ich bin«, sage ich. »Ich weiß, dass ich den Arztberuf nicht liebe. Nicht so, wie man es sollte.«

»Wie man es sollte?«, fragt sie. »Ist das die Bedingung für den Beruf?«

»Ich habe dir doch erzählt, dass alle in meiner Familie Ärzte sind. Sie sind es gern. Mit Leidenschaft. Das Einzige, was ich je mit Leidenschaft gemacht habe, ist Schreiben.«

»Und jetzt hast du die Chance, das Schreiben zu deinem …«

»So weit habe ich noch nicht gedacht. Ich meine, ich habe vor, weiterhin zweimal die Woche in der Praxis zu sein und anders als bisher irgendwie einen Funken Begeisterung für die Medizin aufzubringen.«

»Und du meinst, da wird eine Praxis helfen? Wie das?«

In Wahrheit glaube ich nicht, dass sie helfen wird. Ich tue nur so, als ob, aber vorerst rede ich mir den Plan selbst ein. Solange ich keinen besseren habe, bringt es nichts, ihn auseinanderzunehmen. »Ich werde Mrs Fletcher dieses Buch schicken und abwarten, was passiert. Sie scheint enthusiastisch, aber das heißt noch nichts.«

»Du solltest die Praxis schließen und mich entlassen.« Sie isst einen Happen Moussaka und sieht mir in die Augen, während sie kaut.

»Du sagst mir, dass du gekündigt werden willst?« Ich ziehe die Augenbrauen hoch.

»Nein, aber es ist Geldverschwendung. Wenn ich dir nur als Freundin gegenübersitzen würde und nicht als deine Angestellte, würde ich dir raten, dass du mich loswerden und die Praxis dichtmachen solltest. Ehrlich gesagt habe ich sowieso keine Ahnung, wozu ich überhaupt da bin.«

»Ich schätze, ich … tue so, als ob«, spreche ich die volle Wahrheit aus, die ich mir bisher nur im Stillen eingestanden habe. »Tue, was ich sollte.«

»Sagt wer?«, fragt sie und ich habe keine Antwort darauf. »Selbst wenn nichts aus dem Buch wird, an dem du gerade arbeitest, solltest du nicht noch mehr in den Arztberuf stecken. Such dir was anderes. Oder schreib noch ein Buch. Ein besseres, das ein Bestseller wird.« Sie zuckt mit den Schultern, als wäre die Lösung total logisch und offensichtlich und ich ein Depp, weil ich nicht selbst darauf gekommen bin. Natürlich habe ich daran gedacht. Es ist nur schwer, es in die Tat umzusetzen. Die Reißleine zu ziehen und der Welt zu sagen: *Ich bin durch mit der Medizin.*

»Das ist wie mit meinem ersten Käsesoufflé«, sagt sie. »Ich dachte, es wäre fertig – durch die Ofentür sah es super aus. Aber als ich es rausgeholt habe, ist es komplett in sich zusammengefallen. Ich habe es zu früh rausgenommen. Was nicht heißt, dass ich nicht für mein Leben gern koche. Und auch nicht, dass ich nie wieder Käsesoufflé gemacht habe. Doch, selbstverständlich. Und beim zweiten Mal klappte es besser. Bei dir ist es genauso. Du hast noch nie irgendwas veröffentlicht und trotzdem schreibst du für dein Leben gern. Wenn diese Agentin deinen Roman nicht vermitteln kann, dann schreib einen, den eine andere Agentin vermitteln kann. Wenn man seine große Leidenschaft im Leben gefunden hat, kann man sie nicht einfach aufgeben.«

»Gott sei Dank hast du das Kochen nicht aufgegeben.«

Sie lacht. »Ich kann ganz nützlich sein.«

»Und warum bist du deiner Leidenschaft nicht schon früher nachgegangen? Man kann doch sicher auch Köchin werden, wenn man nicht das Cordon Bleu absolviert hat.«

Während sie einen Schluck Wein trinkt, kann ich beinahe sehen, wie ihr Antworten durch den Kopf gehen. »Ich habe eine Weile gebraucht, bis ich merkte, dass ich Kochen liebe. Meine vorige Arbeit habe ich mit neunzehn begonnen. Ich dachte, die würde ich ewig machen. Ich hatte nicht vor, Shanes Management irgendwann Angestellten zu überlassen. Niemandem hätte ebenso viel daran gelegen wie mir. Deshalb habe ich nicht nach links und rechts geschaut. Ich schätze, mir war gar nicht klar, dass ich nicht für das brannte, was ich machte.«

Shane. Zum ersten Mal höre ich seinen Namen, und obwohl ich nicht weiß, was er verbockt hat, dass ihre Beziehung in die Brüche ging, hasse ich ihn jetzt schon. »Weil du für ihn gebrannt hast?«

Sie legt den Kopf schief, als würde sie schwer überlegen. »Weil ich wollte, dass er glücklich ist. Ich wollte ihn zufriedenstellen.«

Sie hört sich an, als wäre sie seine Bedienstete gewesen und nicht seine Freundin.

»Ja, rückblickend betrachtet habe ich die Arbeit nicht gemocht – ich fühlte mich eher in der Pflicht«, sagt sie. »Mir ist gar nicht in den Sinn gekommen, dass es eine Alternative geben könnte.« Sie setzt sich kerzengerade hin. »So habe ich das noch nie betrachtet, aber es stimmt: Ich hatte das Gefühl, mit meiner Arbeit mache ich ihn glücklich, und sein Glück war wichtiger als meins. Ist das nicht die Definition von Liebe – dass man die Bedürfnisse des anderen über die eigenen stellt?«

Abgesehen von einer semi-ernsthaften Beziehung damals mit achtzehn war ich noch nie verliebt, darum bin ich kein Experte. Trotzdem bin ich ziemlich sicher, dass das ganz und gar nicht die Definition von Liebe ist. »Ich glaube nicht, dass Liebe bedeutet, alle eigenen Wünsche aufzugeben. Wird man sonst nicht einfach nur Sklave des anderen?«

Sie legt die Gabel hin und lehnt sich auf ihrem Stuhl zurück.

Ich stupse sie mit dem Bein an. »Ich wollte dich nicht verärgern. Das sollte keine Kritik sein.«

Sie schaut hoch und setzt ein gezwungenes Lächeln auf. »Ich weiß. Ich denke nur nach.«

»Du denkst nach?«

»Du hast recht. Ich habe eine Menge aufgegeben. Und mir fällt nicht viel ein, was er umgekehrt für mich getan hat.« Sie redet nicht mit mir, sondern mit sich selbst. Ich esse noch einen Mundvoll, während sie nachdenkt. Bei einer so leckeren Moussaka wäre alles andere ein Verbrechen.

»Erzähl mir von deinem Roman«, wechselt sie das Thema.

»Darf ich ihn lesen?«

»Auf keinen Fall«, erwidere ich sofort. Die Vorstellung, dass jemand liest, was ich geschrieben habe, ist absurd. »Es ist ein Wohlfühlkrimi, der in einem Krankenhaus spielt. Die Hauptfigur ist ein ehemaliger Profi-Fußballer.«

»Und ist er brillant, wird aber völlig unterschätzt?«

Ich lache und nicke. »Schreibe ich etwa bloß ein einziges Klischee zusammen?«

»Kommen Blut und Eingeweide drin vor?« Als sie die Nase rümpft, möchte ich sie auf meinen Schoß ziehen.

»Eigentlich nicht. Es gibt Leichen. Aber nicht die Szene, in der der Mensch zur Leiche wurde.«

Sie erschaudert übertrieben. »Du sagst Leiche, als wäre nichts dabei.«

Ich zucke mit den Schultern. »Arzt bleibt eben Arzt.« Wenn sie wüsste, wie Medizinstudierende mit Leichen umgehen.

»Und was soll an lauter Toten zum Wohlfühlen sein?«, fragt sie. Sie steht auf und nimmt meinen Teller.

»Setz dich und lass mich den Tisch abräumen.« Ich stehe auf.

»Es macht mir aber nichts aus.« Ihr ist anzumerken, dass das wirklich stimmt. Aber so, wie es sich anhörte, ist sie darauf programmiert, alles für andere zu tun, und nicht daran gewöhnt, dass jemand irgendwas für sie macht.

»Bitte.« Ich lege ihr die Hände auf die Schultern und dirigiere sie wieder zu ihrem Platz. Noch dazu schenke ich ihr einen Schluck Merlot nach. Dann mache ich mich daran, unsere Teller abzuräumen und alles neben der Spüle zu stapeln. »Und Wohlfühlkrimi bedeutet einfach nur, dass es keine expliziten Gewaltdarstellungen gibt.«

»Und wer ist der Watson zu deinem Romanhelden?«

»Ah, der obligatorische Sidekick. Um den dreht sich der Großteil meiner Änderungen. Madeline. Sie ist brillant, hat aber einen anderen Beruf und kann deshalb keine Hauptfigur sein. Aber er braucht sie. Respektiert sie und … fühlt sich zu ihr hingezogen.«

Sie steht auf und geht zur Spüle. »Das gefällt mir. Ein bisschen Romantik in der Kriminalgeschichte.«

»Sie sind beide ein bisschen unbeholfen und wissen nicht, wo das hinführen wird. Es dauert eine Weile, bis es zu etwas Körperlichem zwischen den zweien kommt, aber zwischen ihnen knistert es eindeutig.«

Erst als ich es schon gesagt habe, wird mir klar, dass ich damit auch Ellie und mich beschreiben könnte.

Schweigend zieht sie die Gummihandschuhe an, ehe sie sich der Spüle zuwendet.

»Lass mich abwaschen«, sagt sie. »Ich halt's nicht aus, wenn du alles machst.«

»Ich habe doch gar nichts gemacht. Du hast dieses unfassbar leckere Essen gekocht. Ich habe überhaupt nichts dazu beigetragen.«

»Das stimmt nicht.« Sie nickt mit dem Kopf zu dem Becher mit dem Heidekraut. Das meint sie nicht als Witz.

»Ich weiß nicht so genau, ob das zählt.«

»Für mich schon.« Sie sagt es leise, aber ich kann ihr nicht widersprechen. Wer immer dieser Speedway-Shane ist, er war eindeutig ein totales Arschloch.

Während wir abwaschen, erzähle ich ihr mehr über meinen

Roman. Sie fragt mich aus, und ich genieße es, über das Schreiben und den Schreibprozess zu reden, wie ich plane, was ich pro Tag schreibe. Ich unterhalte mich mit ihr gern über alles Mögliche.

»Die Idee, die Liebesgeschichte zwischen Benjamin und Madeline auszubauen, kam von Mrs Fletcher. Und es funktioniert. Ich mag die zusätzliche Ebene, dass sie zusammenarbeiten, um den Fall aufzuklären, aber gleichzeitig diese unterschwellige sexuelle Spannung herrscht.«

»Ist sie verheiratet?«, fragt sie.

»Nur mit ihrer Arbeit. Und er ist Witwer, der nie ganz über den Tod seiner Frau hinweggekommen ist.«

»Und beruht das auf persönlichen Erfahrungen?«

Die Frage kommt unerwartet. »Ich hatte keine Freundin, die gestorben ist, falls du das meinst. Und ich war noch nie verheiratet.«

»Sorry«, sagt sie.

»Du brauchst dich nicht ständig zu entschuldigen, Ellie. Du kannst mich alles fragen, was du willst.« Wenn jetzt jemand aus meiner Familie hier wäre, würden demjenigen die Augen rausquellen wie bei einer Cartoonfigur. Ich gelte als verschlossener als meine Brüder, stiller. Wahrscheinlich liegt das daran, dass ich seit Jahren in eine Rolle schlüpfe, die nicht zu mir passt. Aber Ellie ist egal, ob ich Arzt bin oder nicht.

»Ich hab wohl versucht, deine Beziehungserfahrung auszuloten. Meine kennst du schon komplett.«

»Da gibt es nicht viel zu erzählen. Die letzte ernsthafte Beziehung hatte ich im Studium. Und dann … der Arztberuf nimmt einen ziemlich in Beschlag. Wenn ich mal freihatte, habe ich immer nur darüber nachgedacht, dass ich kein Arzt sein will. Es gab ein paar Geschichten, die ein paar Monate liefen, aber nichts wirklich Ernstes.«

»Also bist du eher der Typ für One-Night-Stands?« Sie stöhnt. »Ich höre mich ja an, als wollte ich gleich einen Ring am Finger – will ich nicht. Nach … du weißt schon wem habe ich bloß keine Ahnung mehr, wie so was läuft. Wir waren ewig lange zusammen.«

Sie will nicht gleich einen Ring von mir – das weiß ich. Sie wünscht sich bloß Sicherheit, weil sie die noch nie hatte.

Ich greife über sie hinweg in die Spüle, ziehe ihr die Gummihandschuhe aus, gehe dann rückwärts zu meinem Stuhl, setze mich hin und ziehe sie auf meinen Schoß. »Ich hatte One-Night-Stands. Ich habe versucht, mehr daraus werden zu lassen. Manchmal funktioniert das auch – für eine Weile –, meistens aber nicht. Falls es irgendwelche festen Regeln gibt, weiß ich nur, dass sie mir niemand verraten hat. Derzeit möchte ich mich bloß mit dem befassen, was direkt vor mir liegt. Ich möchte nicht allzu weit in die Zukunft blicken, aber ich weiß, dass ich dich gernhabe. Ich weiß, dass ich mich gern mit dir unterhalte und dich gern ansehe und dass du einen Knackarsch hast, von dem ich nicht die Augen lassen kann. Und außerdem weiß ich, dass ich dich wieder küssen möchte. Aber das ist nur die eine Seite. Hier geht es nicht nur um mich. Sondern auch um dich.«

Als sie sich so hinsetzt, dass sie rittlings auf meinem Schoß hockt, steigt mein Pulsschlag. »Ich mag deinen Hintern auch.«

Ich lache, doch sie bringt mich zum Verstummen, indem sie über meine Wange streichelt. Ihr Blick geht hinunter zu meinem Mund, dann sieht sie mir wieder in die Augen, als bitte sie um Erlaubnis, doch ich reagiere nicht. Ich will, dass sie sich nimmt, was sie will.

Als sie die Hände an meine Wangen legt und über meine Unterlippe leckt, ist das so ziemlich das Erotischste, was ich je erlebt habe. Ich spüre, wie ich unter ihr hart werde, und wünsche mir, ich besäße mehr Selbstbeherrschung – ich will sie nicht abschrecken. Dann schiebt sie ihre Zunge vor, nur ganz kurz, ehe sie sie wieder zurückzieht und die Lippen auf meine presst. Es ist, als hätte sie auf Reset gedrückt.

Als ich leicht den Mund öffne, umfängt sie meine Oberlippe, saugt daran, bevor sie mich mit der Zungenspitze erkundet und kostet.

Ich habe noch nie einen Kuss so genossen. Noch nie dabei derart die Regie abgegeben. Doch etwas sagt mir, dass sie das braucht.

20. KAPITEL

ZACH

Sie hält inne und löst ihren Mund von meinem. Erwartet sie, dass ich die Initiative übernehme? Ich spiegele sie, will, dass sie das Tempo vorgibt. Ihre letzte Beziehung hat bei ihr eindeutig Narben hinterlassen, und ich möchte nichts tun, was diese noch verschlimmert oder ihr neue zufügt.

»Du bist unglaublich sexy«, flüstere ich.

Sie lehnt sich zurück und sieht mich ungläubig an. »Ja?«

Als sie auf meinem Schoß das Gewicht verlagert, fahre ich mit den Händen über ihren Po und stöhne dann darüber, wie sie sich anfühlt. Selbst komplett angezogen hat sie etwas Weiches an sich.

»Total.« Wie kann sie das bezweifeln? »Und das war der beste Kuss, den ich je hatte.«

Sie errötet, sodass mir vor Stolz die Brust anschwillt. Ich möchte mehr von dieser Röte sehen. Von diesem Leuchten, das von ihr ausgeht, wenn ich ihr ein Kompliment mache.

Ich lege eine Hand an ihre Wange und streichle mit dem Daumen darüber, während ich mich frage, was als Nächstes passieren wird. Ob der Kuss der Vorbote von mehr war oder ob ich mich mit dem besten Kuss meines Lebens zufriedengeben muss.

»Wir sollten den Abwasch erledigen«, sagt sie. »Wobei, ich kann das machen. Du hast den ganzen Tag gear-«

»Du wirst jetzt nicht abwaschen und ich auch nicht. Das kann warten.«

Sie schaut zur Spüle, als rechnete sie damit, dass das Geschirr mit mir zu diskutieren anfängt.

»Sollen wir unseren Wein nehmen und uns vor den Kamin setzen?«, frage ich, wobei ich den Drang niederkämpfe, sie hochzuheben, ins Schlafzimmer zu tragen und mich mit ihrem Körper zu beschäftigen – ihr sämtliche Laute zu entlocken, zu denen sie ganz gewiss fähig ist.

»Möchtest du das denn?«, fragt sie.

Ich lache. Was ich mit ihr anstellen möchte, will sie besser gar nicht wissen. »Was möchtest *du*?«

Sie seufzt und windet sich, als könnte sie womöglich meine Gedanken lesen. Verdammt, ich muss mich zusammenreißen. Wegen dieser Frau hat sich derart große Lust in mir aufgestaut, dass ich das Gefühl habe, ich platze gleich.

»Ich möchte, dass du mich küsst«, flüstert sie.

Als ich ihr in die Augen schaue, schiebt sie die Zunge heraus und befeuchtet ihre Lippen, wie um sich vorzubereiten. Ich lasse die Hand in ihr Haar gleiten und führe ihren Kopf zu meinem. Unsere Münder treffen sich und ich nutze die Gelegenheit, sie zu kosten, zu erkunden, zu *verschlingen*.

Ein animalischer Instinkt setzt ein, sodass ich mit ihr aufstehe, mich umdrehe und sie auf der Arbeitsplatte absetze. Halb nehme ich wahr, dass irgendetwas zu Boden fällt, aber anscheinend zerbricht nichts. Sanft saugend und leckend arbeite ich mich an ihrem Hals hinab. Als ich an ihrem Schlüsselbein angelange, wird mir klar, dass ich aufhören muss.

Ich löse mich und stütze mich zu beiden Seiten von ihr auf der Arbeitsplatte ab. »*Fuck*. Ich muss runterkommen.«

»Ich kann mich nicht erinnern, schon jemals so geküsst zu haben«, sagt sie.

So *ist* Küssen normalerweise auch nicht, unterlasse ich zu erwidern. Ich will nichts sagen, was ich nicht auch so meine, und nicht wie ein Kerl rüberkommen, der alles sagt, um eine tolle Frau ins Bett zu kriegen. Ich will nicht, dass es sich wie ein Spruch anhört, denn es ist keiner. Sondern eine Wahrheit, die mir wie in meine Haut gebrannt vorkommt. Ellie fühlt sich zu gut an. Besser noch. Anders als alles, was ich je empfunden habe.

Vielleicht liegt es daran, dass wir bloß küssen und ich zum ersten Mal seit Langem nicht weiß, ob es noch darüber hinausgehen wird.

Sie schiebt die Finger in mein Haar. »Lass uns mal nach dem Kaminfeuer sehen.«

Eine Unterbrechung, eine Pause – gut. Solange es nicht vorbei ist.

Ich halte ihre Hand, während sie von der Arbeitsplatte herunterrutscht, und kann dabei die Augen nicht von ihr lassen. Es ist, als wäre jede ihrer Bewegungen das Erotischste, was ich je gesehen habe. Jeder Blick, jede Berührung ist wie Magie.

Was ist nur mit mir los?

Ich nehme unsere Weingläser vom Tisch und sie geht mir voran ins Wohnzimmer. Das Feuer brennt noch, aber ich lege einige Holzscheite nach. Nicht, dass wir es hier drin noch heißer bräuchten.

»Dann warst du also noch nie zuvor hier im Haus? Erst jetzt, um dein Buch zu überarbeiten?«, fragt sie.

»Genau. Es ist ein Running Gag, dass Vincent das Cottage gewonnen hat, aber keiner von uns je hier war. Ich wusste, dass ich Abstand von allem anderen brauche, wenn ich Mrs Fletchers Deadline einhalten will. Ich wollte weder vom normalen Alltag abgelenkt werden noch davon, dass einer meiner Brüder vorbeischaut. Ich wollte mich um nichts anderes als das Schreiben und Überarbeiten kümmern.«

Sie verzieht das Gesicht. »Tut mir leid, dass ich dabei gestört habe.«

»Es muss dir nicht leidtun.«

Du bist genau, was ich brauche.

Ich spreche das nicht laut aus, denn ich bin mir gar nicht sicher, was es bedeutet, aber die Worte strömen in mein Hirn, als wollten sie geäußert werden.

Während wir nebeneinander auf dem Sofa sitzen, siedet die sexuelle Spannung zwischen uns leise vor sich hin, doch ich lege die Hand in Ellies, weil ich es nicht lassen kann, sie zu berühren.

»Erzähl mir mehr darüber, was du machen willst, wenn du die Kochschule absolviert hast.«

Sie zieht die Beine aufs Sofa und lehnt sich gegen mich. Ihren Körper an meinem zu spüren lässt mich beinahe vor Wonne aufstöhnen.

»Ich glaube, ich würde ganz gern als Privatköchin arbeiten. Es gibt jede Menge freie Stellen in London und die Bezahlung ist ziemlich gut. Wer weiß. Bis dahin ist es noch ein weiter Weg. Ich weiß nur, dass ich für mein Leben gern koche. Dabei bin ich am glücklichsten. Kochen spendet mir Trost und Frieden.«

»Du bist eine herausragende Köchin.«

»Wir sollten morgen den Apfelkuchen backen. Es sei denn, du hast nicht die Zeit dafür. Mir ist klar, dass du zu tun hast.«

Noch mehr Zimt. Ich könnte mir nichts Besseres vorstellen.

»Die Zeit müsste ich mir freischaufeln können.«

»Du brauchst deinen Schlaf.« Sie richtet sich auf, lässt meine Hand los und steht auf. Eine Welle der Enttäuschung geht durch meinen Körper. Ich bin nicht darauf gefasst, dass sie geht.

»Du bist bestimmt müde«, sage ich. Ich bin dermaßen aufgedreht, dass ich nicht sicher bin, ob ich heute Nacht überhaupt ein Auge zutun werde.

»Du musst morgen frisch erholt sein. Du hast eine Deadline einzuhalten«, erwidert sie.

Ich stehe ebenfalls auf, umfasse ihr Gesicht und drücke ihr einen Kuss auf die Lippen. »Träum schön.«

Ich sehe zu, wie sie ins Schlafzimmer geht. Sie lächelt kurz, bevor sie die Tür schließt. Wären wir nicht eingeschneit, würde ich eine Runde laufen gehen und dann meine aufgestaute Lust unter der Dusche loswerden. Ich blicke aus dem Fenster. Zwar lässt es sich schwer abschätzen, aber der Schnee liegt mindestens kniehoch. Egal, jedenfalls herrscht kein Wetter zum Joggen. Es wäre dumm, auch nur spazieren zu gehen. Draußen ist es stockduster und verdammt windig. Da müsste man schon Todessehnsucht haben.

Es bleibt einem nichts anderes übrig, als ins Bett zu gehen. Ich kann nicht mal das Geschirr abwaschen, denn ich weiß, bei den Geräuschen würde sie direkt wieder herauskommen, um mitzuhelfen, und damit den Sinn des Ablenkungsmanövers zunichtemachen.

Als ich mir seufzend das Shirt ausziehe, höre ich eine Tür knarzen. Ruckartig drehe ich den Kopf und sehe sie in Slip und einem T-Shirt, das ihr bis zur Taille geht, in der Tür zum Schlafzimmer stehen.

Mein gesamter Körper fängt vor Verlangen an zu vibrieren, während ihr Blick über meinen Oberkörper huscht. Ich drehe mich ganz zu ihr um, damit sie alles betrachten kann.

Ich will sie und werde mich nicht mehr lange beherrschen können, ihr zu sagen, was ich alles Versautes mit ihr anstellen will.

»Ellie.« Meine Stimme ist kehlig und rau – vor lauter Lust kriege ich kaum Worte heraus.

Als sie das Gewicht von einem Bein aufs andere verlagert, glotze ich unwillkürlich zwischen ihre Schenkel und frage mich, wie sie wohl schmeckt.

Weder fähig noch willens, mich länger zurückzuhalten, stoße ich den Atem aus. »Komm her.«

Ich kann es nicht mit Sicherheit sagen, doch kurz tritt so etwas wie Erleichterung in ihre Miene. Als sie auf mich zukommt, verrät mir das Wogen ihrer Brüste, dass sie keinen BH trägt. Ich balle die Fäuste und versuche, mich am Riemen zu reißen.

»Ellie«, wiederhole ich. Es ist eine Frage – will sie das hier? Ist sie bereit? Ist sie sich sicher?

Sie kommt zu mir und bleibt so dicht vor mir stehen, wie es möglich ist, ohne mich zu berühren.

»Zach.« Sie tastet nach dem Saum ihres T-Shirts und zieht es aus.

Ich stöhne. Mir ist schwindlig, meine Sinne streiten sich um die Oberhand und versuchen, sich gegenseitig wegzudrängeln. Es sind zu viele Eindrücke.

»Du bist wunderschön«, schaffe ich hervorzubringen.

Sie schaut unter den Wimpern hervor zu mir hoch. »Du auch.«

Ich lasse die Hände an ihren Seiten hinabgleiten, umfasse ihre Taille und lege die Daumen auf ihre Hüftknochen. »Konntest du nicht schlafen?«, frage ich.

»Ich wollte nicht«, gibt sie zurück.

Ich lache leise, wie um zu sagen, *Das Gefühl kenne ich*, und lenke uns so zum Sofa, dass sie sich hinsetzt. Sie greift an den Reißverschluss meiner Jeans, doch ich spreize ihre Beine und knie mich dazwischen hin.

»Ich will dich kosten, *Zimtstern*.«

Ich hake die Daumen seitlich in ihren Slip und ziehe ihr die weiße Spitze mit einer schnellen Bewegung aus. Sofort will sie die Beine zusammennehmen.

Ich schüttele nur den Kopf, beuge mich über sie und küsse sie einmal auf den Mund, einmal auf den Hals und einmal zwischen ihre herrlich perfekten Brüste. Auf denen könnte ich mich stundenlang verlieren, aber ich werde mich ihnen später noch widmen. Ich nehme eine ihrer Brustwarzen in den Mund und streife mit den Zähnen darüber, als ich sie wieder freigebe, schreit Ellie geschockt auf.

Sie schlägt die Hände vors Gesicht und ich lache leise. Ich ziehe ihren Po an die Sofakante, doch aus diesem Winkel werde ich nicht mit ihr anstellen können, was ich vorhabe. Also stehe ich auf, hebe sie hoch und lege sie zwischen Sofa und Kamin.

Jetzt kann ich alles mit ihr machen.

Als sie die Beine aufstellt, drücke ich ihre Knie auseinander, beuge mich hinunter und lecke einmal über ihre Mitte, ehe sie überhaupt dazu kommt, sich zu schämen.

Ihre Hand landet auf dem Teppich unter uns, während sie einen Schrei ausstößt, und ich versinke so tief in ihr, dass ich niemals wieder auftauchen möchte. Ich lecke, sauge und übe Druck aus, finde heraus, was sie zum Wimmern bringt, was zum Stöhnen und was zum Schreien.

Ich möchte alle diese Laute hören, wieder und wieder.

Ihre Klitoris pulsiert unter meiner Zunge, und ich kann spüren, wie sie dem Höhepunkt immer näher kommt. Als ich den Daumen in sie gleiten lasse, schreit sie auf.

»Stopp, Zach.«

Ich reiße den Kopf hoch und sehe ihr schockiertes Gesicht.

»Ich glaube, ich kom-«

Ich grinse, drücke die Finger auf ihren G-Punkt und lasse die Zunge um ihre Klitoris kreisen, während sie unter meinen

Händen zergeht. Ihre Beine zittern und ihre Schultern beben, als der Orgasmus durch ihren Körper zuckt.

Ich beuge mich über sie, um zu beobachten, wie sie wieder zu sich kommt.

»Was war das denn?«, fragt sie.

Ich lächle – sie sieht aus, als hätte sie so einen Orgasmus wie eben noch nie erlebt. Es ehrt mich, dass ich ihn ihr ermöglichen konnte. »*Das* war nur der Anfang.«

Als ich über ihr bleibe, leckt sie ihre Nässe von meinen Lippen, sodass ich das Gefühl kriege, gleich einfach so zum Höhepunkt zu kommen. Wie kann jemand so Süßes und Liebes nur so verdammt sexy sein? Ich bedecke ihren Mund mit meinem, und wir küssen uns, während sie sich an meiner Jeans zu schaffen macht, bis wir beide nackt sind und ich auf ihr liege, ihre Schenkel an meinen Hüften, mein Schwanz steinhart an ihrer Klitoris.

»Du fühlst dich gut an«, sagt sie und streicht dabei an meinen Armen hinauf, die ich neben ihrem Kopf aufgestützt habe. »Hart. Beschützerisch. Gut.«

»Hart definitiv«, erwidere ich und muss lachen.

Sie windet sich unter mir, sodass mein Schwanz über ihre Klitoris reibt. »Yep. Hart definitiv.«

Grinsend senke ich den Kopf, fahre mit der Zunge über ihren Hals, zu ihren Brüsten und umkreise ihre Brustwarzen. Mit den Zähnen reize ich sie, bis sie sich an meiner Zunge versteifen.

»Woher weißt du so genau, wie viel Druck genau richtig ist?«, fragt sie seufzend. »Es ist, als hättest du einen Code entschlüsselt und wüsstest alles über meinen Körper.«

»Dein Körper verrät es mir«, sage ich, nehme dann eine ihrer Brustwarzen zwischen die Zähne, zwicke zu, lasse wieder locker und beiße sie mit jedem Mal ein wenig fester.

»Ach du heilige Sch-«, stößt sie hervor. Panik tritt in ihre Miene, wird jedoch von einem glückseligen Ausdruck verjagt, also setze ich mein Spielchen fort. Mit der Hand reize ich die andere Brustwarze, kneife hinein und lasse den Daumen darüberschnellen, ziehe und drücke. »Zach.«

Ich bewege die Hüften, sodass mein Schwanz über ihre Klitoris gleitet; meine Finger, mein Mund, meine Zähne sind damit beschäftigt, ihr Lust zu bereiten.

Sie hebt die Arme über den Kopf, greift und streckt sich nach etwas, bis sie einen Schrei ausstößt, den Rücken durchdrückt und unter mir erschauert, als der Höhepunkt sie durchfährt, sodass ich es unter mir pulsieren spüre.

Noch nie habe ich es so genossen, es einer Frau zu besorgen.

Doch ich platze gleich.

Ich lege mich auf den Rücken und drücke die Handballen auf meine Augen, um mich abzulenken von ihrem Geschmack, ihren herrlichen Lauten, ihrem Körper, der derart sensibel und begierig und perfekt ist, dass ich nicht weiß, ob ich es jemals fassen können werde.

Als ich spüre, wie sie sich über mich beugt, öffne ich die Augen und sehe, dass sie in Begriff ist, sich rittlings auf mich zu setzen. Ihr Anblick über mir würde mich sofort über den Gipfel befördern, also umfasse ich ihre Handgelenke und drehe sie auf den Rücken.

»Bereit?«, frage ich.

Sie drückt die Zähne in die Unterlippe und nickt.

»Sag es.«

»Ich bin bereit. Für dich. In mir.«

Ich schließe die Augen und atme zur Beruhigung ein paarmal tief durch, sonst komme ich hier gleich auf ihren Bauch, bevor ich es auch nur geschafft habe, ein Kondom überzustreifen.

Nach einigen Sekunden hocke ich mich auf die Fersen und angele nach meiner Jeans, um meine Geldbörse herauszunehmen.

»Bitte, Zach, mach schnell.«

Fuck. Ich muss schlucken, mit zitternden Händen nehme ich das kleine Folienquadrat heraus.

Vorfreude tanzt durch meine Adern und das Adrenalin macht mich ungeschickt im Überstreifen. Als ich mich wieder ihr zuwende, betrachtet sie meine Erektion mit leicht geöffnetem Mund und macht ein unverkennbar lustvolles Gesicht.

Unersättlich.

Mal sehen, wer zuerst nicht mehr kann.

Ich lecke mir über die Lippen und positioniere mich über ihr. Sie fasst mich an den Hüften, bringt sie zwischen ihre Schenkel und spreizt gleichzeitig weit die Beine, um mich aufzunehmen. Sobald meine Spitze ihre Mitte berührt, verschwimmt mein Blickfeld und ich schließe die Augen. Ich schiebe mich hinein, langsam, ganz langsam. Es soll so lange gehen wie nur menschenmöglich.

»Ich kann mich gar nicht rühren, so ausgefüllt bin ich«, sagt sie.

»Wer hätte gedacht, dass du solche versauten Sachen sagst.« Ich grinse sie an, während ich hinausgleite und dann wieder eindringe, diesmal schneller.

»Wenn dich schockiert, was ich sage, solltest du mal hören, was ich gerade denke.«

»Ach ja?«, presse ich hervor.

Ein bisschen reden ist jetzt genau das Richtige, um mich von ihrer engen, feuchten Pussy abzulenken und davon, wie perfekt wir zusammenzupassen scheinen. So kann ich mir wenigstens halbwegs einbilden, dass die Frau unter mir mich nicht gerade komplett in ihrer Macht hat.

»Ja«, keucht sie. »Du fändest es schlimm zu hören, wie prall und hart du dich anfühlst, wie sehr du mich dehnst –«

Ich halte ihr den Mund zu, denn noch eine Silbe und ich segele über den Gipfel. Als sie gegen meine Handfläche stöhnt, steigert ihr heißer Atem an meiner Haut nur meine Lust. Sämtliche Nervenenden meines Körpers haben ihre maximale Kapazität erreicht und sind bereit, sich zu ergeben.

Lange halte ich nicht mehr durch. Unser gemächlicher, verführerischer Tanz der ganzen letzten Zeit hat Überlichtgeschwindigkeit erreicht und es gibt kein Zurück mehr.

Langsam beginne ich, die Hüften zu wiegen, vor und zurück – ich erliege dem Urinstinkt, sie so heftig es geht zu nehmen.

Sie zieht mich an sich, unsere Wangen berühren sich, ihre Lippen bedecken meine, um sich feuchte, begierige Küsse zu holen, Haut prallt auf Haut, dringliche Atemzüge vermischen sich.

Sie klammert sich an mich, drückt den Rücken durch und stöhnt auf, und gerade als ich merke, dass sie erneut kommt, verschwimmt mir die Sicht vor Augen und ich höre ein entferntes Rauschen – mein heranstürmender Orgasmus reißt los, explodiert in meinem Innersten und breitet sich bis in die letzte Zelle meines Körpers aus.

Ein Kaleidoskop von Geräuschen und Gefühlen flutet meine Wahrnehmung, sodass ich auf sie niedersinke, während ich es mit ihr teilen will, sie noch fester halten will.

Oh. Fuck.

Als sie mich noch enger umschließt und die Beine um mich schlingt, fühlt es sich an, als würde sie mich nie wieder loslassen.

21. KAPITEL

ELLIE

Noch nie habe ich mich derart vollständig von einem Mann erkannt gefühlt.

Ja, es ist toller Sex. Die ein, zwei, drei, vier Orgasmen bis jetzt beweisen das. Aber diese Nacht ist mehr als ein bloßes Orgasmus-Festival.

»Alles okay?«, fragt Zach, der vor dem Kamin auf mir liegt, und löst sich von mir.

»Alles perfekt.«

»Das steht mal fest.« Er seufzt. »Ich konnte mich nicht mehr zurückhalten, als ich spürte, dass du kommst.«

»Das zweite Mal«, stelle ich klar. »Das erste Mal musst du nicht mitgekriegt haben.«

Er lacht in sich hinein. »Du bist eben zwei Mal gekommen?«

Wie kann's sein, dass wir so sachlich über Orgasmen reden? Und wie zum Teufel kann es sein, dass ich schon vier hatte? Bis jetzt. Das ist mir noch nie passiert. Niemals.

Allerdings habe ich auch noch nie einen Mann wie Zach kennengelernt.

Als er sich hinkniet und das Kondom abstreift, kann ich nicht aufhören, ihn anzustarren. Er ist dermaßen perfekt gebaut, dass es einem idiotisch vorkommt, dass soziale Konventionen ihn zwingen, Kleidung zu tragen.

»Du hast einen wunderschönen Körper«, sage ich.

Er grinst mich unter seinem zerzausten Haar hervor an. »Dein Körper ist dafür geschaffen, mich verrückt zu machen.« Ich muss mir ein Grinsen verkneifen. »Ach ja?«

Ich setze mich auf, strecke die Hand aus und umschließe seinen Schwanz. Er zuckt sofort unter meiner Berührung.

Zach sieht mich an, als wollte er sagen: *Siehst du?*

Er umfasst meine Brüste, die dadurch nicht mehr mitwippen, während ich die Hand an seinem sich aufrichtenden Schwanz auf und ab bewege, doch ich bin nicht nah genug. Mehr von mir muss mehr von ihm berühren. Als ich zu ihm rücke, umfasst er mein Kinn, gibt mir einen versauten »Ich werde dich so was von durchvögeln«-Kuss und lässt sich dann von mir nach hinten drücken, sodass er auf dem Rücken liegt.

»Ich konnte vorhin nicht zulassen, dass du das machst«, erklärt er, als ich das Bein über ihn schwinge, um mich rittlings auf ihn zu setzen. »Sonst wäre es sekundenschnell vorbei gewesen. Dich so über mir zu sehen. Das hätte Game over bedeutet.«

Ich schaue weg, weil ich nicht will, dass er sieht, wie sehr ich seine Komplimente genieße. Es muss für ihn total offensichtlich sein, dass ich solchen Sex nicht gewöhnt bin. Ich bin es nicht gewohnt, dass zwei Menschen Lust daraus gewinnen, einander Lust zu bereiten.

Ich nehme ein Kondom und lege es in Reichweite. Erst will ich noch ein bisschen spielen, dann aber bereit sein.

»Mich so zu sehen?« Ich fasse nach hinten, hebe meine Haare hoch und lasse sie wieder los, als ich dann die Hände auf seiner Brust abstütze, ist mir vollauf bewusst, was bei dieser Bewegung mit meinen Brüsten passiert.

Er packt meine Hüften und zieht mich nach vorn. »Du bist eine verfluchte Sirene.«

»Glaubst du, ich will dich ins Verderben locken?« Ich drücke mich hoch und reibe mich an seiner Erektion.

»Wenn, dann bist du auf dem besten Weg.«

Ich lache. Es ist so sexy, wie er hier unter mir liegt. Könnte sein, dass er recht hat. »Ich glaube, du hast mich dazu gebracht. Ich habe mich noch nie so …«

Ich beende den Satz nicht. Heute Nacht soll es nur um ihn und mich gehen und darum, was unsere Körper tun und fühlen können, allerdings ist da ein fernes Wispern, das vielleicht nur vom Wind kommt, ich könnte jedoch schwören, dass es sich dabei um meine eigene Stimme handelt, die sagt: *Mit Shane war es nie so.*

Ich schüttele den Kopf, um alles außer den Mann vor mir aus meinen Gedanken zu werfen.

Ich greife das neben mir liegende Kondom. »Was dagegen?«, halte ich es ihm hin.

»Ob ich was dagegen habe?« Einer seiner Mundwinkel hebt sich zu einem angedeuteten Schmunzeln.

Er nimmt das Folienquadrat, reißt es auf und ich sehe gebannt zu, wie er das Kondom über seine Erektion stülpt. Ich bin ziemlich sicher, dass Penisse eigentlich nicht so ansehnlich sein sollten wie seiner, aber Zach ist einfach rundum schön anzusehen.

Zögerlich nehme ich ihn in die Hände.

»Er ist nicht zerbrechlich.« Sein neckender Tonfall klingt noch nach, als er sich mit hinter dem Kopf verschränkten Händen hinlegt.

Ich frage mich, ob ihm klar ist, dass ich das erst selten gemacht habe – bestimmt, was im Bett passiert. Beim Sex mit Shane ging es im Grunde nie um mich.

Aber heute Nacht geht es um Zach *und mich.*

Auf die Knie gestützt beuge ich mich vor, woraufhin Zach mit dem Daumen über meine Unterlippe streicht und dann die Hände um meine Taille legt.

Er stößt ein scharfes »Fuuuck« hervor, als ich mich wieder nach hinten sinken lasse und ihn in mich aufnehme, wobei ich die Lippen zusammenpresse, damit er nicht sieht, wie ich es genieße, ihm Befriedigung zu bereiten. Ihn so erregt von meinem Körper zu sehen steigert meine Lust allzu schnell und ich spüre, wie sich schon wieder der nächste Orgasmus aufbaut.

Wie ist das möglich? Ich bin versucht, innezuhalten und zu überlegen. Wie schafft er es, dass ich so oft komme? Geht es nur mir so oder stellt er das mit jeder Frau an? Vielleicht passe ich einfach irgendwie körperlich zu ihm. Wir sind zwei Seiten eines perfekten Orgasmus und wenn wir zusammenkommen – absichtliches Wortspiel –, bringen wir den anderen unwillkürlich zum Höhepunkt.

Er hat jetzt beide Hände auf meinen Hüften und wiegt mich vor und zurück. Vielleicht weiß er, dass er mich führen muss, spürt, dass ich nicht den Mut habe, es von selbst zu tun.

Wir blicken einander tief in die Augen, während ich mich auf ihm bewege, und ich kann spüren, wie Empfindungen uns beide umfangen, sich immer weiter aufbauen, uns in immer neue Höhen befördern.

Als ich den Kopf in den Nacken lege, richtet er sich in eine Sitzposition auf und leckt sanft zwischen meinen Brüsten entlang, dass ich erschauere. Wir sind jetzt Oberkörper an Oberkörper, kein Zentimeter mehr zwischen uns, und irgendwie fühlt sich das noch intimer an, als ihn zwischen meinen Schenkeln oder auf mir zu haben. Sich in diesem Moment Auge in Auge gegenüber zu sein, gleichberechtigt, gibt mir ein stärkeres Gefühl von Sicherheit und Geborgenheit, als ich je für möglich gehalten hätte.

Ich schlinge die Arme um seinen Nacken, als unsere Bewegungen drängender werden, fordernder und begieriger. Wir küssen uns halb, die Münder zusammen, und schlucken die

Laute des anderen. Jedes Stöhnen ist zugleich ein geteiltes; jede Bewegung ist unsere gemeinsam. Schweiß vermischt sich, und als ich mich kurz vor meinem Höhepunkt nach hinten lehne, sehe ich, wie er genau im gleichen Moment kommt. Es ist, als würde ein und derselbe Orgasmus uns beide erfassen, und wir klammern uns aneinander, weil keiner von uns will, dass es aufhört.

22. KAPITEL

ELLIE

Ich spüre jeden Knochen in meinem Körper. Jeder einzelne ziept ein bisschen anders, aber er ziept. Ich bin schon den ganzen Tag auf den Beinen, habe gekocht, das heillose Durcheinander aus Kissen und fallen gelassener Kleidung von letzter Nacht aufgeräumt und regelmäßig Feuerholz im Kamin nachgelegt.

Irgendwann haben wir es ins Bett geschafft, aber nach dem Aufwachen sprang ich direkt unter die Dusche. Als ich zurückkam und feststellte, dass Zach wach war, habe ich gar nicht erst zugelassen, dass er mich anfasst. »Du musst arbeiten«, meinte ich. Sein enttäuschtes Gesicht geht mir nicht aus dem Kopf. Ich schiebe den Anblick schon den ganzen Tag in Gedanken hin und her. Aber ich werde nicht der Grund sein, warum er seine Deadline verpasst.

Gegen eins brachte ich ihm ein Sandwich, und abgesehen von flüchtig auf ihn erhaschten Blicken, wenn er zur Toilette ging, habe ich ihn seitdem nicht gesehen.

Als um kurz nach sieben knarrend die Küchentür aufgeht, steigt Aufregung in mir hoch.

Er fährt sich mit den Fingern durchs Haar. »Hey.«

So angestrengt ich auch versuche, so zu tun, als wäre sein Erscheinen keine große Sache, mein ganzer Körper kribbelt, als wären zigtausend Zellen gerade aus einem Nickerchen aufgewacht. Ich kann nicht anders, als ihn anzustrahlen. »Hungrig?«

Er kommt auf mich zu und umfasst meine Taille. »Immer.« Seine Berührung bereitet mir Gänsehaut und ich weiß, dass es ein Leichtes wäre, das Essen ausfallen zu lassen und gleich zum vergnüglichen Teil des Abends überzugehen.

Aber noch nicht. Er muss essen. Und ich will hören, wie sein Tag war. Ich möchte so viel wie möglich aus dem Abend machen, denn die Zeit hier auf Rùm wird nicht ewig andauern. Bald muss ich abreisen und bis dahin möchte ich so viel ich kann von Zach Cove haben.

»Du fühlst dich gut an«, sagt er, zieht mich an sich und drückt mir einen Kuss auf den Scheitel.

»Was macht Benjamin Butler?« Ich winde mich aus seiner Umarmung und stelle Teller bereit.

»Ich glaube, er verliebt sich gerade, ohne es überhaupt zu merken«, erwidert er.

Als ich ihm den Kopf zudrehe, inspiziert er die Arbeitsplatte und guckt auf das Essen, das ich im Begriff bin, uns aufzutun.

»Das sieht unfassbar lecker aus und duftet sogar noch besser«, sagt er.

»Ossobuco«, erkläre ich.

»Kann ich auch was tun?«

Eine simple Frage sollte mich nicht in ein derartiges Hochgefühl versetzen. Nur weiß ich, dass ich ihn um alles bitten könnte und er würde gern helfen. Auch wenn ich keine Hilfe brauche, ist es einfach schön, mit jemandem zusammen zu sein, eine Mahlzeit mit einem Mann zu teilen, der bereitwillig und ehrlich welche anbietet.

»Ich schaff das schon.«

»Na klar«, erwidert er. Das Hochgefühl in meiner Brust

breitet sich bis in meine Glieder aus. Noch ein Unterschied zu Shane: Er hält mich für fähig.

»Bist du heute vorangekommen, wie du es wolltest?«

Er atmet langsam einmal tief durch, hebt die Arme und streckt sich, nachdem er den ganzen Tag vor dem Computer gehockt hat. Ich muss mich wegdrehen, denn sein Anblick ist nahezu überwältigend. »Schwer zu sagen. Ich glaube schon. Ich nehme nur kleine Änderungen vor, ein Blick hier, ein Zeichen seiner Wertschätzung für sie da. Er hat sich lange eingeigelt und kommt langsam aus sich heraus.«

»Du willst also nicht zu dick auftragen.« Ich stelle unsere vollen Teller auf den Tisch, woraufhin er die Flasche Barolo und den Korkenzieher mit herübernimmt.

»Genau«, sagt er und pult dabei die Verschlussfolie von der Weinflasche. »Es soll realistisch sein. Die zwei sind Profis. Sie schmachten sich nicht über eine Leiche hinweg wimpernklimpernd an.«

Er schenkt den Wein ein, ich hole den Rotkohl und wir setzen uns.

»Bon appétit«, klaut er meinen Spruch und erhebt sein Glas, bevor er zu seinen Überlegungen über seine Romanfiguren zurückkehrt. »Es geht um Ausgewogenheit. Vor allem habe ich mehr von Madeline auf die Seiten gebracht. Ich denke, wenn er sie mag – selbst wenn ihm das nicht klar ist –, wird er zu ihr hingezogen sein. Er wird Vorwände suchen, in ihrer Nähe zu sein.«

»Verstehe.« Ich kann eigentlich nichts dazu sagen. Das Einzige, was ich aus meiner zehnjährigen Beziehung mit Shane mitgenommen habe, ist, dass ich eigentlich nicht so genau weiß, wie sich ein verliebter Mann verhält. »Und Mrs Fletchers Anmerkungen sind weiterhin hilfreich?«

Er nickt. »Schmeckt das gut«, sagt er stöhnend, nachdem er den ersten Bissen Schmorfleisch gegessen hat.

Ich halte inne, um zu beobachten, wie er mein Essen genießt.

»Hast du das zu Hause gelernt?«, fragt er.

»Ossobuco?«, entgegne ich leicht verwirrt. Als er nickt, muss ich mich beherrschen, nicht meinen Wein auszuprusten. »Nein, meine Eltern sind keine großen Köche. Dad grillt gern zweimal im Jahr, und Mum ist eher der Typ Spaghetti Bolo.«

»Siehst du sie oft?«

Bedauern erfasst meinen Bauch. »Inzwischen etwas öfter.« Shane wollte sie nie besuchen.

»*Inzwischen* soll heißen, seit …«

»Seit der Trennung von Shane.« Ich nehme einen ordentlichen Schluck Wein, dicht gefolgt von einer Gabelvoll Essen, damit ich nichts weiter zu sagen brauche.

»Mochten sie ihn nicht?«

»Es beruhte auf Gegenseitigkeit. Dass ich beschloss, das Studium abzubrechen, um ihn zu managen, hat ihnen nicht gefallen. Er grollte ihnen wegen ihres Grolls. Er meinte, ihnen sei er nie gut genug.«

»Und stimmte das?« Sein Blick ruht dunkel und ernst auf mir, und ich muss mir in Erinnerung rufen weiterzuatmen.

Ich zucke mit den Schultern. »Keiner ist je gut genug für die eigene Tochter, oder? Es war *meine* Entscheidung, das Studium aufzugeben, nicht seine. Er hat es bloß vorgeschlagen und es schien sinnvoll. Zumal wir so mehr Zeit miteinander verbringen konnten. Ich konnte sicherstellen, dass alles richtig lief, dass keine Chancen verpasst wurden.«

»Und du selbst hattest nie eigene Ziele?«

»Es war auch mein Ziel. Anfangs jedenfalls. Praktische Erfahrung als persönliche Managerin zu gewinnen, na, das hörte sich spannend an. Es hätte ein Einstieg in eine Laufbahn als Beraterin oder zumindest als Personalrecruiterin oder so sein können. Anfangs hat es mir Spaß gemacht. Ich war eine Weile glücklich, bis … ich einen Großteil der Zeit dafür zu sorgen versuchte, dass alles wieder so wird, wie es mal *war*, mir einzureden versuchte, alles werde wieder gut, *wenn ich nur* … na, du weißt schon.«

»Gab es einen Wendepunkt, an dem du gemerkt hast, dass du nicht glücklich bist?«

Seine Frage ist wie ein Augenöffner. Bis gerade eben war es mir selbst nicht klar, aber ja, schon. »Nach einigen Jahren stritten wir viel. Er schien immer unzufriedener mit meiner Arbeit und den Chancen, die sich ihm boten. Ich versuchte dann, ihm zu erklären, dass das Interesse an allem, was mit Speedway zu tun hat, nachlasse, aber das wollte er nicht hören. Es war leichter, mir die Schuld zu geben. Damals habe ich durchaus überlegt, wieder zur Uni zu gehen, aber … es schien zu schwierig.« Ich drehe und drehe meine Gabel auf dem Teller und schiebe das Essen hin und her. »Zu dem Zeitpunkt war die Beziehung zu meinen Eltern angespannt, deshalb konnte ich sie nicht um finanzielle Unterstützung bitten. Schulden aufzunehmen war in meiner damaligen Lebenslage eine erdrückende Vorstellung. Ich bekam kein Gehalt – wir teilten uns einfach Shanes Einkommen. Nie und nimmer hätte ich ihn fragen können, ob er mir das Studium bezahlt.« Ich stoße den Atem aus, als ich mich daran erinnere – damals fing ich an, Geld auf dem Sparkonto beiseitezulegen. Jeden Monat eine kleine Summe. »Etwas am Status quo zu ändern schien eine unüberwindbare Hürde.«

»Also bist du geblieben.«

»Also bin ich geblieben.«

»Und du hast dir eingeredet, du wärst das Problem.«

Als sich unsere Blicke treffen, ist es, als hätte er eine Wahrheit ausgesprochen, die ich bislang geheim gehalten habe.

»Mag sein«, sage ich. »Ich glaube, wie schlimm es tatsächlich war, habe ich eigentlich erst gemerkt, als es mit uns vorbei war. Es hört sich komisch an, aber ich hatte jede Relation verloren. Die Beziehung zu meinen Eltern beschränkte sich auf einen jährlichen Besuch und Anrufe an Geburtstagen. Meine Freunde hatten sich weiterentwickelt. Selbst zu meiner besten Freundin Cynthia hatte ich kaum noch Kontakt. Ich gewöhnte mich an die Wutanfälle und das Heruntergeputztwerden. Daran, mit Schweigen gestraft und beschimpft zu werden. Sein Verhalten ließ sich immer schlechter erklären und vor anderen rechtfertigen, also mied ich alle. Dazu noch die Tatsache, dass ich abgesehen von meiner Arbeit für ihn keinerlei Qualifikationen oder Erfahrungen vorzuweisen hatte … Wie hätte ich mich da gegen seine Kritik wehren sollen?«

»Er hat dich tyrannisiert.« Es ist keine Frage, nur eine knappe Zusammenfassung des Ganzen aus seiner Perspektive.

»Er war gefrustet, weil ich nicht vorankam.«

»Wurde er je handgreiflich?«, fragt er.

Ich schüttele den Kopf. »Nein, nie.« Ich blinzele mehrfach, während ich mich zurückerinnere. »Er hat mich nie geschlagen«, stelle ich klar. Es gab einige Situationen, in denen ich zurückgewichen bin, weil ich das Gefühl hatte, es könnte handgreiflich werden. Und ein Mal hat er mich gestoßen. Glaube ich zumindest. Er meinte, ich sei gestolpert, und alles war so hitzig und verworren, dass es sich schwer sagen lässt. »Meistens hat er Sachen durch die Gegend geworfen.«

»Aber irgendwann bist du gegangen?«

Ich senke den Blick und schüttele den Kopf. »Er hat mich für eine andere verlassen – eins der PR-Mädels, die mit den Fahrern gereist sind, wenn sie Rennen im Ausland hatten.« Übelkeit steigt in mir hoch, und ich trinke einen großen Schluck Wein, um sie wegzuspülen. Wie konnte ich nur so dumm sein?

Wieso bin ich nicht früher gegangen? »Du musst mich für dumm halten, weil ich die ganzen Jahre bei ihm geblieben bin.«

Er greift über den Tisch und verschränkt die Finger mit meinen. »Du warst der Frosch im langsam erhitzten Wasser.«

Ich verenge fragend die Augen. »Ich war *was*?«

»Man sagt, wenn man einen Frosch in einen Topf mit kochendem Wasser gibt, springt er raus. Aber wenn man ihn in kaltes Wasser setzt und es langsam erwärmt, wird der Frosch bei lebendigem Leib gekocht. Shane hat dich jahrelang fertiggemacht, dein Selbstvertrauen untergraben und dich von Familie und Freunden ferngehalten.«

Baff über seine treffende Beschreibung lehne ich mich auf meinem Stuhl zurück.

»Es tut mir leid«, sagt Zach.

Es fühlt sich an, als könnte ich wieder aufatmen, nachdem ich jahrelang nicht genug Sauerstoff bekommen habe. Zum ersten Mal seit Langem schaltet mein Körper von *Alarmstufe Rot* auf *Es wird alles wieder gut* um.

Ich schaue von meinem Teller hoch. Ich will ihm dafür danken, dass er mir zu einer Erkenntnis verholfen hat, für die ich so lange blind war, möchte aber auch nicht theatralisch herüberkommen. »Es braucht dir nichts leidtun. Das ist eine hilfreiche Betrachtungsweise.« Der Gedanke, dass es nur natürlich ist, wenn man kleine Veränderungen nicht wahrnimmt, kam mir nie. Er ist total logisch. Auf eine Beziehung, wie Shane und ich sie zum Ende hin führten, hätte ich mich niemals eingelassen, doch die Veränderung zum Schlechten passierte zu schleichend, um es zu merken.

»Das ist jetzt alles Vergangenheit. Ich muss mich auf meine Zukunft konzentrieren.«

»Umfasst diese Zukunft auch die Schokoladen-Brownies, die ich gesehen habe?«

Ich lache, weil mich unser Gespräch über Shane angestrengt hat, ich aber irgendwie auch erleichtert bin. »Die Zukunft sollte immer Schokoladen-Brownies umfassen.«

Wir räumen zusammen den Tisch ab, und als ich gerade nach dem Dessert greifen will, zieht er mich in eine Umarmung, sodass wir aneinandergeschmiegt dastehen, die Arme umeinandergeschlungen, in tröstlichem Schweigen. Worte sind nicht nötig, denn ich weiß, was seine Geste ausdrückt.

Es tut mir leid, was du durchgemacht hast.

Du hast mehr verdient.

Er war ein Idiot.

Ich werde dir das niemals antun.

23. KAPITEL

ELLIE

Wenn ich Datenempfang hätte, würde ich googeln, wie lange es braucht, bis sich Gewohnheiten einstellen. Ich bin mir sicher, irgendwo gelesen zu haben, dass es einen Monat dauert, aber ich bin erst drei Tage auf Rùm und habe schon so eine Art Alltagsroutine. Ich verbringe den Tag in Gedanken übers Essen vertieft und überlege mir, wie ein Wochenspeiseplan für verschiedene Haushalte aussehen würde. Wie würde ich eine vierköpfige Familie verpflegen, wenn ich Privatköchin wäre? Oder eine alleinstehende, viel beschäftigte Führungskraft, bei der sich täglich etwas ändert? Welche Optionen würde ich an Feiertagen anbieten? Später überlege ich mir dann, was es zum Abendessen gibt. Und ich denke an Zach.

Und zwar oft.

Öfter, als ich sollte, wenn man bedenkt, wie wenig Zeit wir eigentlich erst miteinander verbracht haben. Ich sage mir immer wieder, dass es nur an der unvermeidlichen Nähe liegt oder am Sex oder an irgendwas in der schottischen Luft. In London wäre alles anders. Ich bin allerdings nicht sicher, ob ich mich selbst so recht davon überzeugen kann.

Als er in der Küche auftaucht, raubt es mir den Atem. Es ist, als würde mein Hirn jedes Mal, wenn er den Raum verlässt, einen inneren Dialog führen und sich selbst erklären, es könne gar nicht sein, dass er nach Kiefernnadeln duftet oder mein Inneres in flüssige Lava verwandelt, sobald er mich ansieht. Dass er mir zuhört, als wäre ich der faszinierendste Mensch, den er je kennengelernt hat, muss ich mir einbilden.

Und dann taucht Zach wieder auf und verpasst meinem Hirn eine Riesenklatsche, weil er eben doch genau der Mann ist, für den ich ihn gehalten habe.

Er schließt mich in die Arme und drückt mir einen Kuss auf den Scheitel.

»Ich habe Trüffelhähnchen gemacht und zum Dessert Apfelkuchen«, sage ich, wobei ich das Kribbeln zu ignorieren versuche, das bei seiner Berührung durch meine Adern geht.

Er lässt mich los und schaut sich in der Küche um. »Echt?« Als er schnuppert und aufstöhnt, spüre ich die Vibration geradewegs zwischen meinen Schenkeln. »Soll ich einen Wein aufmachen?«

»Unbedingt. Heute ist mein letzter Abend hier. Wir sollten auf unerwarteten Besuch anstoßen.«

»Dein letzter Abend?« Er zieht verwirrt die Augenbrauen zusammen.

»Der Schneefall hat aufgehört. Du hast es wahrscheinlich gar nicht gemerkt, aber es regnet schon den ganzen Tag. Es liegt kein Schnee mehr.«

»Aber dann gibt es doch Glatteis.« Er nimmt sein Handy heraus und wedelt damit herum, um zu sehen, ob er Empfang hat.

Ich schüttele den Kopf. »Nope, morgen steigen die Temperaturen weit über null.« Um Punkt 11.44 Uhr habe ich es geschafft, ausreichenden Netzempfang zu erwischen, um die Wettervorhersage abzurufen.

»Wow«, macht er und ich gebe ihm zwei Weingläser, um ihn daran zu erinnern, dass er für den Alkohol zuständig ist. »Dann fährst du also wirklich nach Hause?«

Ich tue das Trüffelhähnchen und dazu grüne Bohnen auf und stelle die Teller auf den gedeckten Tisch. »Ich habe uns sogar frisches Heidekraut gepflückt.« Dass ich einen Zweig von dem Heidekraut behalten habe, das er an dem Abend gepflückt hat, als ich sein Manuskript gesehen habe, erwähne ich nicht. Den habe ich bereits ins Seitenfach meines Koffers gepackt. Ein kleines Souvenir von der Isle of Rùm. Ein Andenken an einen aufmerksamen Mann. Ein Erinnerungsstück an einen wunderschönen Aufenthalt.

Schweigend schenkt er den Wein ein, stellt die Gläser neben unsere Teller und setzt sich.

»Bon appétit.« Als ich mein Glas erhebe, stößt er mit mir an, ohne den Blick von mir abzuwenden.

»Möchtest du denn nach Hause?«, fragt er.

»Na, ich glaube, meine Vagina könnte eine Pause vertragen.« Ich grinse, doch er ignoriert es.

»Du könntest nämlich bleiben. Wenn du möchtest.«

Natürlich habe ich mir Gründe zu bleiben zurechtgelegt. Ausreden, die mich davon abhalten abzureisen. Er wird nicht ordentlich essen, wenn ich nicht hier bin. Er wird einsam sein. Wer soll sich um ihn kümmern, wenn er krank wird?

»Soll ich denn?«, gebe ich zurück.

»Klar«, erwidert er gelassen, während er sein Hähnchen schneidet. Dann sieht er mir in die Augen. »Ich fänd's schön, wenn du bleibst.«

Mein Innerstes schmilzt dahin und ich verkneife mir ein Grinsen.

»Wenn du möchtest«, setzt er hinzu.

Seine Worte scheppern in meinen Ohren, als hätte er einen Topf auf die Holzdielen fallen lassen.

Wenn ich möchte.

Ich bin es nicht gewohnt, zuallererst danach zu entscheiden, was ich möchte. Ich war so lange Shanes Managerin – habe Chancen für ihn geschaffen, alles für ihn organisiert, ihm sein bequemes Leben ermöglicht –, dass es mir zur zweiten Natur geworden ist, meine Wünsche an Shanes auszurichten. Ich wurde eine Meisterin darin, meine Bedürfnisse und Träume zu begraben und dafür seine zu hegen und zu pflegen.

»Wenn ich bleibe … was … mache ich dann?«, sage ich laut, aber die Frage ist an mich selbst gerichtet. Wenn ich bleibe, werde ich die Tage damit verbringen, für Zach zu kochen und zu putzen, während er arbeitet. Vielleicht gehe ich mal spazieren – aber nicht mit ihm zusammen. Vielleicht fahre ich kurz ins Dorf, um weitere Lebensmittel zu besorgen, aber auf jeden Fall werde ich herumsitzen und zugucken. Warten, während Zach seinem Ziel nachgeht, sein Buch zu vollenden.

Das habe ich schon einmal getan.

»Es gibt nicht viel zu tun«, sagt er. »Außer gemeinsam essen, sich das Bett teilen. Hier sein. Wobei es auch nicht so ist, als ob es in der Wimpole Street viel für dich zu tun gäbe.«

Er hat recht – in London ist nicht viel zu tun. Vielleicht bin ich auch nicht schlechter dran, wenn ich bleibe. Ich bin gern bei Zach, und vielleicht hege und pflege ich damit nicht nur seine Träume, sondern das frische Pflänzchen unserer Beziehung. Das wäre nichts Schlechtes. »Ich schätze schon, ich könnte bleiben.«

Er grinst. »Toll.« Sein Tonfall ist unbekümmert, so als wäre es keine große Sache, ob ich fahre oder bleibe. Ihm ist es wohl im Grunde egal.

In meinem Magen bildet sich ein Knoten. Etwas fühlt sich nicht richtig an. Zu sagen, dass ich bleibe, scheint mehr zu bedeuten als bloß noch mehr Zeit in Schottland. Würde ich noch zwei Wochen hier verbringen?

»Wenn ich fahre …« Ich sage es vorsichtig und beobachte

dabei seine Miene. Ich will ihn nicht verärgern, bin mir jedoch nicht sicher, ob es richtig wäre zu bleiben. »Würde dich das stören?«

»Mich stören?«, fragt er. Kurz wird es still, ehe er weiterspricht. »Du solltest tun, was du möchtest.« Sein Tonfall ist nicht scharf, nicht von dem unterschwelligen Vorwurf durchzogen, ich sei selbstsüchtig. »Wenn du wieder zurückmusst, dann fahr.« Er zuckt mit den Schultern. »Ich genieße deine Gesellschaft.« Er deutet auf seinen Teller. »Dein Essen.« Er sieht mir fest in die Augen. »Deinen Körper.«

Mir ist flau im Bauch vor Unentschlossenheit. Das Bedürfnis, ihn zufriedenzustellen, ist beinahe überwältigend, doch ich werde die Zweifel nicht los, ob es das Richtige wäre zu bleiben.

»Aber ich bin bloß zwei Wochen weg. Danach kann ich alle deine Vorzüge zu Hause in London genießen. Was immer du tun möchtest, ist die richtige Entscheidung.«

Bei seiner beiläufigen Erwähnung der nahen Zukunft schlägt mein Herz ein klein bisschen höher. Er versucht nicht, seinen Willen durchzusetzen. Er macht nur Vorschläge.

Das ist Neuland für mich – und es fühlt sich gut an.

Ich muss zurück nach London. Wenn ich bleibe, beginnen wir unsere Beziehung auf die falsche Weise – wenn es nur darum geht, dass ich ihn umsorge. Was immer das zwischen uns ist, es wird vielleicht gar nicht von Dauer sein, aber wenn doch, sollte es nicht so anfangen.

»Ich möchte zurück nach London.« Ich muss einmal durchatmen, weil ich nicht recht glauben kann, dass ich diese Worte gesagt habe. »Nicht, weil ich nicht bei dir sein will.« Das möchte ich absolut klarstellen. »Nicht, weil ich das mit uns … was auch immer das überhaupt ist, nicht will. Aber du musst arbeiten und ich … auch. Ich muss meine Träume verfolgen. Ich muss mir einen anderen Job suchen. Einen gut bezahlten.«

»Du hast einen Job«, sagt er.

Ich lege den Kopf schief. »Ich kündige.«

»Gefällt dir die Vorstellung einer Romanze auf der Arbeit etwa nicht?«

Lächelnd schüttele ich den Kopf über ihn und sein schiefes Grinsen. Er weiß, dass ich seine Lippen gerade überall auf meinem Körper spüren kann.

»Du musst die Praxis schließen. Das weißt du selbst am allerbesten. Und ich kann – ich werde dir nicht erlauben, deine Träume noch länger wegzudrücken. Wenn du hier abreist, wirst du ein fertiges Manuskript haben. Du brauchst kein Proforma-Behandlungszimmer in einer sehr teuren und realen Praxis in der Wimpole Street mehr.«

Stöhnend schiebt er seine Gabel auf den Teller. »Und was mache ich dann donnerstags und freitags?«

»Das, was du bisher jeden Donnerstag und Freitag gemacht hast, seit wir uns kennen. Du wirst schreiben.«

»Du triffst anscheinend gerade ganz schön viele Entscheidungen für mich.« Er klingt nicht sauer, eher enttäuscht.

»Ich treffe für mich die Entscheidung, nicht hierzubleiben und deine Träume zu unterstützen, sondern meine eigenen zu verfolgen. In Bezug auf die Wimpole Street sage ich dir nur, was du selbst längst weißt.«

Er nickt. »Ich weiß. Aber mach dir keine Gedanken wegen deines Jobs. Ich zahle dir so lange ein Gehalt, bis du etwas anderes gefunden hast.«

Ich bin ihm zwar dankbar, will aber keine Almosen von ihm. Ich möchte es allein schaffen – ich möchte mein Leben in die Hand nehmen.

»Ich komme klar, Zach. Wenn du ihn mir schickst, schaue ich mir die Klauseln im Mietvertrag an. Ich kann die Kündigung fertigmachen.«

»Sicher. Das wäre super. Ich glaube, ich möchte mich bloß noch nicht der Realität stellen. Ich möchte den ganzen Tag nichts anderes tun als schreiben und die Abende mit dir verbringen. Es ist egoistisch, aber ich möchte, dass du bleibst.«

Seine Worte erfüllen mich mit Wärme, doch ich muss standhaft bleiben.

»Falls es dich tröstet, können wir ja wieder herkommen und uns einschneien lassen, sobald du deinen Buchvertrag hast.«

Als er unter seinem ihm wirr in die Stirn fallenden Haar hervor zu mir hochschaut, rührt es mich im Innersten. Unwillkürlich möchte ich nachgeben und ihm sagen, dass ich ihm die nächsten zwei Wochen so angenehm wie möglich machen will. Aber die Art Freundin war ich bereits, das hatte ich schon. Und es hat nicht funktioniert. Es ist an der Zeit, endlich mal meine Bedürfnisse an die erste Stelle zu setzen. »Versprochen?«

»Versprochen«, sage ich. »Ich kann's nicht erwarten, noch mal mit dir zusammen eingeschneit zu sein.«

24. KAPITEL

ELLIE

Es kommt mir total lächerlich vor, dass ich in Zachs Wartezimmer am Laptop sitze, obwohl ich doch weiß, dass wir keine Patienten haben und auch nie haben werden.

Zach hat auf einen Monat Kündigungsfrist und Lohnfortzahlung bestanden, also werde ich die Praxis-Website aus dem Netz nehmen und rausfinden, wie man den Mietvertrag kündigt. Bis der Monat um ist, werde ich hier sein – auch wenn er mir gesagt hat, ich könne von zu Hause aus arbeiten. Er bezahlt mich doch, da fühlt sich das nicht richtig an. Wie dem auch sei, ich habe so wenig zu tun, dass ich die Jobangebote auf Linked-In durchgehen und vom Büro aus bei den Personalvermittlungen anrufen kann.

Ich bin halb mit einer Bewerbung als Praxisassistenz in einer Zahnarztpraxis fertig, als Jen den Kopf zur Tür hereinstreckt. »Hallo, Fremde. Wie war die Reise? Ich habe dich ja Ewigkeiten nicht gesehen.« Sie kommt herein und lässt sich auf den Besucherstuhl vor meinem Schreibtisch fallen.

Ich will nicht darauf eingehen, dass ich das mit den Fähren durcheinandergekriegt habe und am Ende eingeschneit festsaß, und zwar allein mit meinem sexy Chef – Jen würde vermuten, dass wir im Bett gelandet sind, selbst wenn es nicht der Wahrheit entspräche.

»Als ich ihm seine Unterlagen gebracht habe, meinte er, ich

könnte so lange Urlaub nehmen, während er dort oben arbeitet.«

Nicht die Wahrheit, aber leichter zu erklären.

»Schön. Hast du was mit der freien Zeit angestellt oder bloß rumgegammelt?«

Ich hoffe, man sieht nicht, wie mir die Hitze den Hals hochsteigt. »Nicht viel. Gekocht, geputzt. Solche Dinge eben.«

»Ach stimmt, du kochst ja gern. Ich hatte mal einen Freund, der Koch war. Ich hab zehn Kilo zugenommen, als wir zusammen waren. Hätte seine Crème brulée nicht so fantastisch geschmeckt, hätte ich schon Monate früher Schluss gemacht. Kannst du so was? Crème brulée? Desserts und so?«

Ich nicke. »Ja. Crème brulée habe ich schon gemacht. Einfach nach einem Rezept aus dem Internet.«

»Dann bring doch mal welche für Dr. Newman mit. Deswegen bin ich überhaupt hier – um dir zu erzählen, dass Dr. Sanders' Praxishilfe Marigold aufhört. Sie zieht nach Frankreich. Ihr Partner hat einen Weinberg gekauft und wird – du weißt schon, Weinmacher.«

»Winzer.«

Sie zeigt auf mich und haut sich auf den Oberschenkel. »Genau, ich kam nicht auf das Wort. Egal, Marigold hört auf und ich bewerbe mich um ihre Stelle – sie verdient nämlich mehr als ich. Es gibt mehr zu tun und allem Anschein nach ist Dr. Sanders der reinste Albtraum, aber das lasse ich an mir abperlen, mich kann nicht viel schocken. Jedenfalls dachte ich mir, du könntest dich doch vielleicht um meine Stelle bewerben. In der Praxis ist mehr los – es wäre was Langfristiges. Und mehr Geld. Was meinst du?«

Ich müsste hocherfreut sein.

Doch tatsächlich wird mir bei der Vorstellung schwer ums Herz. Ich möchte nichts als kochen.

»Wow«, mache ich. »Das ist …«

»Perfekt, nicht wahr? Du kennst dich hier schon aus, kennst den Hausmeister und so weiter. Ich brauche mir keine Sorgen zu machen, dass ich mit einer doofen Kuh zusammenarbeiten muss. Das ist eine Win-win-Situation.«

Das Schicksal bietet mir eine Gelegenheit, und ich schaffe es einfach nicht, Begeisterung dafür aufzubringen. Aber ich muss praktisch denken. »Und wie bewerbe ich mich?«

»Schick mir deinen Lebenslauf. Ich rede mit Dr. Newman. Sofern ich die Stelle bei Dr. Sanders kriege – was ich sehr sicher werde, weil Marigold ihm nämlich außer meiner Bewerbung nur lauter sauschlechte von LinkedIn zeigen wird. Dann vermittle ich dir die Stelle bei Dr. Newman und wir haben alle was davon. Dr. Perfect hier muss sich wohl wen Neues suchen.« Sie springt vom Stuhl hoch. »Super. Das wäre also geklärt. Du darfst natürlich der Agentur und Dr. Cove kein Wort davon erzählen, ehe alles fix ist.«

»Mach ich nicht.« Ich frage mich, ob total offensichtlich ist, dass ich mein Lächeln nur vortäusche.

Nachdem sie zur Tür hinausgewirbelt ist, lasse ich die Bewerbung in der Zahnarztpraxis bleiben. Jen hat mich schon mit einem Job versorgt, den ich nicht will.

Schottland hat alles für mich verändert. Die Zeit mit Zach hat mir krass deutlich gemacht, wie kaputt meine Beziehung mit Shane im Vergleich dazu war und wie sehr meine eigene Persönlichkeit verkümmert ist, als ich mit ihm zusammen war. Obwohl ich wusste, dass Cynthia und meine Eltern recht mit dem hatten, was sie mir die ganzen Jahre über sagten, sah ich es nicht – nicht klar. Oder vielleicht wollte ich es auch gar nicht sehen – denn was hätte das über mich ausgesagt?

Zach hat mir geholfen zu begreifen, dass es nicht meine Schuld war.

Diese Erkenntnis hat etwas in mir angefacht. Ich wollte schon immer ans Cordon Bleu, aber jetzt bin ich fest entschlossen und so ungeduldig wie noch nie.

Ich will mir das Leben krallen, das ich eigentlich hätte führen sollen. Ich verdiene es. Ich werde nicht aus dem einen Topf mit kochendem Wasser springen und reglos im nächsten hocken bleiben.

Was ich brauche, ist ein Plan, wie ich schneller ans Cordon Bleu komme.

Ich stehe auf, gehe zur Eingangstür und schließe sie ab. Jen soll nicht noch mal unverhofft hereinkommen. Ich muss mich konzentrieren.

Ich öffne die Tür zu Zachs Sprechzimmer und suche in seinen Schreibtischschubladen. Schnell finde ich die Marker, die ich ihm bestellt habe. Die und das Whiteboard hinter dem Schreibtisch sind genau, was ich jetzt brauche.

Zeit für ein Brainstorming, welches Wunder mich ans Cordon Bleu bringen kann.

Ich mache eine Liste.

Einen Kredit aufnehmen, schreibe ich als Erstes. Sofort schwirrt mir der Kopf vor lauter Gründen, warum das nicht gehen wird. Ich habe überhaupt keine Kreditwürdigkeit, weil in den letzten zehn Jahren sämtliche Bankkonten, Kreditkarten und Mietverträge auf Shanes Namen liefen. Ich unterbreche mich. Wenn ich mich auf sämtliche Gründe konzentriere, warum etwas nicht klappen wird, drehe ich mich im Kreis. Ich muss einfach weiter Ideen aufschreiben.

Im Lotto gewinnen.

Das Geld stehlen.

Einen Milliardär überreden, ein Stipendium einzurichten, um das ich mich dann erfolgreich bewerbe. Das Cordon Bleu in London hatte früher ein Julia-Child-Stipendium, aber das wurde beendet. Ich hätte vielleicht eine Chance darauf gehabt, wenn Shane mich ein paar Jahre früher für diese PR-Frau verlassen hätte.

Mir die Ausbildung von jemandem finanzieren lassen.

Ich trete einen Schritt zurück und betrachte die kurze Liste. Ich kriege das Wort »Stipendium« nicht aus dem Kopf. Auf der Website des Instituts habe ich schon diverse Male nachgeschaut – sogar im Londoner Büro angerufen. Es sind definitiv keine Stipendien verfügbar. In London.

Aber es gibt auch ein Cordon Bleu in Paris, nicht wahr? Und vielleicht noch andere Standorte?

Ich flitze wieder zu meinem Schreibtisch und rufe die Website auf. Ja, es gibt Institute überall auf der Welt, von Peru bis Kanada.

Als ich anfange, die verschiedenen Standorte durchzugehen, finde ich Infos zu Stipendien für Shanghai. Und Indien.

Mein Herz schwillt in meiner Brust und mein Puls wummert in meinen Adern. Das könnte es sein. Ich glaube, ich könnte da tatsächlich auf etwas gestoßen sein.

Instinktiv greife ich nach meinem Handy. Ich möchte es Zach erzählen. Er fände die Idee brillant. Aber er arbeitet und ich sollte ihn nicht stören, selbst wenn er wie durch ein Wunder Netzempfang hätte. Heute Abend schreibe ich ihm eine E-Mail.

Ich hole meinen Notizblock heraus und mache mich daran, mir die Bewerbungsfristen aller verfügbaren Stipendien aufzuschreiben. Bei einigen erfülle ich die Voraussetzungen nicht, weil ich keine Spanierin bin oder nicht so und so viele Jahre Berufserfahrung in der Gastronomie besitze. Nachdem ich die verschiedenen Websites durchgegangen bin, komme ich für drei Stipendien infrage: Wellington (Neuseeland), Melbourne (Australien) und Paris (Frankreich).

Vor Aufregung läuft ein Kribbeln meine Wirbelsäule entlang, und ich mache mich an die Arbeit.

Für alle Stipendien endet die Bewerbungsfrist Ende des Jahres, mir bleibt also nicht viel Zeit. Aber wenn ich eines erhalte, heißt das, im Januar geht es los – in weniger als zwei Monaten. Alle drei sind Vollstipendien und decken sämtliche Studiengebühren ab. Meine derzeitigen Ersparnisse würden für die Lebenshaltungskosten reichen, ich wäre also in der Lage, zu meiner Zukunft vorzuspulen.

Erst fünf Stunden später, nachdem ich zwölftausend Wörter darüber verfasst habe, warum ich am Cordon Bleu lernen möchte, merke ich, dass ich mal muss, einen Kaffee brauche und eine Pause.

Außerdem sollte ich meine E-Mails checken. Mir ist zwar klar, dass Zach die Praxis schließen wird, trotzdem sollte ich wenigstens so tun, als hätte ich einen Job.

Als ich meinen Posteingang anklicke, gerät mein Puls ins Stolpern. Da ist eine Mail von Zach.

Ich öffne sie. Er schreibt mir, er vermisse mich und dass er zur Post gefahren sei, damit ich diese E-Mail ganz sicher kriege.

Es ist total romantisch.

Ich stelle ihn mir eingemummelt in Jacke, Schal und Handschuhe vor, tausend Schichten, die nicht verbergen können, wie schön er ist. Wie süß von ihm, seine Schreibzeit für mich zu unterbrechen und sich zu melden.

Er meint, er habe mir heute früh eine Textnachricht geschickt, wisse aber nicht, ob sie angekommen sei. Ich checke mein Handy, finde jedoch keine Nachricht von ihm.

Es ist schön zu hören, dass er gut mit dem Buch vorangekommen ist, und ich lache, als er beschreibt, wie er heute Morgen eine Scheibe Toast hat anbrennen lassen.

Er bittet mich, ihm zu schreiben und zu erzählen, wie mein Tag war, auch wenn es bloß ein paar Zeilen darüber seien, wie wenig ich zu tun hatte.

Ich gehe auf die Toilette, mache mir dann einen Kaffee und setze mich wieder an den Schreibtisch, um zu antworten, als es mir schlagartig klar wird: Wenn ich ein Stipendium kriege und dafür nach Australien muss, war's das mit Zach und mir. Verdammt, selbst Paris bedeutet für uns wahrscheinlich das Ende.

Ich antworte absichtlich vage. Ich schreibe ihm, dass ich nach Stipendien und Förderprogrammen suche, um vielleicht schneller voranzukommen. Dann schreibe ich ihm, dass ich es vermisse, für ihn zu kochen, und seine schwärmerischen Laute zu hören, wenn er meine Gerichte isst. Ich schreibe ihm, dass ich ihn im Bett vermisse, über mir, wie er mich beobachtet, wenn ich komme.

Ich klicke auf Senden und lese mir dann meine Bewerbung noch mal von vorn durch, auch die Rezepte, die ich wie verlangt ausgearbeitet habe. Auf der Website steht, sie suchen jemanden, der Aromen kombinieren kann und »Gespür« besitzt – was immer das heißen soll. Ich weiß nur, dass ich gern koche.

Als ich gerade die Praxis verlassen will, klingelt mein Handy. Mir zieht sich die Brust zusammen, als ich sehe, dass Zach anruft. Wie hat er es geschafft, Netzempfang zu finden?

Ich swipe auf dem Display nach oben.

»Na, wo steckst du? Hältst du den Kopf aus dem Badezimmerfenster?«

Es kommt keine Antwort.

»Zach?«

»Ellie? Hey, ich wollte gern deine Stimme hören.«

Mein Magen sackt nach unten durch, und ich kneife die Augen zu, weil ich den Klang seiner Stimme in mich aufsaugen will. »Ich vermisse dich«, sage ich.

Die Antwort ist Stille. Ich überlege, wie ich das wieder zurücknehmen kann. »Ich vermisse es, für dich zu kochen«, sage ich, wie um mich zu korrigieren.

Weiterhin herrscht Stille.

Dann endlich: »Ellie, kannst du mich hören?«

Lachend ziehe ich die Tür hinter mir ins Schloss. »Ja, kannst du mich hören?« Natürlich kann er mich nicht hören. Er befindet sich mitten im Nirgendwo, genau da, wo er hingehört.

Und ich gehöre vorerst hierher. Ich hoffe nur, dass ich im Januar nach Paris gehöre.

25. KAPITEL

ZACH

Mrs Fletchers Grinsen verrät mir, dass ich einen guten Job gemacht habe, aber um ganz sicherzugehen, möchte ich hören, was sie zu sagen hat.

»Es ist hervorragend«, sagt sie nickend. »Wirklich gut. Ich konnte es gestern Abend gar nicht weglegen. Sie haben wirklich gut eingefangen, wie Benjamin sich in Madeline verliebt, ohne es anfangs überhaupt richtig zu merken. Ich mag, wie er ganz allmählich auftaut, sodass ihm gar nicht auffällt, dass die Kälte nachlässt. Hervorragende Arbeit. Mehr hätte ich mir nicht wünschen können.«

Mrs Fletcher erinnert mich an meinen Dad: schwer zu beeindrucken. Das macht es umso wertvoller, wenn man ein Lob von ihr einheimst.

»Freut mich. Ich bin sehr zufrieden mit dem Ergebnis.«

»Der Roman ist bemerkenswert … nuanciert. Ich mag sehr, wie langsam sich die Liebesgeschichte entwickelt. Auch wenn man merkt, dass die beiden füreinander bestimmt sind, bin ich froh, dass der Ausgang offen bleibt. Es gibt kein Märchenende für sie. Zumindest noch nicht. Erst in einem späteren Band der Reihe, hoffe ich.« Sie macht große Augen, tippt mit dem Bleistift zweimal auf den Ausdruck des Manuskripts, den sie vor sich liegen hat, und lehnt sich zurück.

»Ich habe inoffiziell schon mal bei Verlagen vorgefühlt. Ich bin sicher, dass es eine Auktion geben wird. Genau solche Bücher verlangt der Markt im Moment, dazu ihr Background als Arzt, der genau wie unser Protagonist im Krankenhaus arbeitet – das wird Ihre Vermarktbarkeit nur noch steigern. Sehr gut.«

»Toll. Also, wie geht es jetzt weiter?«

»Wenn Sie einverstanden sind, dass ich das Manuskript rausschicke, lasse ich meine Assistentin die Sendung fertigmachen. Haben Sie sich schon Gedanken über die Handlung des nächsten Teils gemacht?«, fragt sie.

»Der nächste Teil?« Habe ich etwas verpasst?

»Das wird ja wohl eindeutig eine Krimireihe. Nach einem machen wir doch noch nicht Schluss, stimmt's? Es wäre gut, eine Inhaltsangabe, also ein Exposé, des nächsten Teils parat zu haben. Wenn möglich, würde ich gern einen Vertrag über drei Bücher eintüten. Aber über zwei Bücher mindestens.«

Über das eine hinaus habe ich mir eigentlich noch keine Gedanken gemacht. »Meinen Sie, die wollen, dass ich noch mehr schreibe?«

»Ich bin mir sicher.«

»Ich habe einige Ideen, aber nichts Konkretes.«

Während ich oben in Schottland war, sprudelten die Ideen für ein weiteres Buch nur so. Die ersten Arbeitstage wieder im Krankenhaus sind irre stressig gewesen – der Personalmangel ist fast schon gefährlich. Diese Woche wurden vier meiner Endoskopien abgesagt, dafür wurde ich aber viel öfter in die Notaufnahme gerufen – allein neunmal während meiner Schicht am Dienstag. Abends bin ich erschöpft und unglücklich nach Hause gegangen, ohne den Kopf für irgendetwas anderes zu haben, als wie sehr ich meine Arbeit hasse und wie dankbar ich bin, dass ich nur drei Tage die Woche hinmuss. Gestern Abend war ich erst um zehn zu Hause. Ich habe es nicht mal geschafft, Ellie zu treffen, seit ich wieder in London bin. Sie kommt heute Nachmittag zum ersten Mal bei mir vorbei. Wir werden den Abend zusammen verbringen, und allein der Gedanke, meine Lippen auf ihren Hals zu drücken, entspannt mich.

»Was denken Sie, wann Sie mir etwas liefern können?«, fragt sie.

»Ich kann morgen und am Wochenende etwas ausarbeiten. Wie lang muss das Exposé denn sein?«

»Nicht allzu lang. Ich bringe Sie mit einer freiberuflichen Lektorin zusammen, die Ihnen hilft, es so auszuarbeiten, dass ich es verwenden kann. Sie wird etwaige Ungereimtheiten ausmerzen, bevor wir den Verlagen etwas vorlegen. Rufen Sie sie an. Seien Sie gewarnt, Sie ist ziemlich mürrisch. Aber eben auch die Beste in ihrem Metier, also passen Sie auf, was Sie machen.«

»Keine Sorge, mit mürrisch kann ich umgehen.« Bilder meines Dads gehen mir durch den Kopf. Was wird er wohl sagen, wenn er erfährt, dass sein Sohn Schriftsteller ist?

»Gut. Dann reichen wir Anfang nächster Woche alles offiziell ein. Ich mache die Redakteure bis dahin schon mal heiß. Dann wissen sie, dass sie schnell sein müssen, wenn sie das Manuskript dann in die Finger kriegen.«

Mrs Fletcher scheint der festen Überzeugung, zu wissen, wie es laufen wird. Sie ist sich völlig sicher, dass alle mich unter Vertrag nehmen wollen werden. Der Arztberuf hat mich jedoch gelehrt, dass es keine Garantien gibt.

»Aber es könnte auch sein, dass niemand es will, stimmt's? Es ist ja nicht so, als wäre ich ein etablierter Name. Ich bin unbekannt. Und Erfahrung habe ich auch keine vorzuweisen.«

»Ich schon«, sagt sie prompt. »Ich verspreche nichts, was ich nicht halten kann, und stapele lieber tief, um dann die Erwartungen zu übertreffen. Ich sage Ihnen, dieses Buch«, sie hält das Manuskript hoch, »wird höchstbietend verkauft werden und Ihnen viel Geld einbringen. Und sofern niemand seinen Part grandios verbockt, wird es ein Beststeller. Also schnallen Sie sich an und genießen Sie die wilde Fahrt.«

Bevor die Fahrt losgeht, gibt es da nur eine große Hürde: Ich muss reinen Tisch mit meiner Familie machen und alles erzählen. Dass ich ein Buch geschrieben habe, dass ich eine Literaturagentin habe, dass ich meine neue Praxis gar nicht zum Laufen bringen will. Dass ich in Wirklichkeit schreiben möchte. Das, und Zeit mit Ellie verbringen.

26. KAPITEL

ELLIE

Ich drücke auf den Klingelknopf von Apartment C und warte. Ich rechne nicht damit, dass er an die Haustür kommt, aber als ich ihn durch das viktorianische Glasfenster in der Mitte näher kommen sehe, ist die Sehnsucht weg, die ich empfunden habe, seit ich aus Schottland abgereist bin. Meine Nervosität vor dem heutigen Wiedersehen außerhalb der Blase eines abgelegenen Cottage auf einer schottischen Insel verpufft einfach.

Als er die Tür öffnet, schlinge ich die Arme um ihn. Er packt mich am Hintern und nimmt mich hoch.

»Hallo. Ich hab dich vermisst«, sage ich.

Er lacht leise. »Ich dich auch.«

»Es war still in der Praxis ohne dich.« Er macht ein paar Schritte rückwärts in den Flur, woraufhin ich herunterrutsche. »Ich habe Kochzutaten mitgebracht.« Ich gehe wieder hinaus und hole die Einkaufstüte, die ich dabeihabe.

»War klar.«

Ich muss ihm so viel erzählen – von den Bewerbungen für die Stipendien und dass Paris mit Abstand meine erste Wahl ist. Außerdem muss ich ihm erklären, wie er aus dem Mietvertrag der Praxis rauskommt. Und ich möchte von dem Treffen mit Mrs Fletcher hören. Allerdings weiß ich genau, wenn meine Hände nichts zu tun haben, werde ich sie nicht bei mir behalten können. Deshalb will ich was kochen.

Als er sich zu mir vorbeugt, weiß ich, dass er mir nur einen flüchtigen Kuss auf den Mund geben will, doch ich kann es mir nicht verkneifen, ihn an mich zu ziehen und die Zungenspitze gegen seine gleiten zu lassen. Etwas bricht sich in ihm Bahn und er schiebt mich nach hinten gegen die Wand.

»Verdammt, was hab ich dich vermisst«, keucht er zwischen verführerischen Küssen an meinem Hals.

Ich kann regelrecht spüren, wie mein Körper unter seinen Berührungen dahinschmilzt, und als er eine Hand unter meinen Rock und zwischen meine Schenkel gleiten lässt, sodass ich vor Erlösung und Lust aufstöhne, fällt mir wieder ein, dass wir uns in einem öffentlichen Hausflur befinden.

»Hey«, sage ich und drücke leicht seine Schulter weg. »Sollten wir nicht lieber in deine Wohnung gehen?«, frage ich, während er anfängt, meine Bluse aufzuknöpfen. »Es könnte jemand vorbeikommen.«

»Wer?«

Ich halte meine Bluse wieder zu und versuche zu ignorieren, wie er durch meinen Slip hindurch die Finger auf meine Klitoris presst.

»Na, Mieter aus Apartment A, B und, was weiß ich, D und –«

»Ach so, nein«, sagt er, richtet sich auf und nimmt mich an die Hand. Wir gehen durch die erste Tür gleich links. »Ich habe die Apartments zusammengelegt und bin bloß noch nicht dazu gekommen, das Klingelbrett auszutauschen. Die Klingel von Apartment C ist die einzige, die noch funktioniert.«

Wir kommen in einen superschönen Wohnbereich mit offener Küche, in dem Backsteinwände, Edelstahl-Arbeitsflächen, Aufputzleitungen und abgewetztes braunes Leder vorherrschen. Es sieht aus wie dirckt aus cinem Wohnmagazin.

»Du hast die Apartments zusammengelegt?« Ich weiß ja

nicht viel über den Londoner Immobilienmarkt oder Arzt-
gehälter, aber schon, dass er sich das nicht von seinem Kran-
kenhauslohn leisten konnte. »Hast du eine Niere verhökert
oder so?«

»Bloß damals mit Bitcoin rumgespielt.«

»Du hast mit Bitcoin *rumgespielt*. Das ist jetzt aber kein
Slang für irgendwas, oder? Ich komm mit der Jugendsprache
nicht mehr hinterher. Steht Bitcoin für eine ältere Frau, die
ihren Toyboys gern Häuser schenkt, wenn sie sie abserviert?«

Lachend geht er zum Kühlschrank. Ich stelle meine Tüte auf
den Tresen und packe aus, was ich mitgebracht habe.

»Mein Bruder Dax und ich haben uns vor ein paar Jahren
in den Bitcoin-Handel reingefuchst. Und wir sind rechtzeitig
ausgestiegen. Ich habe dieses Haus gekauft. Was er mit seinem
Geld angestellt hat, wissen allein er und Gott.«

»Ich erfahre heute ja allerhand über dich. Dax ist also der
Name einer deiner Brüder?«

Er stellt mir ein Glas Wein hin. »Ja, einer von vieren. Und sie
haben alle verschiedene Namen.«

»Du bist vielleicht witzig.« Ich lege ihm eine Hand auf den
Bauch, woraufhin er mit den Schultern zuckt, als wollte er sagen: *Logisch, witzig sein ist doch leicht.*

Er fasst meinen Arm und küsst mich aufs Handgelenk. »Es
gibt noch so einiges übereinander herauszufinden. Aber das
sind nur Details. Ich kenne dein Herz.«

So was ... Romantisches ... Liebes hat noch keiner gesagt.

»Ach ja?«, frage ich. Ich bin nicht auf Komplimente aus,
sondern frage mich nur, ob er tatsächlich so einfühlsam ist, wie
er glaubt. Mein Herz steht ihm offen, aber es ist noch emp-
findlich von Jahren der missbräuchlichen Behandlung.

Er nickt. »Ich weiß, dass du arbeitsam und lieb und loyal bist
und«, er kneift die Augen zusammen, »supergut küsst.«

Er stellt sich so dicht es geht vor mich, umfasst mein Gesicht und streichelt mit den Daumen über meine Wangen, bevor er die Lippen über meine gleiten lässt. »Es ist schön, dich hier zu haben.«

Ich sinke gegen ihn, mein Körper entspannt sich bei seiner Berührung, bei seinen Worten und angesichts der Tatsache, dass er mich gernzuhaben scheint und sich auch traut, das zu sagen. Keine Ahnung, ob es daran liegt, dass Shane und ich so jung zusammengekommen sind, aber ich kenne das Gefühl nicht, dass ein Mann nicht die Finger von mir lassen kann. Mir ist klar, dass das mit Zach noch neu und aufregend ist, doch ich kann mich kaum an irgendeine Liebesbekundung von Shane erinnern. Rückblickend betrachtet lässt sich schwer sagen, ob Shane mich überhaupt gernhatte, geschweige denn geliebt hat.

An Zachs Zuneigung besteht kein Zweifel, auch wenn in meinem Kopf in Abständen leise Zweifel über unsere Zukunft explodieren. Jedes Mal, wenn sich der Staub legt, ist er immer noch da, sieht mich an, als wäre ich das Beste, was ihm je untergekommen ist, und berührt mich, als wäre ich kostbar.

Küsst mich, als wollte er mich fertigmachen.

Ich beende unseren Kuss. »Ich sollte was kochen, sonst haben wir nichts zu essen.«

»Oder wir machen was anderes Heißes«, brummt er.

Schauer laufen mir über den Rücken, aber hier soll es nicht nur um Sex gehen. Ich meine, nie im Leben werde ich nach Hause gehen, *ohne* mich nackig gemacht zu haben, aber ich möchte mich auch unterhalten – ich möchte mehr über sein Buch erfahren und ihm von den Stipendien erzählen. Ich schnappe mir die Kartoffeln, die ich besorgt habe, und fange an, sie zu schälen. »Erzähl mir mehr von deinem Termin bei Mrs Fletcher.«

Er stößt den Atem aus und lehnt sich gegen den Küchentresen, als stecke er in einem Dilemma und hätte nicht etwa gesagt bekommen, dass er einen bestsellertauglichen Erstlingsroman geschrieben hat. »Ich hab dir schon alles erzählt.«

Wir haben nach seiner Buchbesprechung miteinander telefoniert, eigentlich nur, um uns für heute Abend zu verabreden, quatschten dann aber über eine Stunde.

»Ich wusste, sie würde es lieben.«

Er lacht. »Du hast es doch gar nicht gelesen.«

»Aber du hast hart daran gearbeitet. Außerdem gefiel es ihr schon, bevor du die Änderungen vorgenommen hast, sonst hätte sie dich gar nicht erst um die Überarbeitung gebeten.«

Er drückt mir einen Kuss auf den Scheitel.

»Verrätst du mir, warum du dich nicht freust?«, frage ich. Irgendetwas beschäftigt ihn. Hier stimmt etwas nicht, aber ich komme nicht drauf, was es ist.

»Ich freue mich.« Sein Tonfall ist ausdruckslos und wenig überzeugend. Ich muss lachen. »Doch, wirklich«, sagt er. »Nur hört es sich bei ihr so an, als würde jetzt alles ganz schnell gehen. Sie schickt das Manuskript am Montag raus und meint, wir könnten schon Ende der Woche die ersten Angebote haben.«

Ich schaue von den Kartoffeln hoch. »Das ist doch toll, oder geht es dir zu schnell?«

Er runzelt die Stirn, als verstünde er auch nicht so genau, warum er nicht restlos begeistert ist, und würde überlegen.

»Möchtest du noch mehr Zeit, um am Buch zu arbeiten?«, schlage ich vor. Ich kann nicht recht nachvollziehen, warum er hier nicht Luftgitarre spielt und die Faust gen Himmel reckt.

Er trinkt einen großen Schluck Wein und stellt das Glas auf den Tresen. »Ich muss es meiner Familie sagen.«

Ich lege das Messer weg und werfe die Kartoffel, die ich in der Hand habe, in den Topf. »Und das willst du nicht?«

»Sie sind alle Ärzte. Mein Dad – ich weiß nicht, wie er es aufnehmen wird.«

»Aber es ist *dein* Leben, Zach, ich –«

Er unterbricht mich: »Ich weiß. Aber … sie werden geschockt sein … und ich bin nicht sicher, ob sie …«

Ich wische mir die Hände an der Jeans ab, trete vor ihn und lege die Arme um seine Taille. »Du hast etwas Großartiges geschafft. Wenn sie das nicht begreifen …«

»Sie sollen es okay finden.« Sein Gesichtsausdruck verrät mir, dass er sich wünscht, sie werden es mehr als *okay* finden.

»Dax hat dieses Wochenende Geburtstag. Ich fahre nach Norfolk. Dann werde ich es ihnen sagen.«

»Gut. Es wird okay sein.«

»Willst du mitkommen?«, fragt er.

Ich achte auf jede Stelle meines Körpers, die ihn berührt. Ich will mir nicht meinen Schock über seine Frage anmerken lassen, indem ich zurückweiche. »Willst du das denn?«

»Es wäre toll, einen Menschen bei mir zu haben, der es versteht.«

Instinktiv möchte ich sofort zusagen, allerdings hat mir mein Instinkt die letzten Jahre nicht gerade gute Dienste geleistet. Bedeutet das automatisch, dass ich Nein sage? Zum ersten Mal, seit Zach und ich uns geküsst haben, fühle ich mich leicht unwohl. »Wird Nathan da sein? Du meintest doch, er hat dich unterstützt, als du es ihm erzählt hast.«

Er schaut zu mir herunter. »Ja.«

»Aber klar, ich werde mitkommen«, platze ich heraus. »Ich würde liebend gern deine Familie kennenlernen.«

Das stimmt gar nicht. Es ist zu früh dafür. Wir sind erst frisch zusammen. Ich kann noch aufzählen, wie oft wir bisher Sex hatten. Alles in mir sagt, dass ich ablehnen sollte.

Aber ich habe ihn gern. Ich kann es nicht ertragen, ihn angespannt zu erleben, und reflexartig ist meine Reaktion, ihn glücklich zu machen.

»Ich kann's auch nicht erwarten, sie dir vorzustellen.«

Als er den Kopf senkt und meinen Hals küsst, ist seine Berührung wie ein Überbrückungsschalter. Ich gebe mich dem Augenblick hin, genieße den Druck seiner Lippen, das Kratzen seiner Zähne, den Schwall an Komplimenten. Alles zusammen spült mein schlechtes Gefühl bei der Vorstellung fort, seine Familie zu treffen.

An seiner Taille taste ich nach dem Saum seines T-Shirts. Ich möchte ihm noch näher sein, noch mehr von ihm berühren. Doch als ich eine Hand unter den Baumwollstoff schiebe, übernimmt er und zieht es sich aus.

Mit nacktem Oberkörper wirkt Zach, als habe er soeben für eine Parfümwerbung posiert. Er ist muskelbepackt – runde, breite Schultern, harte, flache Brustmuskeln und ein durchtrainierter Bauch. Jedes Mal, wenn ich ihn in seiner ganzen nackten Pracht sehe, bin ich überrascht. Nicht, weil er ohne Klamotten aus der Form geht – sondern eher, weil er dann dermaßen perfekt aussieht.

»Dafür lohnt es sich«, sagt er, als ich die Hände über seine Brust gleiten lasse.

Stumm nachfragend lege ich den Kopf schief.

»Dass ich so für diesen Körper schufte«, erklärt er. »Wenn er dir gefällt, war es das wert. *Du* bist es wert.«

Es ist, als hätte er meine Vagina entfacht – der Gedanke, dass er im Fitnessstudio an mich denkt. Sich vorstellt, wie ich ihn berühre und mich an seinem Körper erfreue.

»Du bist eine Augenweide«, sage ich.

Er zieht mir das T-Shirt aus und hakt meinen BH auf. »Du bist wie für mich geschaffen, einfach perfekt.«

Wir reißen einander die Klamotten vom Leib, als wären wir zwei erwachsene Kinder, die in Lichtgeschwindigkeit ihre Geschenke auspacken. Binnen Sekunden stehen wir nackt in seiner Küche.

Irgendwoher nimmt er ein Kondom, reißt es auf und dreht mich herum, sodass ich ihm den Rücken zuwende. »Stütz die Hände auf den Tresen.« Diesen Befehl befolge ich nur zu gern.

Als ich gerade die Finger um die Kante lege, zieht er meine Hüften zu sich und ich verliere das Gleichgewicht. Er fängt mich ab.

»Du wirst dich festhalten müssen«, sagt er.

Ich umklammere die Arbeitsplatte und er drückt meinen Rücken nach unten, sodass mein Oberkörper flach aufliegt. Seine Hände wandern über meinen Po und meine Schenkel, und dann spüre ich seine Zunge auf mir, am Ansatz meiner Wirbelsäule. Er leckt hinauf und immer weiter hinauf, wodurch ich erschauere und mich unter ihm winde. Es fühlt sich an, als würde er mich einnehmen, mit seiner Zunge kennzeichnen – ich bin sein.

Er beugt sich über mich, sodass seine Brust meinen Rücken berührt, sein Atem meine Wange streift, und während er eine Hand neben meiner auf dem Tresen abstützt, geht die andere auf Wanderschaft zu meinen Brüsten, meinem Bauch, meiner Klitoris.

»Ich will so gut für dich sein wie du für mich«, flüstert er.

Ich wiederhole seine Worte im Kopf, um mir klarzumachen, was genau er da gerade gesagt hat. Meint er das auf den Sex bezogen oder geht es um mehr?

Ich werde in den Augenblick zurückgeholt, weil er in mich gleitet. Alles in mir spannt sich an und ich kann kaum Atem holen. Es ist, als würde alle Luft aus meiner Lunge weichen.

Mein Sauerstoffbedarf scheint schlagartig gestiegen zu sein. Ich schreie vor Lust auf, als er ganz in mir ist, und meine Knie geben nach. Um mich zu stützen, schlingt er den Arm um meine Taille.

Aber er lässt nicht locker.

Er zieht sich zurück und stößt in mich, und nur weil er mich festhält, falle ich nicht hin. Ich probiere Luft zu holen und bleibe in dieser Stellung liegen, denn obwohl es beinahe zu viel ist, will ich unbedingt mehr.

Als er tief in mir verharrt, klammere ich mich erwartungsvoll an die Tresenkante. Ich bin gerade dermaßen ausgefüllt, dass ich mich nicht rühren kann.

»Atme«, raunt er mir ins Ohr.

Das tue ich und es gelingt mir, die Lunge zu füllen, bis seine Hand meine Klitoris findet.

Game over. Was ich auch an Beherrschung zu besitzen geglaubt habe, ist bei seiner Berührung dahin, und ich habe meinen Körper nicht mehr unter Kontrolle. Ich schaffe es nicht zu atmen, die Beine durchzudrücken oder mich am Tresen festzuklammern.

In meinem Hirn ist kein Platz für Gedanken.

Ich kann nur *fühlen*.

Er fängt an, rhythmisch in mich zu stoßen, während seine Finger gleiten und Druck ausüben, und obwohl es erst ein paar Minuten so geht, explodiert der Orgasmus in mir und galoppiert durch meinen Körper wie wild gewordene Pferde. Zach hört jedoch nicht auf, er wird nicht einmal langsamer, und kaum finde ich nach dem ersten Orgasmus wieder zu mir, regt sich schon der nächste.

»Du fühlst dich so gut an«, sagt er, lässt dabei die Hände über meine Schultern nach vorn gleiten, umfasst meine Brüste und zupft an meinen Brustwarzen, dass es beinahe wehtut, aber gerade noch in die Kategorie »Wieso hab ich nicht gewusst, dass es sich so anfühlen kann?« fällt.

»Ich sorg dafür, dass du noch mal kommst.« Seine Stimme klingt rau und gar nicht nach ihm. Er hört sich sexy an, aber leicht verzweifelt – als sei sein Verlangen nach mir genauso groß wie meines nach ihm. Der Gedanke, dass ich ihm womöglich ansatzweise solche Empfindungen verschaffen kann, wie er sie in mir auslöst, verändert etwas. Er gibt mir die Kraft, die Arme durchzudrücken und mich ihm entgegenzubringen, nur ganz leicht.

Als er stöhnt, spüre ich meine Energie steigen. Wir bewegen uns zusammen, als wären wir zwei Teile einer Maschine, die aufeinander abgestimmt sind und perfekt ineinandergreifen.

»Spürst du das?«, fragt er. »Spürst du, wie gut das ist?«

Ich kann nicht antworten. Meine Stimme ist weg, meine Gedanken sind wirr. Ich kann mich nur auf den herannahenden Orgasmus konzentrieren, der an meiner Wirbelsäule pocht. Meine Haut spannt sich und er wird schneller hinter mir. Welcher Deckel mich auch vor dem Überkochen bewahrt hat, rutscht herunter und ich schreie seinen Namen.

Mein Orgasmus ergießt sich über mich wie warme Schokoladensoße und Zach greift meine Schultern, um mich in Position zu halten, während er die Hüften vorstößt, Mal um Mal um Mal.

Er stöhnt und sinkt matt und verausgabt über mir zusammen.

Meine Knie geben endgültig nach, doch er hält mich fest, bevor ich falle. Dann zieht er mich mit sich zu Boden, wo wir nackt aufeinander liegen bleiben, heiß und verschwitzt, mit ineinander verschlungenen Gliedern, und uns erholen.

27. KAPITEL

ZACH

Als wir vor dem Haus meiner Eltern anhalten, geht die Haustür einen Spalt auf und Hund kommt herausgeschossen wie Wasser aus einer Spritzpistole.

Ich mache die Autotür auf und höre meinen Vater rufen: »Hund, komm rein!«

Der schwarze Labrador rennt gegen meine Waden, woraufhin ich mich bücke und ihm den Kopf streichle. »Hey, du Chaot.«

»Bring ihn mit rein, ja?«, ruft Dad von der Tür her und verschwindet dann wieder drinnen. Was für eine Begrüßung.

Ellie steigt aus. »Sorry wegen ihm«, sage ich mit einem Nicken zur Haustür. »Man hat ihm bei der Geburt das Sozialkompetenz-Gen entfernt.«

Als sie lacht, halte ich inne, um sie zu betrachten. Sie ist so verdammt schön. Es hat sich eine Röte auf ihre Wangen geschlichen, als kämen wir gerade von einem langen Spaziergang am Meer. T-Shirt und Jeans schmiegen sich an ihren Körper, zeigen nichts und doch alles. Sie trägt die Haare offen und sie gehen bis zu der Stelle ihres unteren Rückens, über die ich gern mit den Fingern fahre, wenn ich hinter ihr bin. Mein Schwanz zuckt und sie wirft mir einen Blick zu, als wüsste sie genau, woran ich gerade denke.

Ich nehme ihre Hand. »Danke, dass du mitgekommen bist.«

Sogar die Fahrt hierher war besser, weil sie neben mir saß und von ihren Bewerbungen für die Stipendien erzählt hat, während ihre Hand auf meinem Oberschenkel lag.

»Danke für die Einladung. Ach, ich hab was gebacken, ich hol's schnell.«

»Du hast was gebacken?«, frage ich.

Sie macht den Kofferraum auf und nimmt eine Kuchenform heraus.

»Das hast du gar nicht erwähnt. Ich hätte auf der Fahrt einen kleinen Imbiss vertragen können.«

Sie grinst. »Deshalb habe ich dir nichts gesagt. Es ist eine französische Apfeltarte. Deine Mum wird sich deswegen nicht auf den Schlips getreten fühlen, oder?«

Ich lache und wir gehen ins Haus. »Meine Mutter zu verärgern ist so ziemlich unmöglich. Sie hat fünf Söhne. Also fünf Jungs, die tagtäglich versucht haben, ihr Streiche zu spielen, um alle zum Lachen zu bringen. Eine Tarte ist besser, als wenn deine Kinder üben, synchron zu pupsen.«

»Ihr habt synchron gepupst? Wie geht das denn?«

»Jede Menge Baked Beans. Mehr verrate ich nicht.«

»Zach!« Meine Mum wirft die Hände in die Luft, in der einen ein Geschirrtuch, und winkt uns in die Küche. »Und Ellie. Schön, dich kennenzulernen. Wie geht es dir, Liebes?« Sie begrüßt Ellie mit einem Küsschen auf die Wange und nimmt ihr die Kuchenform ab. »Ich hoffe doch mal, da ist was Selbstgemachtes drin. Zach hat mir erzählt, du seist eine fabelhafte Köchin.«

»Bloß auf Hobbyniveau.«

Mum nimmt den Deckel von der Form. »Oh, der sieht aber lecker aus.«

»Das ist eine französische Apfeltarte.«

»Apfeltarte?«, fragt Dad, als er in die Küche kommt. »Hast

du eine gebacken, Carole? So eine hatte ich seit unserem Besuch in dem Café in Dorset nicht mehr. Wie hieß der Ort noch mal?«

»Dad, das ist Ellie.«

Er dreht sich abrupt um, als wäre er auf einen Eindringling gestoßen. »Du gehörst zu Zach, oder?«

Ellie sieht zu mir hoch.

»Sie ist meine Freundin, Dad, sei nett zu ihr.«

Er nimmt ihre Hand in beide Hände. »Mein tief empfundenes Beileid. Jede Frau, die mit einem meiner Söhne zurechtkommen muss, verdient einen Platz in den Geschichtsbüchern.«

Ich verdrehe die Augen. »Du wirst dich an ihn gewöhnen.«

»Es ist hart«, sagt Ellie. »Anfangs musste ich ihm jedes Wort aus der Nase ziehen, damit er überhaupt mit mir redet, aber ich habe ihn kleingekriegt. Es stellte sich raus, dass er mit der liebste, aufmerksamste, loyalste Mann ist, den ich je kennengelernt habe.«

Als Dad ihr die Schulter tätschelt, bin ich erleichtert. Er beschwert sich mindestens achtundneunzig Prozent der Zeit über uns fünf, aber ich weiß, dass er uns alle liebhat. Nicht etwa, weil er es mir ständig sagt, sondern weil ich mitbekommen habe, wie er sich mit meiner Mum darüber unterhalten hat, dass er sich diese und jene Sorgen um uns macht, und weil er immer fragt, wann wir das nächste Mal herkommen, um *ihm auf die Nerven zu gehen*, und weil seine Hand auf Ellies Schulter bedeutet, dass er ihr zustimmt.

»Sieh bloß zu, dass du Ellie nicht mehr gehen lässt, Zach.« Er lacht los. »Zu Nathan werde ich das Gleiche sagen, wenn er hier ist.«

»Was, dass er Ellie nicht mehr gehen lassen soll?« Ich grinse stolz über mein absichtliches Missverstehen dessen, was er meint. Meine Mutter lacht. Sie ist immer mein allerbestes Publikum. Ich hoffe, dieses Leuchten in ihren Augen schwindet nicht, wenn ich ihr meine Neuigkeiten erzähle.

»Das Grinsen wird dir noch vergehen, wenn dein Cousin in …« Er sieht auf seine Uhr. »… gut einer Stunde ankommt.«

»Welcher Cousin?«, frage ich.

Mein Dad fasst sich an den Bauch und lacht in sich hinein.

»John, lass das. Ich habe dir doch gesagt, dass Vincent seinen Cousins nicht die Freundinnen oder Frauen ausspannen wird.«

»Vincent kommt?« Mein Blick huscht zu Ellie. »Seit wann das?«

»Er braucht sie ihnen nicht auszuspannen«, sagt Dad. »Sie verlassen sie freiwillig.«

Ich verdrehe die Augen, lege aber instinktiv einen Arm um Ellies Schultern.

Sie sieht mich an. »Ist das der Cousin, der dir das Haus auf Rùm vermietet hat?«

»Ach ja, du warst ja auch dort«, sagt Mum. »Wie war's? Zach meinte, ihr wäret eingeschneit gewesen.«

»Es war wunderbar. Ich habe viel gekocht, während wir eingeschneit waren und Zach gearbeitet hat.«

Ich lasse Ellie sich mit Mum unterhalten und gehe einen Tee kochen.

»Wie läuft's mit der neuen Praxis, mein Sohn?«, erkundigt sich Dad, als ich den Wasserkocher befülle, und nascht von dem Gemüse, das noch nicht fertig klein geschnitten auf dem Schneidebrett liegen gelassen wurde.

Jetzt wäre der perfekte Zeitpunkt, es einfach hinter mich zu bringen und ihm von dem Buch zu erzählen, aber wenn gleich die anderen eintreffen, werde ich wahrscheinlich unterbrochen. »Ich steh noch am Anfang«, sage ich. Ich drücke mich, ich weiß.

Er klopft mir auf den Rücken. »Du warst bisher stets erfolgreich. Jetzt wird es nicht anders sein.«

Das Problem ist, ich will gar nicht, dass es sich so fortsetzt.

»Danke, Dad.«

»Soll ich mal irgendwen anrufen?«, fragt er. Mein Dad ist kein Angeber. Er prahlt nicht mit seinen Kontakten und Verbindungen, aber mit Sicherheit gibt es keine einflussreiche Person im Bereich Medizin, die er nicht kennt.

»Danke, aber ist nicht nötig.«

»Natürlich. Du wolltest schon immer alles ganz allein schaffen.« Lachend schüttelt er den Kopf. »Du bist ein guter Junge.«

Ich bin schon lange kein Junge mehr, aber wenn mein Dad mich lobt, werde ich stets wieder der elf-, sechzehn-, achtzehnjährige Schüler, der Tests und Prüfungen schreibt und seine Eltern stolz machen will.

Als der Hund draußen zu bellen anfängt, schaue ich aus dem Fenster. Es sind Nathan und Madison. Das andere schwarze Schaf der Familie ist da.

»Geh deinem Bruder und Madison mit ihrem Gepäck helfen«, weist Mum mich an.

»Wieso? Eine Reisetasche mit Sachen für eine Übernachtung kann Nathan durchaus selber tragen.«

Sie wirft mir einen Blick zu, der sagt: *Leg dich nicht mit mir an*, also gehe ich nach draußen und Dad folgt mir.

Beim Aussteigen aus dem Auto schaut Nathan zwischen mir und Dad hin und her. Er versucht herauszufinden, ob ich schon etwas gesagt habe.

Ich schüttele leicht den Kopf.

»Mach es kurz und schmerzlos«, raunt er, als ich ihn umarme.

Ich ignoriere ihn. »Wusstest du, dass Vincent kommt?«

»Hierher nach Norfolk?«, wundert sich Nathan.

»Anscheinend.«

»Nimmt er eine Yacht, oder was?«, fragt mein Bruder. Wenn man bedenkt, wie reich Nathan ist, ist es pure Ironie, dass er über Vincents Vermögen witzelt. Das sagt viel über Vincent.

Madison kommt rüber zu uns. »Ich dachte, du hättest Ellie mitgebracht?«

»Habe ich auch.« Ich bin verwirrt. »Sie ist drinnen.« Ein verräterisches Funkeln tritt in Madisons Blick und sie steuert auf die Haustür zu.

Unter einem Stöhnen gehe ich ihr nach. Wenig überraschend brauche ich überhaupt kein Gepäck reinzutragen.

Als ich in die Küche komme, sehe ich, wie Madison Ellie förmlich mit ihrer Umarmung erdrückt. »Es ist so schön, dich kennenzulernen. Zach braucht eine tolle Frau in seinem Leben und nach allem, was er so erzählt, bist du das.«

»Sie hat Apfeltarte gebacken.« Dad drückt Madison ein Küsschen auf die Wange. Keine Ahnung, wie, aber sie hat meinen Dad um den Finger gewickelt. Er würde ungelogen alles tun, worum sie ihn bittet.

»Also wenn du mich nicht eh schon auf deiner Seite hättest, dann wäre es jetzt so weit. Ich hab gehört, du bist Köchin. Probieren wir die Tarte?«

Eine Hand landet auf meiner Schulter, und als ich mich umdrehe, steht Jacob vor mir. »Ach hallo, mir war gar nicht klar, dass du schon da bist.« Ich umarme ihn.

»Seit gestern. Sutton und ich wollten Zeit für ein paar ausgiebige Spaziergänge haben.« Er grinst. »Du hast also eine Frau mit hergebracht. Du weißt, was das bedeutet, oder?«

»Es bedeutet gar nichts«, erwidere ich. Mir ist bewusst, dass das nicht stimmt. Keiner von uns stellt eine Frau der Familie vor, wenn es nichts Ernstes ist.

»Oh doch«, sagt Jacob. »Aber darüber können wir uns nachher noch unterhalten. Sollen wir uns heute Abend im Garten ans Feuer setzen?«

»Auf keinen Fall«, wirft Mum ein. »Heute Nacht soll es Frost geben. Bei dem Wetter geht keiner vor die Tür, wenn wir nämlich nachher schon ein paar Gläser intus haben, kommt ihr auf dumme Ideen. Oder überredet Dax zu Dummheiten. Er hat mir neulich erzählt, dass er immer noch humpelt, weil er letztes Mal, als er hier war, vom Schuppen gesprungen ist.«

Nathan, Jacob und ich tauschen Blicke und müssen uns das Lachen verkneifen.

»Hört auf zu grinsen. Das ist nicht lustig. Ihr wisst genau, dass der Junge keine Wette ausschlägt.«

»Unseretwegen brauchst du dir keine Sorgen zu machen«, meint Nathan. »Vincent ist der Zocker.«

Mum stöhnt. »Du musst ein Wörtchen mit ihm reden, John. Ich habe keine Lust, mitten in der Nacht in die Notaufnahme zu fahren.«

»Er hat in seinem ganzen Leben noch nie auf mich gehört«, erwidert Dad. »Da wird er jetzt nicht damit anfangen.«

»Ich kümmere mich drum«, verspreche ich und lege einen Arm um meine Mum. »Dax wird nichts passieren.«

»Ich kümmere mich drum«, sagt Nathan.

Als Jacob loslacht, weiß ich, dass wir uns alle drei gerade Möglichkeiten überlegen, wie man Dax davon abhalten kann, auf Vincents fatale Wettvorschläge reinzufallen. Wir könnten ihn an einen Stuhl fesseln, damit er nicht wegkann. Wir könnten ihn knebeln, damit er keine Wetten eingehen kann. Wir könnten ihm etwas ins Essen mischen, damit er so krank wird, dass er den ganzen Abend auf der Toilette verbringt.

»Eventuell brauchen wir Klebeband«, sage ich, woraufhin Nathan und Jacob beide lachen.

Meine Mutter dreht sich um und zeigt mit dem Finger auf mich wie einmal an Ostern, als sie herausfand, dass ich einen ganzen Apfelkuchen aufgefuttert hatte. »Keine Foltermethoden.«

»Bist du dir sicher? Wäre das nicht besser, als wenn er sich auf eine Wette mit Vincent einlässt?«

Sie stößt den Atem aus, als würde sie am liebsten jemanden umbringen. »Nur fügt ihm wenigstens keinen ernsten Schaden zu.«

»Mein Gott, Carole«, sagt Dad.

Mum fängt an zu kichern. »Ich befürworte keine Folter. Ich will bloß nicht, dass Dax sich in die Klemme bringt.«

»Wieder mal«, sagen alle in der Küche im Chor.

Ich schaue zu Ellie, die uns lächelnd beobachtet. Als sie meinen Blick auffängt, wird ihr Lächeln breiter; es fühlt sich an, als wollte mir jemand das Herz aus der Brust reißen.

Ich schlängele mich zwischen den Mitgliedern meiner Familie hindurch, schiebe mich hinter Ellie und beuge mich vor, um ihr ins Ohr zu flüstern: »Alles okay bei dir?«

Sie dreht sich zu mir um. »Ja. Es ist …«

»Irre?«

»Nett. Ich glaube nicht, dass du dir Sorgen zu machen brauchst.«

Wenn sie mich so ansieht, ist es, als strahlte ein Glutball in meiner Brust wohlige Wärme aus. Es gibt mir einfach ein gutes Gefühl. *Bei ihr* zu sein gibt mir ein gutes Gefühl. Ich weiß nicht recht, wann ich mich im Leben schon mal so gut gefühlt habe. Das hat teils mit dem Buch zu tun, aber nicht nur. Es liegt an ihr. Ich habe das Gefühl, wir sind füreinander da. Wir sind ein Team. Wir stehen für den anderen ein. Das fühlt sich für mich noch intimer an als jeder Sex.

»Hallo.« Sutton kommt grinsend zu uns rüber und umarmt

uns beide gleichzeitig. »Schön, dich kennenzulernen, Ellie. Ich brenne drauf zu hören, wie unperfekt Zach in Wirklichkeit ist. Ich bin fest überzeugt, dass er seine Makel hat, bloß konnte ich noch keine entdecken. Und wenn jemand sie kennt, dann ja wohl seine Freundin.«

Vielleicht bilde ich es mir nur ein, aber ich könnte schwören, dass Ellie sich beim Wort *Freundin* verspannt. Ich nehme mir vor, aufzupassen, dass Sutton und Madison sie nicht damit verschrecken, dass sie so tun, als wäre sie jetzt im Prinzip ein Mitglied der Cove-Sippe. Selbst wenn wir uns bestens benehmen, können wir ein ganz schön heftiger Haufen sein. Und wir benehmen uns nie bestens.

»Zach!« Nathan winkt mir vom anderen Ende der Küche her zu und deutet raus auf den Flur. Ich weiß, dass er mir sagen wird, ich solle Mum und Dad lieber heute als morgen von dem Buch erzählen, und das will ich nicht hören. Aber vielleicht brauche ich den Anstoß.

Ich nicke ihm zu und drücke Ellie einen Kuss auf den Scheitel. »Ich red nur mal eben mit Nathan. Sutton, verschreck sie mir nicht.«

Als sie mich anlächelt, gehe ich.

»Hast du's schon erledigt?«, fragt Nathan, sobald wir aus der Küche sind.

»Schhh«, mache ich.

»Was ist denn los?«, kommt Jacob hinterher, woraufhin ich Nathan einen »Du Arsch«-Blick zuwerfe. Er zuckt jedoch nur mit den Schultern, wie um zu sagen: *Er wird's eh rausfinden.*

Was auch stimmt, nur …

»Den perfekten Zeitpunkt gibt es nicht. Wenn du es Jacob jetzt sagst, hast du uns wenigstens beide auf deiner Seite, wenn Mum und Dad dran sind.«

Jacob bekommt große Augen. »Machst du Ellie einen Antrag? Wie lange kennst du sie denn bereits?«

»Ich mache ihr keinen Antrag.« Ich gehe den Flur entlang. Wir müssen irgendwo hin, wo uns keiner hört.

»Arbeitszimmer«, schlägt Jacob vor. Genau der richtige Ort, um ihm zu sagen, dass ich den Arztberuf hasse – das Zimmer, in dem sämtliche Karrierehöhepunkte zweier der erfolgreichsten Mediziner Großbritanniens dokumentiert sind.

»Ins Lesezimmer«, brumme ich.

Nathan kommt als Letzter herein und schließt die Tür hinter sich.

»Ist sie schwanger?«, rätselt Jacob.

Nathan seufzt. »Zach hasst den Arztberuf, will lieber Krimis schreiben und steht kurz davor, einen Mega-Buchvertrag zu ergattern.«

Verdammter Nathan.

Jacob lacht los. »Was?« Er sieht mich an. »Was?«

Ich zucke mit den Schultern. »Ich hätte es etwas anders ausgedrückt, aber das sind so die Eckpunkte.«

»Okay. Und Ellie ist schwanger?«

Ich reiße verzweifelt die Hände hoch. »Um Ellie geht es überhaupt nicht.«

»Warum ist sie dann hier?«, fragt Jacob.

»Ich mag sie. Ich verbringe gern Zeit mit ihr. Ich wollte, dass sie mitkommt.«

Jacob stockt. »Okay. Und was weiter, wirst du jetzt ein leidender Schriftsteller statt leidender Arzt?«

»So ungefähr«, antworte ich.

»Seit er regelmäßig schreibt, wirkt er so glücklich wie noch nie«, sagt Nathan. »Es ist nervtötend.«

»Besten Dank auch, Kumpel«, werfe ich ein.

»Ich mein ja nur.«

»Und warum besprechen wir das heimlich hier drin, als hättest du vor, Mum und Dad zu verkünden, dass Ellie schwanger ist? Ich kapier's nicht.«

»Natürlich nicht«, meint Nathan. »So spricht der selbstverständliche Erbfolger der Coves.«

»Du bist der geborene Arzt«, erklärt Nathan. »Zachy hier macht sich Sorgen, dass Mum und Dad sauer sein werden, wenn er den Beruf aufgibt –«

»Ich werde ihn nicht aufgeben.«

»Doch, wirst du«, sagt Nathan.

»Nein, werde ich nicht.« Ich habe nicht die Energie dazu, ihm lang und breit zu erklären, dass meine Agentin meint, es lasse sich gut vermarkten, wenn ich praktizierender Arzt bleibe. Außerdem könnte das Mums und Dads Enttäuschung mildern. Als ihre enttäuschten Gesichter vor meinem inneren Auge auftauchen, dreht sich mir der Magen um. »Vielleicht muss ich es tatsächlich einfach hinter mich bringen.«

»Wieso denkst du, dass sie sauer sein werden?«, fragt Jacob. »Dad ist alles piepegal, solange du nicht seinen Lauch aus dem Beet ziehst oder den Hund ärgerst. Mum … Sie wird bloß besorgt um dich sein, aber das ist sie ohnehin, egal, welchem Beruf du nachgehst. Wieso machst du daraus so eine große Sache?«

»Du verstehst es nicht«, sagt Nathan.

»Ist schon gut.« Ich lege Nathan einen Arm um die Schulter. »Lass uns einfach –«

Wir drei erstarren, als die Zimmertür aufgeht und Dad erscheint.

»Was macht ihr denn hier drin? Wenn ihr was mit Dax anstellt, was eure Mutter aufregt, dann schwör ich euch –«

»Wir werden Dax nicht quälen«, versichere ich ihm.

»Wir versuchen aufzupassen, dass er sich nicht zu doll betrinkt und keine Dummheiten anstellt«, sagt Jacob.

»Gut«, befindet Dad. »Vielleicht mopst ihr ihm ständig sein Getränk. Oder schenkt ihm was mit Wasser Verdünntes ein. Ihr wisst doch, wie Vincent sein kann. Er geht aufs Ganze. Der ist komplett irre – er bringt Dax dazu, Gott weiß was zu machen. Passt bloß auf, dass niemand Hund da mit reinzieht.«

»Versprochen. Das wird schon, Dad. Wann kommt Beau eigentlich?«, frage ich, um ihn abzulenken.

»Weiß der Himmel. Er hat Dienst, also wahrscheinlich irgendwann kurz vor Mitternacht.« Die harten Schichtdienste sind mit das Schlimmste am Arztsein. Noch ein Beweis mehr, dass man den Beruf echt lieben muss.

»Jacob, kann ich dir mal was zeigen?«, sagt Nathan. »Zach, bleib du hier bei Dad.«

Ich verdrehe die Augen, brauche aber nichts vorzubringen, weil Dad ihnen einfach direkt hinausfolgt.

»Alles okay?«, fragt Ellie, als ich wieder in die Küche komme.

»Ja, bloß eben … typisch meine Brüder.«

»Dann hast du also nicht …«

»Nein. Ich möchte einen Moment abwarten, wenn's ein bisschen … ruhiger ist.« Das ist in diesem Haus Wunschdenken. Wenn wir Coves in großer Zahl zusammenkommen, geht es nie ruhig zu.

Mum steht immer als Erste auf, deshalb habe ich mir den Wecker auf sechs Uhr gestellt.

Ich wurde in Mums Nähzimmer mit dem Schlafsofa draußen im Nebengebäude ausquartiert, aber somit habe ich Ellie wenigstens nicht geweckt. Ich entsperre mein Handy und schreibe ihr eine Nachricht, dass ich sie heute Nacht neben mir vermisst habe, dann tapse ich ins Bad.

Eigentlich bin ich ziemlich sicher, dass so bald niemand aufstehen wird, aber da Vincents Flug Verspätung hatte und wir nicht wissen, wann er ankommt, will ich sichergehen, dass ich ein bisschen Zeit allein mit Mum habe.

Nach einer kurzen Dusche ziehe ich mich an und gehe rüber ins Haus. Ich muss gestern Abend wohl zu viel intus gehabt haben, denn ich bin ohne Jacke rübergegangen, und selbst im Pullover friere ich. Es ist diesig, das Haus ist in so dichten Nebel gehüllt, dass es sich komisch anfühlt, durch die Schwaden zu gehen, ohne was davon zu spüren.

Im Vorraum angekommen streife ich die Schuhe ab und gehe dann in die Küche, wo Mum an ihrem Aga-Herd steht.

»Na, du Frühaufsteher«, sagt sie. Beim Blick in mein Gesicht scheint sie mir etwas anzumerken. »Was ist los?«

»Ich dachte mir, wir trinken einen Tee zusammen und unterhalten uns mal, bevor alle anderen aufstehen und das Chaos ausbricht.«

Sie lächelt. »Ich liebe dieses Chaos. Ich vermisse es, euch Jungs immer zu Hause zu haben.«

Ich stelle den Wasserkocher an, fülle Tee in die Teekanne und nehme Tassen aus dem Schrank.

»Ellie ist zauberhaft«, schneidet sie das Gesprächsthema an, mit dem sie rechnet, doch da ist sie auf dem Holzweg. »Es ist schon eine Weile her, dass ich eine Freundin von dir kennengelernt habe.«

Ich weiß nicht, ob stimmt, was ich Ellie erzählt habe und die Arbeit wirklich so einnehmend war, dass ich mich auf niemanden einlassen konnte. Vielleicht habe ich bloß nie eine Frau getroffen, mit der ich es ernst meinte. Trotzdem werde ich den Gedanken nicht los, dass ich für nichts offen war, solange ich einem Beruf nachging, den ich nicht mochte, und einer Zukunft entgegensah, die ich nicht wollte.

»Ja, das stimmt. Wir sind noch nicht lange zusammen, aber ...« Ich gieße das kochende Wasser in die Teekanne. »Sie ist toll.«

Mum gibt sich alle Mühe, entspannt zu bleiben, doch ich merke ihr an, dass sie sich auf etwas gefasst macht.

»Sie tut mir echt gut. Und ich hoffe, ich tue ihr gut.« Ich bringe die Teekanne zum Tisch und Mum nimmt die Tassen mit.

»Da bin ich mir sicher.« Sie hat ein gezwungenes Lächeln aufgesetzt – ein untrügliches Zeichen, dass sie besorgt ist.

»Aber über Ellie wollte ich nicht sprechen.«

Sie reißt den Kopf hoch.

»Vielleicht nächstes Mal.«

Als sich ein warmherziges, echtes Lächeln auf ihrem Gesicht ausbreitet, muss ich ein bisschen lachen.

»Kein Heiratsantrag. Und ein Enkelkind ist auch nicht unterwegs.«

»Dann geht's um die Arbeit?«, fragt sie, woraufhin ich nicke.

Als ich den Tee einschenke, stelle ich fest, dass Mum die Milch aus dem Kühlschrank genommen hat, ohne dass ich es überhaupt registriert habe. So war es schon immer, sie ist stets da, hält alles zusammen und ergänzt, wenn wir gar nicht merken, dass etwas fehlt.

»Ich weiß nicht, ob du dich noch daran erinnerst, wie gern ich früher geschrieben habe.« Ich habe mir extra nicht vorher zurechtgelegt, was ich heute sagen werde. Keine Ahnung, ob es überhaupt irgendwie Sinn ergeben wird.

»Das weiß ich noch. Du hast sogar überlegt, Englische Literatur zu studieren.«

Ich frage mich, wie mein Leben verlaufen wäre, wenn ich nie Medizin studiert hätte. Es bringt nichts, etwas zu bereuen. »Ja, aber dann bin ich ins Familiengeschäft eingestiegen«, sage ich mit einem Lächeln, doch sie erwidert es nicht. Ich hole Luft. »Ich hab mit dem Schreiben ein bisschen weitergemacht – immer mal wieder über die Jahre. Nur kurze Sachen hier und da, wenn ich Zeit dazu fand. Eine Kurzgeschichte, Ideen zu Figuren. Ich habe viel über Erzählstrukturen und -techniken gelesen.«

Mit der Teetasse in den Händen sitzt sie geduldig da. Es wird nie leicht sein, ihr zu sagen, dass ich mich von all dem abwende, was sie beruflich geleistet hat. Ich muss einfach damit rausrücken.

»Wie du ja weißt, ist die Praxis noch nicht angelaufen, und ich habe die freie Zeit genutzt, um mehr zu schreiben. Genauer gesagt habe ich einen Roman geschrieben.«

Sie hebt die Hände. »Du warst schon immer ein Multitalent. Das ist ja wundervoll, Schatz.« Ich bin mir nicht sicher, ob sie es noch so wundervoll finden wird, wenn ich ihr den Rest erzähle. »Ach, warst du deswegen in Schottland?«

»Ja. Es hat sich herausgestellt, dass eine meiner Patientinnen Literaturagentin ist, und sie hat mein Manuskript gelesen und Verbesserungsvorschläge gemacht. Die habe ich in der Zeit in Schottland in meine Erstfassung eingebaut.«

»Aha«, macht meine Mutter. »Dann hast du jetzt also einen fertigen Roman?«

»Genau.« Ich schaue aus dem Fenster. Ich weiß nicht, ob ich schon jemals so stolz auf irgendetwas war wie darauf, den ersten Butler-Krimi vollendet zu haben. »Und er gefällt ihr sehr. Sie meint, dass viele Verlage daran interessiert sein werden.«

»Das ist wunderbar, Zach. Ich bin sehr stolz auf dich.«

Nicht, dass ich erwartet hätte, sie würde es schlecht aufnehmen. Meine Mutter war nie jemand, der mit Sachen herumschmeißt oder laut wird. Und mittlerweile bin ich erwachsen. Es ist nicht so, als ob sie mir Stubenarrest geben oder mir eine

Woche das Fahrrad wegnehmen könnte. Ich möchte nur nicht, dass sie gekränkt ist. Oder gar enttäuscht von mir.

»Danke«, erwidere ich. »Das bedeutet, dass ich die Praxis schließen werde.«

»Ahhh«, sagt meine Mutter, als mache es gerade klick bei ihr. »Damit du mehr schreiben kannst?«

»Auch, ja, und außerdem, weil der Verlag mich für die Vermarktung beanspruchen wird – vorausgesetzt, der Roman wird überhaupt eingekauft.«

»Aber deine Stelle im Krankenhaus wirst du noch behalten?«, fragt sie.

Schnell beruhige ich sie: »Auf jeden Fall. Ich gebe die Medizin nicht komplett auf.«

Sie trinkt noch einen Schluck Tee. »Weil du das Geld brauchst? Ich dachte, du hättest noch eine Restsumme von dieser Coin-Geschichte, in die Dax und du eingestiegen seid. Ich weiß, du hast das Haus gekauft – «

»Ich habe genug Geld, du brauchst dir keine Sorgen zu machen. Darum geht es mir nicht. Ich dachte wohl, es würde dir gefallen, dass ich den Arztberuf nicht aufgebe.«

»Und das sollte mir gefallen, weil …?«

Ihre Frage verwirrt mich ein bisschen. »Na – schließlich sind wir eine Medizinerfamilie.«

Sie presst die Lippen zusammen, wie sie es getan hat, als wir klein waren und Dax einen Ball durch die Glasscheibe der Haustür geschossen hat. Schlimmer kann's bei Mum fast nicht werden. »Es würde mir sehr missfallen, wenn du nur in dem Beruf wärst, weil wir eine Medizinerfamilie sind. Ich weiß, dass dir Lernen immer leichtgefallen ist. Du warst immer einer der Besten deiner Klasse, du warst immer herausragend in allem Medizinischen. Du kannst toll mit Patienten umgehen, mit Kollegen – Zach, du bist wirklich unglaublich.«

Ich spüre, wie die bleierne Schwere in meinem Magen noch zunimmt, während sie lauter Gründe aufzählt, warum ich mit Freuden Arzt sein müsste. Gefühlt sackt mein ganzer Körper nach unten, sodass ich auf meine Füße schaue, um nachzusehen, ob ich tatsächlich im Boden versinke.

»Aber das bedeutet alles nichts, wenn du deiner Arbeit nicht gern nachgehst.«

Ich hebe den Kopf und schaue ihr in die Augen. Habe ich mich da gerade verhört?

»Ich hatte stets den Verdacht, dass Medizin nicht deine erste Wahl war. Deshalb habe ich damals, als wir uns Unis angesehen haben, darauf bestanden, dass wir in Oxford in der Bodleian Library vorbeischauen, um herauszufinden, ob dich die … Atmosphäre dort packt.« Seufzend schüttelt sie den Kopf. »Aber von all meinen Jungs warst du schon immer der, der am schwersten zu durchschauen ist.«

»Ich war hin- und hergerissen«, sage ich. »Mit dem Medizinstudium lag ein ganz klarer Weg vor mir. Außerdem hatte Jacob den auch schon eingeschlagen. Es fühlte sich an, als sei Arzt zu werden der mir vorbestimmte Weg. Einen anderen zu nehmen – ich wusste gar nicht recht, welchen – war ein Risiko.«

Sie stellt ihre Tasse auf den Tisch. »Ich hätte nicht lockerlassen sollen. Klarstellen, dass Medizin nicht die einzige Option ist.«

Ich kann sie nicht anlügen und behaupten, letztlich sei es ja gutgegangen – ich würde meine Arbeit mögen. »Es ist nicht deine Schuld. Nur … Medizin macht diese Familie eben aus. Sie sorgt für das Essen auf dem Tisch, ist das Gesprächsthema beim Abendessen, der Grund, warum Dad deinen Geburtstag verpasst. Sie ist mir so vertraut, dass es sich angefühlt hätte, als würde ich meine ganze Herkunft ablehnen, wenn ich nicht Medizin studiert hätte.«

Mum schließt die Augen für eine Sekunde, dann zwei. »Es tut mir so leid.«

Ich rücke mit meinem Stuhl neben sie und nehme sie in die Arme. Ich hatte damit gerechnet, ihre Enttäuschung ertragen zu müssen und nicht ihre Schuldgefühle. »Ach was. Du brauchst dir überhaupt keine Vorwürfe zu machen. Es ist ja nicht so, als hättest du irgendeinen von uns aktiv dazu gedrängt, Arzt zu werden. Und Gastroenterologe zu werden war nicht das Schlechteste, was ich im Leben gemacht hab.«

»Auf Dax' Transformer treten und deswegen lügen, zählt nicht.« Wir lachen beide und sie lehnt den Kopf an meine Schulter. »Ich wollte immer nur, dass ihr Jungs glücklich seid und gute Menschen werdet.«

Die Küchentür fliegt auf und Dad kommt hereingetrottet. »Morgen. Wo ist Hund?«

»Schläft noch«, sagt Mum. »Apropos schlafen, warum bist du schon so früh auf?«

»Konnte verdammt noch mal nicht schlafen, weil ich damit rechnete, jeden Moment von deinem verfluchten Neffen geweckt zu werden.« Er deutet mit dem Kinn Richtung Tisch. »Ist der Tee heiß?«

Ich stehe auf. »Ja, ich hole dir eine Tasse.«

»Also, was hat es mit dieser Emily auf sich? Ist sie schwanger?« Dad setzt sich hin und streicht sich das struppige weiße Haar aus dem Gesicht.

»Was? Nein.« Ich stelle ihm die Tasse hin. »Und ihr Name ist Ellie.«

»Zach ist glücklich«, erwidert Mum. »Ich weiß nicht recht, ob Ellie das ausgelöst hat oder ob sie auf der Bildfläche erschienen ist, weil Zach glücklich ist. Aber sie ist wunderbar, daher ist es auch egal.«

»Der Kuchen war in der Tat wunderbar. Worum dreht sich

denn die große Aussprache hier?« Er nickt zu Mum und mir, wie wir nebeneinandersitzen. »Hast du ihr erzählt, dass du den Arztberuf aufgibst?«

Mein Bauch schlägt einen Salto und schlagartig weicht die Luft aus meiner Lunge. »Ich bringe Nathan um.«

»John, woher wusstest du das?«, fragt Mum.

Mein Dad verdreht die Augen und trinkt einen Schluck Tee, während wir beide ihn anstarren und auf eine Antwort warten. »Nathan hat kein Wort gesagt. Ich warte schon, seit du das Medizinstudium abgeschlossen hast, darauf, dass du beschließt, kein Arzt mehr zu sein.«

»Dad!« Krasse Aussagen von ihm bin ich gewohnt, aber diesmal kommt es mir noch krasser vor als sonst, weil es wahr ist.

Er zuckt nur mit den Schultern, woraufhin ich in seinem Gesicht nach einer Spur Enttäuschung oder Traurigkeit suche, aber er ist bloß verschlafen und grummelig – nichts Neues also.

»Stimmt das wirklich, John?«, fragt meine Mutter.

»Wir wussten beide, dass er nicht mit dem Herzen dabei ist. Darüber sprachen wir oft. Wenn du dich erinnerst, wolltest du ihm am liebsten verbieten, nach Oxford zu gehen. Aber dann kamt ihr von eurem Besuch dort zurück und du meintest, wenn er dort nicht inspiriert wird, Schriftsteller zu werden, dann nirgends.«

»Ach wirklich?«, fragt sie.

»Wirklich?«, echoe ich. Wie kann es sein, dass meine Eltern schon lange vor mir wussten, dass ich niemals Arzt hätte werden sollen?

Mein Dad schüttelt den Kopf. »Du erinnerst dich immer nur an das, was du falsch gemacht hast. Wenn etwas ein positives Licht auf dich wirft, ist dein Erinnerungsvermögen lausig.«

»Der Fluch einer jeden Mutter«, sagt sie seufzend.

»Ich sagte zu dir, dass er selbst herausfinden muss, was er will, ohne dass wir uns einmischen. Wir hätten dich in allem unterstützt, egal, was du hättest werden wollen. Außerhalb der Medizin kennen wir uns zwar kaum aus, aber es ging um dein Leben. Du hattest es in der Hand.« Als er einen Schluck trinkt, warte ich ab, dass er fortfährt. »Du hast dich für die Medizin entschieden. Ich fand zwar, die hat nie so richtig zu dir gepasst, aber das musstest du selbst herausfinden.«

Er wirkt gelassen – so, als sei ihm gleichgültig, ob seine Söhne in seine Fußstapfen treten. Aber abgesehen von Nathan haben wir das alle getan. Es ist leicht, entspannt zu sein, solange man der Realität nicht ins Auge sehen muss.

Ich werde es kurz und schmerzlos machen.

»Dad, ich gebe die Praxis auf. Ich habe einen Roman geschrieben, der verlegt werden wird.«

»Was für einen Roman denn?«, fragt er ohne jedes Zögern.

»Einen Krimi. Einen Wohlfühlkrimi, der in einem Krankenhaus spielt.«

»Klingt gut. Dann hörst du ganz auf, als Arzt tätig zu sein? Oder nur mit der Praxis?«

Er klingt immer noch völlig gelassen.

»Ich arbeite weiterhin drei Tage im Krankenhaus.« Ich bin außer mir. »Bist du gar nicht sauer?«

Er verzieht das Gesicht. »Warum sollte ich sauer sein? Es ist dein Leben. Aber wenn du keine Freude mehr daran hast, wüsste ich nicht, warum du den Beruf nicht komplett aufgeben solltest.«

»Ich dachte, es gefällt dir, dass deine Söhne in deine Fußstapfen treten«, sage ich.

»Das macht sicherlich vieles leichter, weil wir dieselbe Sprache sprechen, aber es ist dein Leben.« Er sieht Mum an. »Jetzt aber mal ehrlich, Carole – man könnte meinen, wir hätten

Nathan verstoßen, weil er das Medizinstudium abgebrochen hat. Wir haben euch Jungs doch nie Vorschriften gemacht, was ihr mit eurem Leben anstellen sollt.«

»Das habe ich vorhin auch gesagt«, stimmt Mum ihm zu. »Aber auch wenn wir keinen Druck gemacht haben, jedenfalls nicht bewusst, hat Zach sich offensichtlich trotzdem verpflichtet gefühlt. Ein Stück weit geht es ihnen wahrscheinlich allen so.«

»Ihr seid Carole und John Cove«, sage ich. »Ihr seid vielen Menschen ein Vorbild, einschließlich euren Söhnen. Kein Wunder, dass wir dem nacheifern wollten.«

Dad tätschelt mir das Knie. »Wir stehen am Spielfeldrand und feuern dich an, egal, welchen Weg du einschlägst. Darüber brauchst du dir nie Sorgen zu machen. Also, worum geht's in dem Krimi? Kann ich ihn lesen?«

»Nein, erst ich«, sagt Mum.

Dad stöhnt. »Du liest furchtbar langsam, Carole. Wenn ich warten muss, bis du damit durch bist, dauert es bis nächstes Jahr Weihnachten.«

»Vielleicht wartet ihr beide noch, bis es veröffentlicht ist. Vielleicht signiere ich euch sogar eine Ausgabe.«

Pfotengetapse auf den Terracottafliesen erregt unsere Aufmerksamkeit, und ein verschlafener Labrador gesellt sich zu uns.

»So ein Schlawiner«, sagt Dad. »Es ist, als hätte man ein sechstes Kind.«

Mum wirft mir einen bestätigenden Blick zu, dass Dad sich noch lieber beschwert, als er Apfelkuchen isst. Dann lächelt sie mich an. Es ist ein Lächeln, das sagt, dass sie stolz auf mich ist und ich durch nichts etwas daran ändern könnte. Dieses Lächeln habe ich schon tausendmal gesehen, doch gerade erst kapiert, was es bedeutet.

28. KAPITEL

ELLIE

Heute ist der große Tag. Ich bin vor Aufregung das reinste Nervenbündel und gehe vor meinem Sofa auf und ab: Bis fünfzehn Uhr soll die Benachrichtigung über das Stipendium für das Cordon Bleu Paris kommen. Unerwarteter als meine Nervosität ist die mich leise beschleichende Angst, die ich einfach nicht abschütteln kann.

Was, wenn ich es nicht bekomme?

Und was, wenn doch?

Ein Teil von mir braucht ein Ja aus Paris noch dringender als die Luft zum Atmen. Ein *großer* Teil von mir sogar. Endlich bekäme ich den Neustart, für den ich bereit bin. Der hieße, dass ich zum ersten Mal, seit ich Shane kennenlernte, etwas für *mich* getan habe. Dieses Stipendium zu bekommen, fühlt sich an wie der letzte Heilungsschritt, den ich brauche, um im Leben wieder nach vorn zu schauen.

Doch es wäre das Ende für Zach und mich. Er wird in London sein und Überstunden machen, um zwei Jobs unter einen Hut zu bringen. Ich werde auf der anderen Seite des Ärmelkanals sein und mir den Hintern dafür aufreißen, endlich in meine Zukunft zu investieren. Zwangsläufig werden Risse entstehen, und ich traue mir selbst nicht, dass ich nicht versucht sein werde, sie zu kitten, indem ich aufgebe, was mir wichtig ist – nämlich meinen Platz am Cordon Bleu. Ich muss wieder lernen, meine Bedürfnisse an erste Stelle zu setzen. Und solange das nicht der Fall ist, kann ich nicht mit Zach zusammen sein, wenn ich auf die Kochschule gehe.

Aber wenn ich das Stipendium nicht bekomme und es mit meinem Traum noch dauert, weil ich erst das Geld dafür ansparen muss, wäre das vielleicht gar nicht schlecht. Das erklärt vermutlich, warum ich Zach nicht erzählt habe, dass heute die Bekanntgabe ist. Es hat keinen Sinn, ein Problem zwischen uns herbeizureden, solange es überhaupt keinen Anlass dazu gibt.

Ohne sie anrufen zu müssen, habe ich Cynthias Stimme im Ohr und sie schreit mich an. Auf keinen Fall darf ich aufhören, das Stipendium überhaupt zu *wollen*. Ich könnte es natürlich nicht ablehnen. Das wäre Wahnsinn. Ich werde nicht dieselben Fehler wiederholen, die ich mit neunzehn bei Shane gemacht habe. Ich habe gelernt, nicht meine Zukunft aufzugeben, um die von jemand anderem voranzutreiben.

Aber Zach ist nicht Shane. Er ist der liebste, großzügigste Mensch, den ich je kennengelernt habe. Ganz zu schweigen von seinem guten Aussehen – wie könnte ich das vergessen? Soll ich ihn – uns – etwa aufgeben? Beziehungen sollten keine Kompromisse bedeuten, doch ich verstehe nicht, wie es funktionieren soll, und habe keine Zeit, es nebenbei zu lernen. Das Cordon Bleu ist zu wichtig.

Was heute auch herauskommt, es gibt eine Kehrseite und ich weiß nicht, welche welche ist.

Ich zucke zusammen, als mein Handy klingelt. Kurz denke ich, das Institut ruft an, aber natürlich nicht. Sie haben unmissverständlich mitgeteilt, dass man per E-Mail benachrichtigt wird.

Es ist Zach.

»Hallo«, melde ich mich. Es ist Montag und Zach ist im

Krankenhaus. Würde ich seinen Dienstplan nicht kennen, hätte ich es an den gedämpften Zurufen und klappernden Rollwagen im Hintergrund erkannt.

»Alles okay?«

»Ja, klar«, sage ich, wobei ich bewusst mit der Stimme hochgehe und einen fröhlichen, unbekümmerten Tonfall aufzusetzen versuche. »Was gibt's bei dir?«

»Also, gerade hat mich Mrs Fletcher angerufen und mir mitgeteilt, dass sie zwei Angebote für mein Manuskript hat.«

Freude keimt in meiner Brust auf. »Das ist super. Sind sie denn gut?«

»Sogar höher, als sie dachte. Sie meint, sie wird einen Gang höherschalten und jetzt eine Round-Robin-Auktion abhalten. Das kann man machen, wenn großes Interesse besteht. In mehreren Runden werden Gebote abgegeben.«

Ich habe den Begriff Round-Robin noch nie gehört, nehme mir aber vor, ihn zu googeln, sobald ich aufgelegt habe. »Das ist ja aufregend.«

»Hier zu sein kommt mir wie Betrug vor.«

Ich lache, unterbreche mich dann jedoch abrupt. Betrügen ist nicht lustig. Ich frage mich, ob Shane die Affäre unterwegs auf Reisen angefangen hat. Er hat oft erklärt, warum es unpraktisch sei, wenn ich zu seinen Messen und Rennen im Ausland mitkäme, selbst wenn er manchmal wochenlang weg war. Ich müsse Auftritte organisieren, die Finanzen managen. Wie sollte ich das alles schaffen und »mit durch die Gegend ziehen«, wie er es nannte?

Aber sie – die Frau, für die er mich verlassen hat – dürfte dabei gewesen sein.

Vielleicht ist er fremdgegangen, weil es sich anbot. Vielleicht, um mich zu bestrafen. Vielleicht, weil er sein Ding einfach nicht in der Hose behalten konnte.

Egal aus welchem Grund, es ist passiert. Und ich habe eine wertvolle Lektion gelernt: Fernbeziehungen funktionieren nicht.

»Ich freu mich total für dich. Soll ich uns heute Abend was kochen?«, frage ich.

»Wie du magst. Bist du noch bei mir zu Hause?« Als wir gestern Abend aus Norfolk zurückgekommen sind, bin ich mit bei Zach geblieben. Tatsächlich haben wir keine einzige Nacht getrennt verbracht, seit ich nach dem Schottland-Aufenthalt zum ersten Mal in seiner Wohnung war. Es fühlt sich nicht an, als wäre es zu viel oder ginge zu schnell – es fühlt sich genau richtig an.

»Nein, ich bin wieder in meiner Wohnung.«

»Nimm doch den Ersatzschlüssel unter dem Blumentopf auf der Vordertreppe, dann kommst du rein. Nutz eine Küche, die ein bisschen größer ist.«

Ich lache darüber, dass er *ein bisschen* sagt. Seine Küche ist ungefähr zehnmal so groß wie meine. Allerdings nicht so gut ausgestattet.

»Wann erfährst du das Ergebnis der Auktion?«, frage ich.

»Das kann wohl eine Woche oder so dauern.«

»Also noch vor Weihnachten«, sage ich. Bis dahin werden wir beide wissen, wie es für uns weitergeht. »Ich freue mich so für dich, Zach.«

Jemand ruft ihn. »Du, ich muss auflegen. Soll ich dich nachher abholen?«

Ich höre den Handy-Benachrichtigungston für eine eingehende E-Mail. Es könnte um den Start des Sales bei Selfridges gehen. Oder die Entscheidung sein, wie mein restliches Leben verlaufen wird. »Wir treffen uns um halb neun bei dir«, sage ich.

»Nimm den Schlüssel, falls du vor mir da bist.« Als er auflegt, setze ich mich auf der Stelle hin und lande genau vor dem aufgeklappten Laptop auf dem Sofa.

Die Mail ist nicht von Selfridges. Sondern vom Cordon Bleu.

Es ist so weit.

Ich doppelklicke auf die Mail und der Bruchteil der Sekunde, den mein Laptop braucht, um aus der Inaktivität zu erwachen, fühlt sich an wie fünf Monate. Innerhalb dieser kurzen Zeitspanne durchlebe ich noch mal die letzten fünf Monate in meinem Kopf. Wie Shane verkündet hat, dass es aus mit uns ist, wie ich auszog, viel weinte, mir einen Job suchte, einen fand, nicht verstand, warum zur Hölle ich auf der Arbeit nichts zu tun hatte. Und dann die Isle of Rùm und Zach.

In den vergangenen fünf Monaten ging es für mich von hoffnungslos und todunglücklich zu ermutigt und enthusiastisch. Auf diesem Gipfel würde ich gern ein bisschen verweilen – die Aussicht genießen und die frische Luft hier oben atmen, doch sobald ich die E-Mail lese, ist der Stillstand passé. Egal, wie die Antwort lautet, sie wird Freude *und* Traurigkeit mit sich bringen.

Ich hole tief Luft und sehe hin.

Ich erfasse nicht den ganzen Satz. Mein Blick bleibt an bestimmten Worten hängen:

Freuen.

Willkommen.

Paris.

Mir zittern die Hände, und es fällt mir schwer, mich zu konzentrieren, aber ich fange an, die E-Mail von Anfang an zu lesen, weil ich ganz sicher sein will.

Ich habe es mir nicht eingebildet. Sie bieten mir einen Platz, um das Grand Diplôme in Paris zu machen. Als Vollstipendiatin. Das Semester beginnt am 6. Januar.

Die wollen mich?

Januar.

Ich lese die E-Mail noch einmal von vorn, diesmal hoch-konzentriert. Nein, kein Fehler. Sie freuen sich, mir ein Voll-stipendium zu erteilen. Das Semester beginnt in vier Wochen.

Zach und ich werden das nicht überleben, aber damit *ich* überlebe, muss ich diese unfassbare Chance ergreifen.

Oder etwa nicht?

29. KAPITEL

ZACH

Während ich an der Haustür die Schuhe ausziehe, läuft mir beim Gedanken, dass ich Ellie *jetzt gleich* sehen werde, vor Aufregung ein Schauer über den Rücken. Nicht nur das – ich kann auch die guten Neuigkeiten über mein Buch mit ihr teilen. Es ist, als hätte sich mein Körper bis jetzt zurückgehalten, weil ich mich über alles, was mir Tolles passiert, nur mit ihr zusammen freuen kann. So als wäre sie ein Teil von mir geworden, und ich kann mir gar nicht mehr vorstellen, wie das Leben ohne sie war.

Als ich in die Küche komme, stellt sie gerade eine Flasche Champagner auf den Tresen.

»Findest du es nicht noch zu früh zum Feiern?«, frage ich sie.

»Niemals.« Etwas an ihrem Lächeln wirkt leicht verkrampft. Ein ungutes Gefühl keilt sich in meine Heiterkeit.

Aus dem Ofen duftet es herrlich – nach Knoblauch und noch etwas Leckerem. Bei ihr angelangt schlinge ich die Arme um sie und drücke ihr einen Kuss auf den Hals. Als sie gegen mich sinkt und den Kopf hebt, küsse ich sie auf den Mund.

»Ich habe Neuigkeiten«, sagt sie, woraufhin mir aus unerfindlichen Gründen der Magen durchsackt. Vielleicht liegt es an ihrem Tonfall oder daran, dass sie meinem Blick ausweicht.

Solange sie an meiner Seite ist, kann es nichts Schlimmes sein. »Gute Neuigkeiten, will ich hoffen.« Ich ziehe sie fest an mich.

»Ich habe Nachricht über eines der Stipendien fürs Cordon Bleu bekommen. Weißt du noch? Die, von denen ich dir erzählt hatte?«

Mit den Händen auf ihren Schultern halte ich sie auf Armeslänge von mir weg, um ihren Gesichtsausdruck zu sehen. Ist sie glücklich? Traurig? Hat sie es gekriegt? »Ellie, hör auf, mich hinzuhalten – hast du das Stipendium gekriegt?«

Ein zaghaftes Lächeln breitet sich auf ihrem Gesicht aus und sie nickt. »Ich habe es vorhin erst erfahren. Ich kann's immer noch nicht fassen.«

Ich hebe die Hände an ihre Wangen und drücke ihr einen Schmatzer auf den Mund. »Das ist großartig.« Ich muss ihre Signale wohl falsch gedeutet haben. Das sind unfassbar tolle Neuigkeiten.

»Aber nicht für London«, sagt sie, augenblicklich verschwindet ihr Lächeln und dieser Keil des Unbehagens dringt tiefer in mein Gemüt.

»Okay.« Ich zucke mit den Schultern. Das ändert nichts daran, dass ich mich unglaublich für sie freue. London wäre einfacher gewesen, aber nichts ist unmöglich. »Aber wo dann? In Wellington? Sydney?«

»Paris«, erwidert sie.

Mein Herz macht einen kleinen Hüpfer. »Das ist super. Paris ist nur eine Zugfahrt entfernt. Das ist jetzt egoistisch von mir, aber du wirst nur wenige Stunden entfernt sein.« Seufzend löst sie sich von mir. Meine leeren Arme bleiben einen Moment lang in der Luft, bevor ich sie herunternehme. »Du wirkst nicht sonderlich begeistert.«

»Doch, bin ich. Natürlich freue ich mich mega. Ich meine –

das Cordon Bleu in Paris? Das ist mehr, als ich mir erträumt hatte. Und dazu noch ein Vollstipendium? Das bedeutet, ich kann direkt in meine Zukunft starten.«

»Genau!«, sage ich in dem Versuch, ein bisschen mehr Begeisterung in ihr zu wecken. »Das sind tolle Neuigkeiten.« Ich streiche mit den Fingerknöcheln über ihre Wangen.

»Absolut. Und wir sollten feiern. Willst du die Flasche aufmachen?« Sie nickt zu dem Champagner. »Ich hole Gläser.«

Ich rühre mich nicht. Noch nicht. Ich will herausfinden, was sie bedrückt. »Ellie?«

Es ist schön, dass sie hier ist und weiß, wo alles steht. Ich habe noch nie mit einer Frau zusammengelebt. Ich konnte es mir überhaupt nicht vorstellen. Bis jetzt jedenfalls nicht. Ich warte ab, während sie zwei Gläser aus meinem Küchenschrank nimmt und sie auf den Tresen stellt.

Als ich nicht nach der Flasche greife, sieht sie mich an.

»Was ist los?«, frage ich. »Du wirkst nicht wie eine Frau, die gerade ein Stipendium für die Schule ihrer Träume in Paris bekommen hat.«

»Doch«, sagt sie und lächelt nichtssagend.

Ich fixiere sie mit einem Blick, der sagt: *Hör auf damit.*

»Es ist nur ... es ist ein großer Schritt.«

»Ja?«, frage ich. »Genau das willst du doch, oder?«

Sie seufzt. »Ich glaube schon. Schätze, ich habe bloß ein wenig kalte Füße. So eine große Veränderung – so eine große Entscheidung – hatte ich seit dem Abbruch meines Studiums nicht mehr. Und der hat sich nicht gerade als gut erwiesen.«

»Aber damals hast du deine Zukunft aufgegeben, um deinen Freund zu managen. Das hier ist was anderes. Hier geht es um dich.«

»Das meinten meine Eltern auch.«

»Du hast mit ihnen telefoniert? Das ist ja toll.« Der Anruf dürfte ihr nicht leichtgefallen sein. Es freut mich, dass sie wieder eine Beziehung zu ihnen aufbaut. »Was haben sie gesagt?«

»Sie haben sich für mich gefreut. Sehr sogar.«

»Und du weißt, dass sie nur das Beste für dich wollen.«

»Wohl schon«, sagt sie, eindeutig weiterhin unsicher. »Und es ist nicht so, als ob ich was anderes hier in London hätte, wenn ich es ausschlage?« Sie sieht mich an, als wollte sie meine Bestätigung.

»Wieso solltest du es ausschlagen?«

»Eben«, sagt sie.

»Du liebst kochen, Ellie«, erinnere ich sie.

»Stimmt, tue ich«, sagt sie seufzend. »Du hast recht. Es ist lächerlich, dass ich überhaupt überlege, es auszuschlagen. Es ist nur, weil ich weiß, wir zwei sind noch nicht lange … wir haben noch nicht lange was miteinander, aber … ich mag dich.«

»Und ich mag *dich*.« Ich trete auf sie zu, doch sie weicht zurück, als wäre sie noch nicht fertig und wollte nicht unterbrochen werden.

»Ich mag dich sogar *sehr*. Aber ich glaube, so eine Riesenchance kann ich mir nicht entgehen lassen.«

Sie tut gerade so, als könnten wir nicht zusammen sein, wenn sie das Stipendium annimmt, und das verwirrt mich ehrlich gesagt. »Das würde ich nie von dir verlangen.« Genauso wie Shane nie von ihr hätte verlangen sollen, das Studium aufzugeben.

»Okay«, sagt sie. »Aber wenn ich in Paris sein werde und du hier in London … Meiner Erfahrung nach funktionieren Fernbeziehungen nicht. Wenn man so lange voneinander getrennt ist, führt das tendenziell dazu, dass man … sich von anderen ablenken lässt.« Sie senkt den Blick.

So langsam ergibt sich ein Bild. Ihr Schmerz, ihre Enttäuschung, ihr fehlendes Selbstvertrauen lassen sich immer auf einen Menschen zurückführen: Shane.

Als ich mich ihr diesmal nähere und sie wieder zurückweicht, folge ich, setze sie auf den Tresen und stelle mich zwischen ihre Beine. »Wir reden hier doch nicht vom anderen Ende der Welt. Du wirst in Paris sein. Und wie lange geht die Ausbildung? Ein Jahr?«

Sie schließt die Augen, als wollte sie wegblinzeln, was ich sage.

»Es kann nicht funktionieren«, erklärt sie und es fühlt sich an wie ein Donnerschlag in meiner Brust.

»Doch, na klar.«

»Nein. Ich werde irre lange arbeiten. Wenn ich keine Kurse habe, werde ich üben wollen und Rezepte ausprobieren und meine Hausaufgaben machen. Du wirst im Krankenhaus arbeiten und außerdem Pressetermine haben. Dein zweites Buch schreibt sich auch nicht von selbst. Weder in deinem noch in meinem künftigen Leben ist Platz für eine Fernbeziehung.«

Wie sie die Gründe herunterrattert, warum es nicht mit uns klappen kann, verrät mir, dass sie sie sich schon vorher überlegt hat. Sie ist dieses Gespräch vorab schon im Kopf durchgegangen. Ich verstehe es nicht. Wieso hat sie nicht schon früher mit mir darüber geredet? Wieso hat sie all diese Gedanken und Gefühle für sich behalten? Wäre sie damit rausgerückt, hätten wir ein potenzielles Problem nach dem anderen durchgehen und uns Auswege und Lösungen überlegen können. So ist es, als würde sie mich mit einem ganzen Arsenal von Einwänden befeuern, ohne dass ich gewappnet bin. Ich bin unvorbereitet.

Ich trete einen Schritt nach hinten. »Was jetzt, war's das also? Wir werden es noch nicht einmal versuchen? Wir schütteln uns die Hand und sagen: Schön, dich gekannt zu haben?«

Sie drückt die Finger gegen die Stirn. »Ich fange im *Januar* an«, sagt sie, als würde das alles erklären. »In vier Wochen. Ich muss mir eine Wohnung suchen. Und mich vorbereiten.«

»Na, dann komme ich mit dir mit.«

»Du wirst über Weihnachten in Norfolk sein.«

»Dann fahren wir erst nach Norfolk und dann nach Paris. Oder wir fahren gleich diesen Donnerstag nach Paris, um eine Wohnung zu suchen. Dann kannst du noch vor den Feiertagen einiges regeln.«

Sie stöhnt und legt den Kopf in den Nacken. Ich trete wieder dicht vor sie und streiche ihre Oberschenkel hinauf. »Du wirst viel beschäftigt sein.«

»Und deshalb kann ich keine Beziehung haben?«, frage ich. Auf keinen Fall werde ich sie bitten, in London zu bleiben, gleichzeitig verstehe ich aber nicht, wieso sie unsere Beziehung beenden will, nur weil sie ein Jahr nach Paris geht. Wir sollten am gleichen Strang ziehen, gemeinsam dasselbe Ziel anstreben – zusammen zu sein. Aber gerade fühlt es sich an, als wären wir in gegnerischen Mannschaften.

»Du wirst jede Menge neue Leute kennenlernen.«

»Ich bin Arzt. Ich begegne ständig neuen Leuten. Mich interessiert niemand sonst. Du bist diejenige, die ich will.« Ich versuche, ihre Argumente zu entkräften, was sich jedoch so anfühlt, als wollte ich eine Steinmauer mit Wattestäbchen einschlagen.

Sie seufzt. »Das ist was anderes. Du wirst lauter schillernde Persönlichkeiten kennenlernen. PR-Leute. Außerdem wirst du auf Lesereise gehen und in Hotels übernachten, während ich im Ausland bin.«

»Du sagst Ausland – dabei es sind nur ein paar Stunden Zugfahrt.«

Sie seufzt. »Nein, sind es nicht. Wenn man noch die Wege

davor und danach einrechnet, ist es eine halbe Tagesreise. Außerdem reden wir von zwei Leben, die sich in entgegengesetzte Richtungen bewegen.«

»Nein, wir reden von zwei Leben, die gelebt werden, Ellie. Darum geht's hier.« Wir sind zwar erst frisch zusammen, doch es ist, als würden wir uns schon ein Leben lang kennen. Das spürt sie. Das spüre ich. Wir *wissen* es beide. Andernfalls würden wir diese Unterhaltung nicht führen. Wir würden einander den Erfolg gönnen, und wenn die Beziehung ein paar Monate nach ihrem Umzug auseinanderginge, wären wir vielleicht traurig, hätten aber vielleicht auch schon damit gerechnet. Einer von uns beiden muss den »Wir haben einander sehr gern«-Elefanten im Raum ansprechen. »Stimmt, wir werden ein Jahr lang in verschiedenen Städten leben. Aber ich hab dich gern. Sehr gern sogar. Und ich bin bereit, alles zu tun, damit es mit uns klappt. Willst du sagen, du nicht?«

Sie greift sich die Champagnerflasche und pult die Folie vom Korken. Ich nehme sie ihr ab. Sie lässt sie noch fallen oder verschüttet was von dem Zeug, dabei kann ich jetzt einen Drink gebrauchen. Während ich die Flasche entkorke, setzt sie drei- oder viermal zu einem neuen Satz an.

»Ich habe dich auch sehr gern, Zach.«

Ich versuche das Zucken meiner Mundwinkel zu ignorieren, als sie das sagt. Obwohl sie mir nichts erzählt, was ich nicht bereits weiß, fühlt es sich nach einem großen Geständnis an.

»Aber das reicht nicht«, fährt sie fort. »Ich dachte, ich würde Shane heiraten. Wir waren zehn Jahre zusammen und hatten ein gemeinsames Leben – ein gemeinsames Zuhause, gemeinsame Freunde, ein gemeinsames Bankkonto. Das hat ihn nicht davon abgehalten fremdzugehen.«

Ich gehe kurz in mich, bevor ich etwas erwidere. Ich habe keine Vorstellung, wie sehr eine zehnjährige Beziehung, die mit einer Affäre endet, jemandes Selbstvertrauen untergraben und zerstören kann. Shane hat schlimmere Narben hinterlassen, als ich je zuvor bei jemandem gesehen habe. »Wenn jemand fremdgehen will, dann tut er es auch. Ich will dich nicht betrügen. Und werde es auch nicht.«

»Aber die Distanz macht es einfacher«, sagt sie. »Das muss ich die ganze Zeit denken.« Sie presst sich die Handballen auf die Augen. »Wenn ich die Lügen und Täuschungen schon ein paar Jahre hinter mir gelassen hätte, würde ich vielleicht nicht jedes Mal, wenn du nach Paris kommst, überlegen, was du wohl die Woche über ohne mich getrieben hast. Aber derzeit könnte ich an nichts anderes denken. Ich will nicht, dass es mit uns so endet, dass ich nur noch paranoid bin und du genervt von meiner Fragerei. Das hier war bis jetzt *echt gut. Wir* waren echt gut. Das will ich nicht kaputtmachen.«

Ich schlucke und atme einmal tief durch, während ich zu verarbeiten versuche, was sie sagt. Es gibt eigentlich keine Erwiderung darauf. Sie will Schluss machen, solange es noch gut läuft – ehe wir überhaupt Gelegenheit haben herauszufinden, ob wir scheitern würden. Ich habe nichts zur Verteidigung vorzubringen – denn es gibt nichts, wogegen ich mich verteidigen müsste.

»Dann war's das also?«, frage ich.

»Wir können Freunde bleiben«, schlägt sie vor und sieht dabei aus, als bereite es ihr Schmerzen – dabei ist das alles komplett unnötig. Ich weiß nicht, was mich mehr frustriert, dass sie nicht an mich glaubt oder dass sie nicht mehr Vertrauen in uns hat.

»Ich bin nicht er«, sage ich.

»Ich weiß.« Sie zieht die Augenbrauen zusammen. »Du bist ein zehnmal besserer Mann als er.«

»Dann vertrau mir.«

Sie blickt einen Moment zu Boden, bevor sie mir in die Augen sieht.

»Es tut mir leid.«

»In zwölf Monaten bist du wieder hier in London. Und was dann? Ich swipe nach rechts, falls ich dich in einer App finde oder bitte dich um ein Date, wenn ich zufällig auf der Waterloo Bridge an dir vorbeilaufe? Vielleicht vögelst du dann irgendeinen blöden Franzosen mit einem Akzent und schlechtem Modegeschmack.«

Sie legt den Kopf schief, als wollte sie sagen: *Du klingst wie ein verzogener Teenager*, und dessen bin ich mir durchaus bewusst. Es kommt mir nur so komplett sinnbefreit vor. Die reinste Vergeudung von etwas, das verdammt toll hätte werden können.

»Ich sollte gehen«, sagt sie und rutscht dabei vom Tresen. »Im Ofen steht Honig-Knoblauch-Hähnchen. Es tut mir leid.«

Sie macht sich daran zu gehen, doch ich bin nicht bereit aufzugeben. Noch nicht. Ich brauche bloß Zeit. Zeit zum Nachdenken. Zeit mir ihr. Zeit, damit sie sieht, wer ich bin und wer wir zusammen sein können. Ich nehme ihre Hand. »Das hätte ich nicht sagen sollen. Ich bin bloß … enttäuscht. Du hast doch gesagt, wir können Freunde bleiben, nicht?«

Sie dreht sich um und verengt die Augen. »Ja.«

»Dann bleib.« Ich straffe die Schultern und mache mich gerade. »Lass uns essen. Lass uns anstoßen. Immerhin hast du Champagner besorgt.«

Wenn ich vorgeben muss, bloß mit ihr befreundet zu sein, um ein Teil ihres Lebens zu bleiben, dann mache ich das. Langsam, aber sicher wird sie erkennen, dass ich sie nicht betrügen werde. Ich werde keine andere kennenlernen. Ich bleibe, wo ich bin.

»Ist das eine gute Idee?«

»Ja«, sage ich. »Du hast doch schon gekocht. Da können wir auch zusammen essen. Ich würde den Abend zwar lieber im Bett mit dir beenden, aber wenn das heute nicht zu haben ist, gebe ich mich mit Honig-Knoblauch-Hähnchen und einer Unterhaltung zufrieden.«

30. KAPITEL

ZACH

Die Arbeit im Krankenhaus fühlt sich zäh an, seit der Roman fertig ist. Selbst wenn es nicht schon Angebote dafür gäbe beziehungsweise er nicht versteigert werden würde, hätte ich Mühe, meine Dienste hinter mich zu bringen, denn ich weiß, es gibt etwas, was ich mit Leidenschaft mache. Und das ist ganz sicher nicht hier sein.

Ich nicke einem Kollegen zu, als wir im Flur aneinander vorbeilaufen. Ich bin mit Dad zum Mittagessen verabredet. Wir können unmöglich in die Cafeteria gehen. Da würden uns zu viele Leute angaffen und ständig unterbrechen. Immer noch wollen alle ein Stück von ihm, dem Mythos, der Legende. Bevor er in den Ruhestand ging, konnte Dad es nie leiden, im Mittelpunkt des Interesses zu stehen. Jetzt mag er es erst recht nicht.

Mum und Dad kommen nicht mehr oft nach London, noch seltener kommt Dad allein her. Aber er hat mich heute Morgen angerufen und meinte, er habe *einen Termin*. Derart vage Aussagen bedeuten meist, dass er in Downing Street Nr. 10 ist. Selbst im Ruhestand kommt es manchmal auf seine Meinung an. Als die automatische Tür am Ausgang aufgleitet, sehe ich Dad auf dem Parkplatz stehen und mit dem Chefarzt der Allgemeinchirurgie sprechen.

Er sieht mich und winkt mir, bevor er sich von Giles verabschiedet.

»Du siehst müde aus«, sagt er.

Ich begrüße ihn mit einem Kuss auf die Wange und nicke in Richtung der Pret-A-Manger-Filiale. »Holen wir uns ein Sandwich. Wie kommt's, dass Mum nicht mitgekommen ist?«

Er lacht laut los. »Wann wäre deine Mutter mir je wie ein Hund gefolgt?«

»Schon klar, aber inzwischen seid ihr beide im Ruhestand. Ich dachte, ihr fahrt vielleicht gern zusammen im Zug her.«

»Mein lieber Junge, wir haben die letzten vierzig Jahre zugesehen, hier und da einen Moment Zeit füreinander zu finden. Fünf Jungs großziehen und im Schichtdienst arbeiten – wir waren dankbar für jede freie Sekunde. Seit dem Ruhestand sehen wir uns ständig. Ich will nicht sagen, das sei nicht schön – doch, durchaus. Ich bin oft stark versucht gewesen, alles hinzuschmeißen, nur um mehr Zeit mit deiner Mutter zu haben. Aber wir verbringen reichlich Zeit miteinander. Und überhaupt, sie hat nur darauf gewartet, dass ich heute aus dem Haus gehe, damit sie den Hund aussperren und den Quilt zusammenstecken kann, den sie für Nathan und Madison näht.«

»Welchen Quilt?« Ich kann mir nicht vorstellen, dass Nathan bei seiner megadurchdesignten Einrichtung eine Ausnahme für einen selbst genähten Quilt machen wird.

Er zuckt mit den Schultern. »Keine Ahnung. Ich dachte, du wüsstest es vielleicht. Scheint ein Riesenprojekt zu sein. Wie dem auch sei, ich bin in London. Sie ist in Norfolk. Ich werde gegen neun zu Hause sein. Als ihr Jungs klein wart, haben wir uns ungelogen manchmal wochenlang kaum gesehen. Wir wechselten uns als Kinderbetreuer und Ärzte ab. Ich glaube, gute fünf bis sieben Jahre meines Lebens habe ich deutlich mehr Zeit mit dem Postboten verbracht als mit meiner Frau.«

Ich lache. Ich kann nie so recht sagen, ob Dad eigentlich weiß, wie witzig er ist.

»Woher wusstest du, dass ihr das übersteht? Hast du je gezweifelt, ob ihr es schafft?«

»Wir liebten uns«, sagt er. »Wir wussten, dass wir zusammen sein wollten. Und dass wir Erfolg im Beruf haben wollten. Also arrangierten wir uns.«

Bei ihm klingt es ganz einfach. »War es am Anfang leichter? Ihr wart noch jung, als ihr euch kennengelernt habt. Da muss der Druck noch nicht so groß gewesen sein.«

»Nicht, dass ich wüsste. Ich erinnere mich, dass wir uns sogar schon im Studium mit unseren Terminkalendern hinsetzen und gemeinsame Zeit für uns blocken mussten. Als wir dann im Krankenhaus anfingen, wurde es natürlich noch schwieriger.«

»Dann wusstest du also von Anfang an, dass du für immer mit Mum zusammen sein möchtest.«

Als er mir einen Seitenblick zuwirft, kann ich ihm ansehen, dass er sich fragt, warum ich das so genau wissen will.

»Ich wusste, dass ich nie jemand Besseres als sie finden würde. Sie war schlauer als ich. Schneller. Und ... gesellig. Die Leute mochten sie. Ich war schon immer ein Knurrhahn, aber mit ihr zusammen ... war ich weniger schroff. Sie machte einen besseren Menschen aus mir.«

»Ich weiß nicht, ob ich den Roman vollendet hätte, wenn Ellie nicht gewesen wäre«, platze ich heraus. Es war mir bis jetzt nicht klar, aber ich glaube, mit ihr in Schottland zu sein – gab mir einen Ausblick, wie das Leben als Schriftsteller sein könnte. Und es gefiel mir. Mit ihr darin mag ich mein Leben.

»Sie scheint ein nettes Mädchen zu sein«, sagt er. »Frau«, korrigiert er sich und dafür liebe ich ihn einfach.

»Sie hat mich abserviert.«

»Oh«, macht er. »Was hast du angestellt?«

»Sie geht ab Januar ans Cordon Bleu in Paris. Ich muss in London bleiben, weil ich weiterhin von montags bis mittwochs arbeite. Dazu noch der ganze Aufstand mit dem Buch.«

»Nichts davon scheint unabänderlich. Ich nehme doch an, du wirst die Medizin irgendwann komplett aufgeben.«

»Meine Agentin will, dass ich vorerst noch weiterarbeite. Sie meint, der Verlag wird meine Glaubwürdigkeit als Arzt für die Vermarktung des Buchs nutzen wollen. Es ist mein Debütroman. Ich will, dass er Erfolg hat, und wenn ich dazu noch länger als Arzt arbeiten muss, dann ist es eben so.«

»Klingt nach einem vernünftigen Plan. Du warst sowieso schon immer der vernünftigste von meinen Söhnen.«

Ich stöhne. Wenn vernünftig sein bedeutet, Ellie zu verlieren, weiß ich nicht, ob das der beste Weg ist. »Ellie will keine Fernbeziehung«, erzähle ich ihm. Ich rede sonst nie mit meinen Eltern über Beziehungsdinge. Nicht, dass es da in letzter Zeit viel zu erzählen gegeben hätte. Aber ich kann nicht *nicht* über Ellie reden. Ich denke pausenlos an sie. Zu einer Beziehung mit mir kann ich sie nicht zwingen, aber ich möchte ihr zeigen, dass es durchaus möglich ist, zusammen zu sein. Ich hoffe, unser Ausflug nach Paris Ende der Woche, um ihr eine Wohnung zu suchen, wird ihr helfen zu erkennen, dass die Entfernung gar nicht so groß ist.

»Hmmm«, macht Dad, als ich die Tür zum Pret aufhalte. Er geht hinein und wir schauen bei den Kühlregalen, was wir zu essen nehmen. »Sie muss es auch wollen«, sagt er aus heiterem Himmel.

Natürlich hat er recht. Aber ich bin sicher, dass sie sich getrennt hat, lag nicht an uns, sondern nur daran, wie die Beziehung mit ihrem Ex geendet hat.

»Sie hat Angst, verletzt zu werden. Sie hat schon mal schlechte Erfahrungen mit einer Fernbeziehung gemacht.«

Er nimmt mir mein Eier-Sandwich aus der Hand und geht zum Tresen. Ich trotte ihm hinterher wie ein Kind, dem sein Dad ein Sandwich kauft.

»Ich kann auch zahlen, Dad«, sage ich und greife dabei nach unseren Sandwiches, doch er schiebt meine Hand weg und gibt die Packungen dem Typen an der Kasse, der eine Italien-Flagge auf seinem Namensschild hat, aber daneben keinen Namen.

Dad bezahlt und wir setzen uns ans Fenster.

»Es muss mit Mum doch einen Zeitpunkt gegeben haben, wo du dachtest: Sie ist was Besonderes, sie ist diejenige, mit der du es versuchen willst.« Ellie hat recht – unsere Beziehung geht erst ein paar Wochen –, aber es gibt nichts daran, was mich stört. Ich möchte nur mit ihr zusammen sein.

Er packt sein Sandwich aus. »Es war nicht so, als hätte es in meinem Kopf geklingelt und ich daraufhin gewusst, dass sie die eine ist, die ich heiraten will. Es gab nur nie einen Moment, in dem ich es nicht mit ihr versuchen wollte.«

So war es auch mit Ellie. Nicht von Anfang an – vor Schottland noch nicht. Als sie in der Wimpole Street in meinem Vorzimmer saß, fand ich sie attraktiv, aber seit Rùm sehne ich mich nach ihr in meinem Leben. »Und du wusstest, dass das auf Gegenseitigkeit beruht? Bei Mum und dir?«

»Ich wüsste nicht mehr, dass wir uns darüber unterhalten hätten. Aber sie war genauso hinterher, mich zu treffen, wie ich sie.«

»Und wann wurde dir klar, dass du sie heiraten willst?«

Dad schaut hoch und sieht mir in die Augen. »Wirst du Ellie heiraten?« Er fixiert mich mit seinem Blick.

»Darüber habe ich eigentlich noch nicht nachgedacht. Womit ich nicht sagen will, dass ich sie *nicht* heiraten werde. Wäre das denn so schrecklich?«

Er schüttelt den Kopf und legt sein Sandwich hin. »Deine Mutter aber auch. Sie liegt in solchen Dingen verflucht noch mal immer richtig.«

»Mum denkt, ich werde Ellie heiraten.«

Er zuckt mit den Schultern. »Yep. Und ich meinte noch, ihr kennt euch doch noch gar nicht lange.«

»Ich plane keinen Heiratsantrag oder so. Noch nicht.« Wir sind noch nicht besonders lange zusammen, bloß wie lange ist lang genug? »Aber ausschließen möchte ich es auch nicht.« Ellie ist die erste Frau seit Langem ... vielleicht die erste überhaupt, für die ich mir Zeit nehmen will, von der ich ungern getrennt bin, die ich mich jedes einzelne Mal zu sehen freue. Aber wir sind gerade mal etwas mehr als einen Monat zusammen. »Wie lange hast du gebraucht, um zu wissen, dass du Mum heiraten willst?«

Diesmal ist es an ihm, kurz zu überlegen, ehe er antwortet. »Da gibt es keinen festen Zeitraum. Es ist nicht so, als würde man ein Jahr abwarten und wüsste es dann. Du wirst es wissen, wenn es passt. Das sagt einem das Bauchgefühl.«

Mein Bauchgefühl sagt mir, dass wir eine zwölfmonatige Fernbeziehung überstehen werden.

Mein Bauchgefühl sagt mir, dass ich noch nie mit jemandem wie ihr zusammen war.

Mein Bauchgefühl sagt mir, dass Ellie *die Eine* für mich ist.

Aber wenn sie nicht genauso empfindet, kann ich nichts erzwingen.

»Ich fand, deine Mutter und ich waren immer auf Augenhöhe. Es gab Phasen, da hat sie viel gearbeitet oder ich steckte tief in einem Forschungsprojekt, aber das glich sich unterm Strich aus. Es ist nicht so, als würde einer von uns für den anderen sorgen – oder vielleicht sorgen wir gleichberechtigt füreinander. Weder sie noch ich fanden die eigene Karriere wichtiger als die des anderen. Wir waren und sind ein Team. Darauf kommt es an.«

»Ich finde mein Schreiben nicht wichtiger als Ellies Kochen.«

»Vielleicht hat sie Sorge, dass *sie* anfangen würde, dein Schreiben über das Kochen zu stellen.«

Das ist es.

Alle Puzzleteile fügen sich zusammen. Wie man es auch dreht und wendet, die Antwort bleibt gleich: Ellie misstraut nicht mir. Sondern sich selbst.

Das ergibt mehr Sinn als ihre Angst, ich könnte sie betrügen – auch wenn die sicherlich auch vorhanden ist. Aber vor allem hat sie die Sorge, dass sie sich wieder in einer Beziehung selbst verlieren könnte. Sie will sich nicht für jemand anderen aufopfern. Nicht noch einmal.

Jetzt verstehe ich, aber ändert das irgendetwas? Wie kann ich sie dazu bringen, sich selbst zu vertrauen?

Die Antwort ist offensichtlich: Ich kann es nicht. Meine einzigen zwei Möglichkeiten sind, mich zurückzunehmen und ihr ein Freund zu sein, bis sie von selbst lernt, auf sich zu vertrauen, oder den Kontakt zu ihr ganz abzubrechen und zu hoffen, dass sie irgendwann zu mir zurückkommt.

Keine der beiden Optionen gefällt mir.

31. KAPITEL

ELLIE

Das Taxi hält im fünfzehnten Arrondissement vor einem modernen sechsstöckigen Haus, das zwanzig Minuten Fußweg vom Cordon-Bleu-Institut entfernt ist. Nachdem ich darauf bestanden habe, das Taxi selbst zu bezahlen, steigen Zach und ich aus und bleiben stehen, um das Gebäude zu betrachten. Seiner Form und der Größe der Fenster nach soll es sich offensichtlich in die Architektur der Umgebung einfügen. Doch das gelingt nicht.

»Es sieht aus wie ein Hostel«, meint Zach.

Ich weiß, ich hätte standhaft bleiben und Zach sagen sollen, dass er nicht mit auf Wohnungssuche nach Paris kommen kann, aber er war so voller Enthusiasmus. Obwohl ich weiß, dass es keine gute Idee war, schätze ich seine Meinung und genieße seine Gesellschaft. Ich möchte das hier wirklich ungern allein machen.

»Es ist moderner als die anderen, die ich mir ansehe«, sage ich. »Ein Kontrast tut mal ganz gut. Außerdem ist es von hier nicht weit zum Institut.«

»Aber zum Gare du Nord«, gibt er zurück.

Ich lasse es bleiben, ihn daran zu erinnern, dass ich nicht zwischen London und meiner Wohnung pendeln werde, sondern zwischen der Wohnung und dem Institut.

»Schätze, das macht nichts«, sagt er. »Die Fahrt von St Pancras nach Paris dauert eh nicht lang.« Subtil ist Zach nicht. Was Körperkontakt angeht, achtet er sehr darauf, die Grenze zwischen Freundschaft und Partnerschaft einzuhalten, aber er hat uns ganz eindeutig noch nicht aufgegeben. Obwohl ich ihm keine falschen Hoffnungen machen will, ist es irgendwie schön, noch ein Weilchen so zu tun, als könnte es weitergehen, auch wenn ich weiß, dass es nicht so ist. »Nur dreiundzwanzig Minuten länger als nach Manchester«, sagt er, als würde er mit niemand Bestimmten reden.

Ehrlich gesagt bin ich erstaunt. Ich hatte angenommen, wenn ich ihm sage, dass ich ein Jahr nach Paris gehe, wäre er auch der Meinung, dass wir getrennte Wege gehen sollten. Unsere Beziehung ist so frisch, dass es viel leichter wäre, in weiser Voraussicht jetzt Schluss zu machen, als zu versuchen, irgendetwas zu erzwingen. Er war einverstanden, nur Freunde zu bleiben, aber man braucht kein Genie zu sein, um zu merken, dass er mehr will.

»An einem Tag hin und zurück reisen ist ein ziemlicher Ritt.«

»Wenn man übers Wochenende bleibt, aber nicht«, sagt er.

Ein Mann in Jeans und Hemd ohne Krawatte kommt auf uns zu. Seine Haare sind noch zerzauster als Zachs und er trägt mindestens einen Sieben-Tage-Bart. »Ellie?«, ruft er.

»Jean-Luc?«

»*Oui, oui.*«

Wir geben uns die Hand. Ich stelle ihm Zach vor, und dieser überragt ihn um fast einen Kopf, als sie sich die Hände schütteln. »Sollen wir?«, fragt er.

Die Wohnung liegt im Erdgeschoss und ist ein bisschen dunkel. Das Schlafzimmer ist so klein, dass das Doppelbett an der Wand steht, und die Küche besteht nur aus zwei Schränken und einem Herd. Die Vorhänge haben einen Blauton, wie man ihn aus Krankenhäusern kennt, und es gibt ein rotes Zweisitzersofa. Die Wohnung ist weder bezaubernd noch groß, und fühlt sich definitiv nicht *pariserisch* an – was auch immer das heißen soll. Aber sie ist sauber, modern und voll möbliert. »Sie wäre ab 1. Januar frei?«

»Ab sofort, aber ja, der Vermieter wäre mit dem 1. Januar einverstanden.«

Da es nicht viel zu sehen gibt, sind wir schnell mit dem Rundgang durch. Jean-Luc hält sich nicht damit auf, mir die Wohnung zu verkaufen. Er weiß vermutlich, dass sie schnell weg sein wird. »Rufen Sie mich an, Ellie«, sagt er und lässt dabei den Schlüsselbund um den Zeigefinger kreisen.

»Danke«, rufe ich ihm nach.

»Und du hast dir Sorgen gemacht, ich könnte dich betrügen? Dabei wirst du hier in Paris sein, mit diesen ganzen ... Pariser Männern.«

»Worüber du dir gar keine Gedanken zu machen brauchst«, erinnere ich ihn, »schließlich sind wir gar nicht mehr zusammen.«

»Ach stimmt«, sagt er tonlos. »Wohin geht's als Nächstes?«

»Der nächste Besichtigungstermin ist in knapp einer halben Stunde. Östlich von hier, es sind nur zehn Minuten Fußweg.«

»Führ mich hin«, sagt er.

Ich rufe Google Maps auf und wir überqueren in Richtung der nächsten Wohnung die Straße. »Wie fandest du die eben?«, frage ich.

»Das möchtest du gar nicht wissen«, erwidert er.

»Bist du nicht als Entscheidungshilfe mitgekommen?«, sage ich.

»Nein, als Freund, um dir Gesellschaft zu leisten. Mehr nicht. Ich möchte nicht vorgeworfen bekommen, dass ... Ich will bloß dabei sein.«

»Was vorgeworfen bekommen?«

Er schiebt die Hände in die Hosentaschen. »Du sollst nicht denken, ich würde mir Gedanken machen, wie komfortabel es für … uns beide wäre. Egal, für welche Wohnung du dich entscheidest, du musst dich darin wohlfühlen, nicht ich. Ich akzeptiere deine Entscheidung, Schluss zu machen.«

Ich bleibe stehen und sehe ihn an. »Tatsächlich?«

»Du hast gesagt, du willst es so, also muss ich. Was bedeutet, ich werde mich nicht zu den Wohnungen äußern, ich mag nämlich keine von ihnen.«

Ein vertrautes Schuldgefühl meldet sich in meinem Bauch und ich senke seufzend den Kopf. »Ich weiß. Du willst überhaupt nicht, dass ich hierherziehe.«

Er legt die Hände an meine Wangen und drückt sanft meinen Kopf nach hinten, damit ich ihm in die Augen sehe.

»Selbstverständlich sollst du hierherziehen. Ein Stipendium für ein Jahr am Cordon Bleu ist die Erfüllung all deiner Träume. Ich weiß nicht, ob es dir klar ist, aber was *du* dir für dich erträumst, erträume *ich* mir auch für dich.« Als er schluckt, senke ich den Blick, um zu beobachten, wie sein Adamsapfel auf und ab hüpft. Das meint er doch nicht ernst, oder? Falls er nur so tut, ist er echt gut darin. »Ich find's nur schade, dass ich nicht jedes Wochenende hier bei dir sein werde.«

Seine Worte rühren mich irgendwie. Dass ich das Stipendium bekommen habe, kann ich nicht bereuen, dass ich Zach verlassen muss, aber schon.

Er lässt mich los und wir spazieren weiter.

»Aber du hast schon recht«, fährt er fort. »Ich könnte nicht *jedes* Wochenende herkommen. Manchmal hätte ich Dienst. Manchmal würde ich Schreiben oder Pressetermine wahrnehmen. Wenn ich nicht im Krankenhaus arbeiten würde, sähe die Sache anders aus«, sagt Zach. »Dann würde ich mit dir nach Paris ziehen.«

Ich muss lachen. »Ach ja?«

»Wieso nicht?«

»Keine Ahnung, vielleicht, weil wir uns erst fünf Minuten kennen?«

»Das stimmt nicht. Wir haben vor Schottland – wie lange zusammengearbeitet, einen Monat? Dann haben wir fast eine Woche zusammengewohnt. Und seitdem sind … wie viele Wochen vergangen? Drei?«

»Ganz genau. Insgesamt ein Monat.«

»Muss denn erst ein bestimmter Zeitraum vergehen, bevor man weiß, dass es einem ernst mit jemandem ist?«, fragt er. Sein Tonfall ist nicht scherzhaft, eher interessiert und neugierig.

»Natürlich nicht …« Ich habe nicht viele Vergleichsmöglichkeiten für meine Beziehung mit Zach. »Aber ein Monat ist zu wenig Zeit, um gleich sein Leben für jemand anderen auf Eis zu legen.«

»Stimmt, aber wir reden hier auch nicht davon, unser Leben auf Eis zu legen.«

Ich weiß, was er sagt, klingt logisch. Wirklich. Er will mit mir zusammenbleiben und sehen, was daraus wird. Sollte die Fernbeziehung nicht funktionieren, dann funktioniert sie eben nicht.

Aber so einfach ist das nicht.

Ich *weiß*, dass sie nicht funktionieren wird, und werde, solange wir zusammen sind, die ganze Zeit mit dem Ende rechnen.

So kann ich nicht leben.

32. KAPITEL

ZACH

In London wundert sich selten irgendwer über irgendwas. Hier ist Platz für alles und jeden. Trotzdem ernte ich mehr Blicke als erwartet, als ich zu Mrs Fletchers Büro in der Lower Regent Street mit der Flasche Champagner in der Hand gehe, die sie mich gebeten hat, zu unserem Termin mitzubringen.

Eine Gruppe Frauen mit Plastik-Diademen hat sich am Eros-Brunnen versammelt, und ich kann sehen, wie sie auf mich zeigen und flüstern. »Suchst du jemanden, mit dem du den Schampus teilen willst?«, ruft eine von ihnen.

»Kriegt meine Freundin ein Küsschen? Sie heiratet nächste Woche.«

Ich habe nicht etwa vor, eine Fremde zu küssen, aber mit einem Mal kommt mir die Vorstellung, jemals wieder jemand anderes als Ellie zu küssen, total absurd vor.

»Viel Spaß heute Abend, Mädels«, sage ich, als ich lächelnd und mir mit zwei Fingern an die Stirn tippend an ihnen vorbeigehe.

Ich biege nach links in die Lobby von Mrs Fletchers Büro ein. Sie hat mich angewiesen, um Punkt 15:45 Uhr mit einer gekühlten Flasche Champagner zu erscheinen. Ich sehe auf meinem Handy nach der Uhrzeit. So weit, so gut. Ich habe noch fünf Minuten.

Ich melde mich am Empfang an und steuere dann auf die

Treppe zu, um in den dritten Stock zu gehen. Als ich mir den Champagner unter den Arm klemme, entscheide ich mich um. Dieser Weg sollte mit dem Fahrstuhl zurückgelegt werden, sonst habe ich den Champagner am Ende noch überall.

Als mich Mrs Fletcher an der Tür von *Fletcher and Associates* begrüßt, ist es genau 15:45 Uhr.

»Pünktlich auf die Minute«, sagt sie. Mit einer einladenden Armbewegung bedeutet sie mir, hereinzukommen. »Um vier endet die Auktion. Mal sehen, wo wir stehen.«

»Ich habe verpasst nachzufragen, was genau eigentlich eine Round-Robin-Auktion ist.«

»Tja, damit ging es anfangs los. Jetzt holen wir endgültige Angebote ein, weil alles zu lange gedauert hat.« Ihr Büro geht zum Piccadilly Circus hinaus und ist verglichen mit dem hektischen Treiben unten beinahe ruhig. »Setzen Sie sich. Lassen wir den Champagner noch die Viertelstunde stehen. Eventuell habe ich auch schon welchen kalt gestellt.«

»Meinen Sie mit ›Es hat zu lange gedauert‹, dass die Angebote nur zögerlich kamen?«, frage ich und setze mich auf einen camelfarbenen Sessel im genau gleichen Farbton wie Mrs Fletchers Rollkragenpullover und Rock. Ich schaue nach unten. Selbst der Teppichboden ist camelfarben.

»Bei *WHI Books* haben sie ein langes, umständliches Genehmigungsverfahren, bevor sie Angebote abgeben, das war mühsam. Ich glaube, bei denen braucht es zwei Vorstandssitzungen, um etwas absegnen zu lassen. Wir haben es jetzt so gemacht, dass sie sich reiflich überlegen können, was das Manuskript ihnen wert ist, und ihr bestes Angebot abgeben. Letztlich war es so am besten.«

»Dann ist *WHI* also einer der Bieter. Und die anderen?«

»Das Thriller- und Krimi-Imprint von *Collins and Simons*. Und *RedPrint*.«

»Und wer das höchste Gebot abgibt, hat gewonnen«, sage ich tonlos.

»Das hängt von Ihnen ab«, erwidert Mrs Fletcher. »Sie werden Topangebote von drei der größten Verlage haben. Sie können eines davon annehmen oder gar keins. Im nächsten Schritt würde ich vorschlagen, Sie treffen sich mit deren Redaktionsteams. Finden heraus, ob der Lektor oder die Lektorin Ihre Vorstellungen über den Roman teilt. Sie können auch mit den Marketingabteilungen sprechen. Danach entscheiden Sie sich für das Angebot, mit dem Sie sich am wohlsten fühlen, oder aber Sie lehnen alle ab.«

»Und was dann?«

Sie lacht. »Sie verbrennen alles und können bei Dinnerpartys künftig immer eine tolle Geschichte zum Besten geben. Oder Sie entscheiden sich für Self-Publishing.« Sie zuckt mit den Schultern. »Es liegt ganz bei Ihnen. Ich möchte Ihnen nicht den Eindruck vermitteln, Sie müssten irgendein bestimmtes Angebot annehmen. Ihr Bauchgefühl wird Ihnen schon sagen, was sich richtig anfühlt.«

Ständig bekomme ich gesagt, ich solle auf mein Bauchgefühl hören, dabei habe ich mich immer schon von Logik und Wissenschaft leiten lassen. Ich entscheide anhand von Zahlen und Fakten. So wird es Naturwissenschaftlern beigebracht.

»Keine Ahnung, was mein Bauch dazu sagen wird.«

»Sie werden es wissen, lassen Sie sich das gesagt sein.«

Ehe ich widersprechen kann, geht die Glastür von Mrs Fletchers Büro auf und eine Frau schiebt einen Rollwagen herein, auf dem zwei Gläser und ein Eiskühler mit einer Flasche Champagner stehen.

»Vielen Dank, Bridget«, sagt Mrs Fletcher und blickt zur Uhr an der camelfarbenen Wand. »Die Angebote von *RedPrint* und *Collins and Simon* liegen uns vor, aber wir warten noch auf das von *WHI*.« Sie schaut auf ihren Computerbildschirm und verdreht die Augen. »Nope. Sie warten bis zur letzten Minute.«

Mit den Händen hinter dem Rücken steht Bridget hinter mir an der Wand wie ein Soldat, der auf Befehle wartet.

Mrs Fletcher hat ihr Handy auf dem Schreibtisch liegen, und als es losklingelt, verdreht sie erneut die Augen. »Wie die überhaupt irgendwas gebacken kriegen, ist mir ein Rätsel.«

»Fletcher«, meldet sie sich. »Ja. Nein, ich habe nichts bekommen. Ja, ich habe aktualisiert.« Sie klickt ein paarmal auf ihre Maus. »In Papierform wäre es auch gegangen. Ja.« Sie klickt weiter auf ihre Maus, während sie mit angewidertem Gesicht der Person am anderen Ende der Leitung zuhört. »Da ist es«, sagt sie. »Ja, ich kann es öffnen. Sehr gut. Ich melde mich.«

Ohne sich zu verabschieden, nimmt sie das Handy vom Ohr und legt auf. »*WHI* haben es gerade noch rechtzeitig geschafft. Wenn sie zu spät dran gewesen wären, hätten wir sie natürlich trotzdem berücksichtigt, aber es kann nie schaden, sie ein bisschen ins Schwitzen zu bringen.«

Diese Frau ist der absolute Hammer.

Als sie sich auf ihrem Stuhl zurücklehnt und grinst, steigt die Aufregung in mir. »Also, Dr. Cove, Sie haben drei Angebote im mittleren sechsstelligen Bereich für die ersten beiden Butler-Romane. Egal, welches Sie annehmen, es macht Sie zur nächsten großen Neuentdeckung der Krimiwelt.«

33. KAPITEL

ZACH

Offenbar feiern Freunde Weihnachten nicht bei den Familien des anderen. Sagt Ellie jedenfalls. Ich hatte vorgeschlagen, dass wir die Feiertage zusammen in London verbringen, aber das tun Freunde offenbar auch nicht. Sie entfernt sich von mir und ich kann nichts dagegen tun. Dabei vermisse ich sie schon jetzt.

Stattdessen befinde ich mich nun mit zwei meiner vier Brüder in Norfolk und überlege, ob es in Ordnung ist, sich schon so früh an Heiligabend Brandy in den Kaffee zu kippen, während Vincent, der unerklärlicherweise *schon wieder* zu Besuch ist, auf seinem Laptop herumtippt.

»Dr. Perfect«, sagt Beau, als er in die Küche kommt. »Wie läuft's? Wie ich höre, reicht es dir nicht, der beste Arzt des Landes zu sein – petz Jacob ja nicht, dass ich das gesagt habe –, sondern offenbarst jetzt auch noch dein Multitalent und wirst ein berühmter Autor.«

»Ist der mit uns verwandt?«, fragt Vincent mich brummend.

Ich weiß nicht recht, warum Vincent über Weihnachten hier ist. Er kommt ein paarmal im Jahr nach Großbritannien, aber sonst treffe ich ihn immer nur in London. Doch die letzten beiden Male ist er hierher nach Norfolk gekommen. Als ich ihn deswegen gefragt habe, hat er irgendwas von wegen Steuerangelegenheiten gemurmelt. Nun sitzt er jedenfalls vor dem aufgeklappten Laptop am Tisch, während die anderen in der Küche ein- und ausgehen.

»Ich kann nur beten, dass es nicht so ist. Sie müssen ihn als Baby im Krankenhaus vertauscht haben.«

»Du kannst mir nicht die Laune verderben, Vincent«, sagt Beau.

»Ich bin tagtäglich von Amerikanern umgeben«, erwidert Vincent. »Und keiner von denen ist so fröhlich wie du.«

»Auf der Arbeit bin ich anders. Da du *nichts* anderes machst als arbeiten, bist du es nicht gewohnt, Leute in ihrer Freizeit zu erleben.« Beau ist zwar nervig, hat aber nicht unrecht. Seit seiner Ankunft hier lässt Vincents Arbeitsmoral den Rest von uns wie Faulpelze wirken.

»Was ist denn derart wichtig, dass du noch an Heiligabend arbeiten musst?«, frage ich. Jacob hat Dienst im Krankenhaus, denn natürlich ist die Gesundheit anderer Menschen die einzige berechtigte Ausnahme. In unserer Kindheit gab es selten ein Weihnachtsessen, bei dem beide Eltern da waren. Aber das konnten wir verstehen – sie retteten anderen Menschen das Leben.

Vincent verdreht die Augen. »Typisch Arzt, der denkt, kein anderer Job sei so wichtig wie seiner.«

»Ach ja?«, sage ich. »Ich meine, ich mag meinen Beruf nicht, aber muss schon zugeben, dass es wertvolle Arbeit ist.«

»Wertvoller als die der Leute, die einmal die Woche den Abfall vom Straßenrand abholen?«

Beau stöhnt. »Frag doch einfach direkt, ob Ärzte wichtiger sind als Müllmänner.«

»Sexist«, werfe ich ein.

»Müllmänner und *-frauen*«, berichtigt er sich.

»Es geht nicht darum, wer wichtiger ist«, sage ich. »Nur wurden die einen ausgebildet, Leben zu retten, die anderen nicht.«

»Was nicht heißt, sie wären für eine funktionierende Gesellschaft nicht wichtig. Wir brauchen Wissenschaftler, die die Medikamente entwickeln, die ihr verabreicht. Wir brauchen die Pharmaunternehmen, die diese Medikamente herstellen. Wir brauchen Lkw-Fahrer, die die Medikamente den Krankenhäusern liefern.«

»Aber alle diese Menschen haben an Feiertagen frei, und in ihren Berufen ist Zeit kein so kritischer Faktor wie dann, wenn ein Arzt ein Leben retten muss. Und überhaupt, du hast keinen dieser Berufe.«

»Nein, aber ich bin derjenige, der in die Start-ups investiert, die Technologien erfinden, die es dem Wissenschaftler ermöglichen, Medikamente herzustellen, beziehungsweise Software, die Speditionen anwenden, um sicherzustellen, dass Lieferungen zeit- und kostengerecht zugestellt werden. Und jetzt, wo ich so darüber nachdenke, fällt mir ein, dass ich auch Anteilseigner an Laboren bin, die Medikamente entwickeln und –«

»Wir haben's kapiert«, sagt Beau. »Wenn es dich nicht gäbe, würde die Gesellschaft zusammenbrechen.«

»Nicht unbedingt zusammenbrechen.« Seine Mundwinkel gehen nach oben. »Vielleicht ein wenig ins Wanken geraten.«

Beau fängt meinen Blick auf und nickt in Richtung Vincent, wie um zu sagen: *Ist der nicht arrogant?*

Die Antwort lautet Ja. Aber er ist ein Selfmade-Milliardär, der aus dem Medizinstudium geext wurde, weil er vollauf damit beschäftigt war, seine erste Milliarde zu scheffeln, und deshalb seine Klausuren nicht bestanden hat. So was führt selbst ohne die Cove-Gene zu Arroganz. Die liegt uns im Blut – andernfalls könnte keiner von uns als Arzt praktizieren.

»Falls es mit dem Buch nicht klappt, kann ich dann einen Job bei dir kriegen?«, frage ich ihn. »Ich will nicht wieder zurück zur Medizin«, sage ich und beiße dann von meinem Käse-Gurken-Sandwich ab. Wenn Ellie es zubereitet hätte, hätte sie noch Kräuter oder irgendeine Gewürzmischung daraufgegeben, die es auf Restaurantniveau gehoben hätte. Auch mein Magen vermisst sie.

»Echt?«, fragt Beau. »Nicht mal, wenn es mit der Schriftstellerkarriere nicht klappt?«

»Ist das etwa eine Neuigkeit für dich?«, frage ich. Unsere Familie ist nicht gerade gut darin, Geheimnisse zu wahren. Nie im Leben wissen nicht längst alle Bescheid, dass ich nie Freude an meiner Arbeit hatte.

»Du würdest also lieber irgendeinen Bürojob machen als Arzt zu sein?«, fragt er.

»Nein, ich wäre lieber Autor als Arzt«, erwidere ich.

»Ich dachte, dein Buch wird veröffentlicht?«, fragt Vincent.

Ich stöhne. »Es kommt erst in zwei Jahren raus. Oder jedenfalls erst in achtzehn Monaten.« Nicht, dass ich erwartet hätte, es würde sofort erscheinen, aber als es hieß, sie wollen es im Herbst nächsten Jahres herausbringen, konnte ich mir nicht vorstellen, was sie bis dahin wohl alles machen, das so lange dauern soll.

»Dann wirst du die nächsten achtzehn Monate bloß Däumchen drehen?«, fragt Beau, woraufhin er sich rasch vorbeugt, sich eine Hälfte meines Sandwichs schnappt, davon abbeißt und sie dann wieder auf meinen Teller legt.

Ich schubse ihn weg. »Nicht wirklich. Sie wollen, dass ich einen zweiten Teil schreibe.« Ich versuche, den in mir aufkommenden Stolz zu unterdrücken. Es fühlt sich immer noch nicht ganz richtig an, dass ich den Beruf wechsle. Es ist, als hätte ich mir eine neue Matratze gekauft, von der ich weiß, sie wird irgendwann bequem sein, nur muss ich mich erst mal daran gewöhnen.

»Hoffe mal, die bezahlen dich dafür.«

»Ja«, sage ich. »Ich habe einen Vertrag über zwei Bücher.« Bevor Ellie mit dem Rock um die Ohren in meinem Büro auftauchte, hatte ich nur hier und da einzelne Kapitel runtergeschrieben. Sie war bei mir während des ganzen Prozesses, mein Buch auszuarbeiten und einen neuen Berufsweg einzuschlagen, auch wenn sie es anfangs gar nicht wusste. Es fühlt sich komisch an, ein neues Projekt, ohne sie an meiner Seite anzugehen. Nichts wünsche ich mir sehnlicher, als ein paar Wochen mit Ellie auf Rùm eingeschneit zu sein.

»Warum fragst du mich dann nach einem Job? Klingt, als hättest du's geschafft.«

»Es gibt keine Sicherheiten. Man kann nie wissen, wann es aus dem Ruder läuft.« Es gab keine Warnsignale, dass Ellie Schluss machen würde. Das mit uns war besser als alles, was ich je zuvor hatte. Und trotzdem ist sie gegangen.

»Das ist mal eine positive Einstellung«, befindet Beau.

»Je größer das Risiko, desto größer die Belohnung«, meint Vincent. »Das gilt bei Investments und generell im Leben. Stimmt schon, das mit dem Schreiben ist ein Risiko. Aber zur Belohnung kannst du deine Tage mit etwas zubringen, was du wirklich magst. Außerdem wirst du reich und berühmt.«

»Aufs Berühmtsein verzichte ich, wenn's okay ist.«

»Gibt es denn richtig berühmte Autoren?«, fragt Beau.

»Nope«, erwidere ich. »Von Stephen King oder Dan Brown hat man noch nie gehört.«

»Ja, aber nicht viele werden berühmt, oder? Ich glaube, du wirst dem Vergessen anheimfallen. Mach dir mal keine Sorgen.«

»Danke, Beau.«

»Es ist nicht skalierbar«, sagt Vincent, als würde ich kapieren, wovon er redet. »Das ist das Problem mit dem Schreiben.

Selbst für Stephen King gibt's eine Obergrenze, was er verdienen kann.«

Mein Blick wandert von meinem Sandwich zu Vincent, der immer noch auf seinen Laptop konzentriert ist. Ich will checken, ob er echt meint, was ich glaube. »Er hat sich ganz gut geschlagen«, probiere ich es.

»Absolut. Und das Merchandising war clever. Dann noch die Filme und Serien.« Er unterbricht sich und sieht hoch. »Du hast recht. Er hat es gut gemacht. Aber auf einem anderen Niveau als du.«

Ich lache in mich hinein. »Ich habe nicht das Bedürfnis, Stephen King nachzueifern.« Mrs Fletcher sagte mir, für einen Debütautor hätte ich einen wirklich guten Vertrag unterschrieben. Aber das weiß meine Familie nicht. Ebenso wenig wie Vincent.

»Wo feiert Ellie eigentlich Weihnachten?«, fragt Beau. »Oder hast du sie auch schon wieder abserviert wie alle anderen davor?«

»Was? Welche anderen habe ich bitte abserviert?« Beau redet mal wieder völligen Quatsch.

»Da war diese Susie, mit der ich dich mal gesehen habe. Und die mit den superlangen blonden Haaren.«

Susie? Ich habe doch nie eine Susie gedatet, oder? Irgendwie verschwimmen alle Frauen vor Ellie miteinander. »Ich habe Ellie nicht abserviert, sondern sie mich, wenn du's unbedingt wissen musst.«

»Bist du deswegen noch mieser drauf als sonst?«, fragt Beau und aus den Augenwinkeln sehe ich, wie Vincent grinst.

»Kann sein«, erwidere ich. Es hat mir nicht bloß die Laune verdorben. Ich empfinde eine nie da gewesene Leere. Das unabänderliche Gefühl, dass etwas fehlt. Jemand. Jeden Tag gibt es tausend Gedanken, die ich mit ihr teilen möchte, Pläne, die ich mit ihr besprechen möchte, Erfahrungen, die ich mit ihr zusammen machen möchte. Stattdessen bin ich hier, umgeben von lauter Menschen, aber einsam ohne *sie*. »Wart's nur ab, bis du dich in jemanden verliebst, der nicht mit dir zusammen sein will.«

»Verlieben?«, schreit Beau halb lachend und halb würgend. »Hey, Vincent, hast du das gehört?«

»Du kannst mich mal«, erwidere ich und beiße erneut von meinem Sandwich ab. »Und du auch.« Ich nicke zu Vincent.

»Ich habe gar nichts gesagt. Ich bin viel zu sehr damit beschäftigt, Geld zu verdienen. Wenn du das auch machen würdest, hättest du jetzt keinen Liebeskummer. Krieg mal deine Prioritäten auf die Reihe.«

Ich stehe auf und werfe den Rest meines Sandwichs in den Mülleimer, bevor ich ins Wohnzimmer gehe, um in Ruhe gelassen zu werden. Im Kamin brennt ein Feuer, und auf einem der beiden Sofas liegt Madison mit den Füßen auf Nathans Schoß.

»Was war das für ein Terz?«, fragt sie.

»Ach, gar nichts«, sage ich und lasse mich auf das Sofa gegenüber von ihnen fallen. Ich werfe mich der Länge nach hin, stopfe mir ein Kissen unter den Kopf und lege meine besockten Füße auf die Sofalehne, damit sie vom Feuer gewärmt werden. »Beau ist ein Idiot. Vincent macht es nicht besser.«

»Hier herrscht im Moment echt Testosteronüberschuss«, sagt Madison. »Es wäre echt schön, noch eine weitere Frau dazuhaben.«

Subtil ist sie nicht.

»Ich bin ganz deiner Meinung. Wenn es nach mir ginge, wäre Ellie hier.« Ich weiß, dass Nathan findet, ich hätte aufgegeben. Habe ich nicht, aber ich kann sie nicht zwingen, Zeit mit mir zu verbringen. Ich kann sie nicht zwingen, meine Liebe zu erwidern.

»Hast du eigentlich mal bei deinem Verlag nachgefragt, ob sie wollen, dass du als Arzt tätig bleibst?«, fragt Nathan.

»Das brauche ich gar nicht. Es war praktisch das Erste, was sie zu mir gesagt haben.« Genau wie Mrs Fletcher es vorgeschlagen hatte, habe ich mich mit allen drei Lektoraten unterhalten. Allen gefiel die Tatsache, dass ich immer noch im Krankenhaus arbeite.

»Könntest du an weniger Tagen arbeiten?«

Ich schüttele den Kopf. »Hab mich schon erkundigt. Das Krankenhaus sagt, sie müssen schon zu viele Honorarärzte einsetzen.« Sobald die Worte meinen Mund verlassen haben, dämmert es mir. Ich richte mich auf und schwinge die Füße auf den Boden.

Nathan und ich reden gleichzeitig los. »Ich sollte Honorararzt werden.«

»Ja«, sagt Nathan. »Könntest du ein paar Tage im Monat arbeiten oder so?«

»Ich könnte machen, was ich will, weil ich dann keinen festen Vertrag habe«, sage ich. »Eine Studienfreundin von mir arbeitet schon von Anfang an nur als Honorarärztin, weil sie Notfallmedizin macht und Nachtdienste hasst, also springt sie nur für den Tagesdienst ein. Ich weiß nicht, warum mir das nicht schon früher eingefallen ist.«

»Erspart dir, einer gehassten Arbeit nachzugehen, die dich von der Frau fernhält, die du liebst.« Madison fummelt gedankenverloren am Saum ihres Pullis herum – kein Mensch würde ihr anmerken, dass sie den Nagel voll auf den Kopf getroffen hat.

Was mache ich denn? Ich zwinge mich zu einem Job, der mich unglücklich macht und der Grund für das Scheitern meiner Beziehung ist.

»Scheiß drauf«, sage ich. »Selbst wenn ich nicht als Honorararzt arbeiten kann, kündige ich. Ich sage dem Verlag, dass meine Freundin nach Frankreich zieht und ich mit ihr gehe. Ich hatte verdammt noch mal drei Angebote für das Buch. Wenn es dem Verlag nicht passt, suche ich mir einen anderen.«

Ich stehe auf, bereit zu handeln, weiß jedoch gar nicht recht, was der erste Schritt sein soll. Ich will Ellie nicht damit überfallen und sie anrufen, um es ihr zu erzählen. Aber gleichzeitig soll sie auch nicht denken, meine Kündigung wäre eine Art Druckmittel, damit sie mich zurücknimmt. Nein, ich kündige und ziehe nach Paris. Das ist beschlossene Sache.

34. KAPITEL

ELLIE

Ich habe absichtlich nicht viel mitgenommen, aber es wirkt ein bisschen erbärmlich, dass ich glaube, mit dem Inhalt der zwei Koffer auskommen zu können, die ich dabeihabe.

Zumindest habe ich einen schönen Ausblick. Auf Paris.

Ich gucke aus den bodentiefen Fenstern auf eine typische Pariser Straße. Die Austritte mit den schmiedeeisernen Geländern, die rechteckigen blauen Straßenschilder, die Boulangerien an jeder Ecke. Ja, ich bin definitiv in Paris.

Es ist wunderschön.

Und einsam.

Ich vermisse Zach.

Ich bin wütend auf mich selbst. Er war der erste Mann nach Shane, den ich mochte, und ich musste mich gleich binnen kürzester Zeit in ihn verlieben.

Ich mache meinen Koffer auf und fange an auszupacken. Hauptsächlich Klamotten, aber natürlich habe ich auch Dokumente, Kosmetika und den Schlüsselanhänger dabei, den ich mir im Laden auf der Isle of Rùm gekauft habe.

Ich halte ihn gegen das Licht. Es ist nur ein glatt geschliffener grauer Stein, den weiße Quarzadern durchziehen. Schlicht, aber schön. Ich nehme die Schlüssel zu meiner neuen Wohnung, um sie am Anhänger zu befestigen. Der eigentliche Ring lässt sich so schwer aufbiegen, dass ich mir dabei den Daumennagel abbreche, aber schließlich gelingt es mir, die Schlüssel aufzufädeln.

Mein Handy brummt in meiner Hosentasche, und ich nehme es heraus. Als ich den Namen des Anrufers sehe, steigt mir schlagartig die Hitze ins Gesicht und mein Magen streikt.

Doch ohne nachzudenken, gehe ich dran.

Denn zu Shane konnte ich noch nie Nein sagen.

»Ellie, Ellie, Ellie.« Seine Stimme ist wie ein kalter Guss, der mich augenblicklich abkühlt und erstarren lässt.

»Wieso rufst du mich an?«

»Geht um 'nen Gefallen. Ich stecke in der Klemme. Fifi ist … Du hast wahrscheinlich schon gehört, dass sie schwanger ist.«

Hatte ich nicht, aber ich fühle gar nichts. Ich bin innerlich taub. Ruft er mich echt an, um mir das zu sagen?

»Ja, und?«, frage ich.

»Und deshalb schafft sie die Orga nicht mehr. Schwangerenvergesslichkeit, sagt sie.« Er macht eine Pause. »Ehrlich gesagt war sie in dem ganzen Bürokram nie so gut wie du. Und jetzt ist sie schwanger. Sie wird alle Hände voll mit dem Kind zu tun haben. Allein schaffe ich das nicht alles.« Wieder Pause. Worauf wartet er? Glückwünsche? »Du musst zurückkommen.«

Mir wird übel und ich stakse zum Sofa und hocke mich auf die Lehne. Das kann er nicht ernst meinen. Darum kann er mich doch nicht bitten. Nicht jetzt. Nach allem, was war.

»Wir müssten uns natürlich auf ein Gehalt einigen und so weiter. Ich würde dich fair bezahlen – wobei, du weißt ja, mit Speedway lässt sich inzwischen nicht mehr so viel Geld wie früher machen. Du kennst die Arbeit. Du bist gut darin. Es wäre für uns beide die perfekte Lösung.«

Uns? Wann gab es je ein *Uns?*

»Ellie, Ellie, Ellie«, sagt er erneut. Früher fand ich es süß, wenn er so bei mir ankam. Ich konnte ihm nie etwas abschlagen, wenn er so wie jetzt geredet hat: als Bitten getarnte Forderungen. Als Abhängigkeit getarnter Trotz. Nicht, dass es darauf angekommen wäre, wie er mit mir redete, ich schlug ihm ohnehin kaum etwas ab.

»Was, Shane?«, frage ich. Ich möchte das Handy am liebsten weglegen oder ins Klo oder aus dem Fenster werfen. Ich möchte drauftrampeln, damit er mich ganz sicher nie wieder kontaktieren kann, doch ich lasse es. Ich behalte das Handy am Ohr und höre zu.

»Komm schon, Süße, was denkst du? Es ist perfekt, oder nicht?«

Was ich denke? Ich denke so einiges.

»Ich versteh schon, warum das für *dich* die perfekte Lösung wäre«, sage ich.

»Eben. Ich kenne dich – du bist keine, die einem lange böse ist. Keine von diesen Psychotanten. Es war doch schon aus mit uns, lange bevor Fifi auf der Bildfläche erschienen ist. Du weißt, was gut für dich ist.«

Im Kopf wiederhole ich, was er gerade gesagt hat. Er manipuliert mich – will mich so hinstellen, als hätte ich ein psychisches Problem, wenn ich nicht zurückkehren und für meinen untreuen Ex-Freund und seine schwangere neue Flamme arbeiten will. Hat er das schon immer so gemacht? Es ist derart durchschaubar.

Wieso denkt er, nach allem, was er mir angetan hat, würde ich noch wiederkommen und ihn managen? Weil ich immer alles gemacht habe, was er wollte. Ich war ihm in unserer Beziehung von Anfang an stets zu Diensten, ohne es zu merken.

»Du hast recht«, erwidere ich. »Ich bin nicht mehr böse.« Es stimmt. Ich wünsche ihm nichts Schlechtes. Mir wird klar, dass ich ihn überhaupt nicht mehr hasse.

Aber ich lasse mir nicht mehr von ihm wehtun. Mich nicht mehr von ihm manipulieren. Bin ihm nicht mehr zu Diensten.

»Braves Mädchen«, sagt er. »Du kannst anfangen, sobald du willst. Du weißt ja, wie gut wir zwei zusammenarbeiten. Das wird super. Ganz wie in alten Zeiten.«

Oh. Mein. Gott. Er denkt tatsächlich, ich sage zu.

»Shane, ich werde nicht wieder für dich arbeiten«, stelle ich klar.

»Was?«, antwortet er. »Aber du hast selbst gesagt, dass du nicht mehr böse bist. Du lügst mich doch nicht an, oder?« Sein Tonfall wird ein wenig schärfer und ich registriere den Strategiewechsel.

Altvertraute Übelkeit schwappt in meinen Magen, doch ich unterdrücke sie. Er hat mir oft etwas unterstellt, was ich nicht getan hatte, und ich begreife jetzt, dass er mich auf die Art dazu bringen wollte, nach seiner Pfeife zu tanzen. Ich lüge ihn nicht an – es braucht mir nicht vor Schuldgefühlen die Brust zusammenzuschnüren. Ich habe nichts Falsches getan. Keine Ahnung, vielleicht war das überhaupt nie der Fall. Ich hole tief Luft und beim Ausatmen lässt das Gefühl nach.

Wenn er nicht auf die nette Tour seinen Willen bekommt, versucht er es mit sanfter Manipulation. Wenn das nicht funktioniert, versucht er, mir ein schlechtes Gewissen einzureden. Und wenn das nicht klappt, brachte es sonst immer schlichtes Anbrüllen und Beschimpfen.

»Ich hoffe, du findest jemanden, Shane. Mich brauchst du nicht noch mal anzurufen.«

Ruhe macht sich in mir breit, und ich blende aus, was er sagt. Sein Tonfall verrät mir, dass er aufgebracht ist, aber ich lasse die Worte durchrauschen. Was uns auch verbunden hat, es ist gerissen. Seine Macht über mich ist hin. Und ich habe keine Angst mehr.

Die emotionalen Schrammen sind verblasst, ich bin darüber hinweg. Ich bin nicht mehr die Frau, die ich mit ihm zusammen war.

Ich fange als Studentin am Cordon Bleu an.

Ich lebe in Paris.

Und ich liebe Zach Cove.

Bei diesem letzten Gedanken lege ich auf.

35. KAPITEL

ELLIE

Wie sagt man jemandem, dass man sich wünscht, man hätte nie Schluss gemacht? So was sollte man eigentlich persönlich tun, aber ich habe keine Ahnung, wann ich das nächste Mal in London sein werde. Wer weiß, was in der Zwischenzeit passiert?

Ich war so dämlich. Die ganze Zeit wollte ich mich schützen, dabei waren die Wunden meiner Beziehung längst verheilt.

Ich bin nicht mehr derselbe Mensch, der sich jeden Scheiß von Shane gefallen lassen hat. Ich weiß es inzwischen besser. Und mit ein Grund dafür ist Zach. Er hat mir gezeigt, wie gering meine Ansprüche waren, und neue Maßstäbe darin gesetzt, was man von einem Mann erwarten kann.

Nicht, dass irgendein anderer sich Hoffnungen machen könnte, da jemals heranzukommen.

Meine Koffer sind halb ausgepackt, und am liebsten möchte ich alles wieder einpacken und zum Gare du Nord zurückrennen. Bloß für ein paar Tage, damit ich Zach treffen kann.

Aber das geht nicht. Morgen fängt der Unterricht an, außerdem ist es eh unwahrscheinlich, dass Zach mir verzeiht. Er hat wieder und wieder versucht, mir klarzumachen, dass wir es hinkriegen können, nur habe ich ihn jedes Mal abgewürgt. Wieso sollte er mir noch eine Chance geben?

Eine kluge Stimme in mir erinnert mich jedoch daran, dass Zach nicht Shane ist. Er will mich nicht bestrafen. Er will, dass ich glücklich bin.

Ich nehme das Handy und rufe seinen Kontakt auf. Ich kann nicht abwarten – ich muss mit ihm reden und ihm sagen, was ich empfinde. Mit wild klopfendem Herzen tippe ich die Anruftaste, denn jetzt ist alles anders. Ich wollte immer mit ihm zusammen sein, aber nun bin ich bereit, das Risiko einzugehen, dass ich alles tue, was ich kann, damit wir zusammenbleiben – ob wir in der gleichen Stadt leben oder nicht.

»Hey, ich habe gerade an dich gedacht«, meldet er sich.

Von seiner samtweichen Stimme rieselt mir ein Schauer über den Rücken, und ich bekomme heiße Wangen beim Gedanken daran, was ich alles mit diesem Mann anstellen will.

»Dito«, erwidere ich. Ich denke an nichts anderes als an ihn. Ich muss ihm irgendwie sagen, dass ich ihn will. Und ihm vertraue. *Uns* vertraue.

»Das ist schön zu hören«, meint er. »Ich wollte dich auch anrufen. Dir viel Glück für morgen wünschen und dir eine Neuigkeit erzählen.«

Ein Klopfen an der Tür unterbricht meine Überlegungen und ich gehe hin, um aufzumachen. »Warte kurz«, sage ich. »Hier klopft jemand an. Lass mich mal eben nachsehen, wer das ist.«

Ich ruckele an den ungewohnten Messingknäufen und -riegeln herum und versuche mehrmals vergeblich, die Tür zu öffnen, bevor ich es schaffe, sie aufzuziehen.

Eine Mischung aus Freude und Erleichterung überkommt mich, als Zach vor mir steht.

»Du bist hier«, sage ich, ohne recht meinen Augen zu trauen. Mein Leben ist gerade zu schön, um wahr zu sein.

»Wollte dir Glück wünschen.«

Ich möchte auf ihn zustürzen und mich in seine Arme werfen. Aber wir müssen reden. Ich halte die Tür weit auf, und als er an mir vorbeigeht, kommt dieses inzwischen vertraute elektrische Kribbeln zwischen uns auf.

Es ist so schön, ihn hier zu haben. Sofort fühlt sich die Wohnung mehr nach einem Zuhause an.

»Das ist lieb. Und dafür bist du den ganzen weiten Weg hergekommen.«

Grinsend dreht er sich zu mir um. »Na klar. Hübsche Wohnung«, sagt er.

»Sie ist klein.« *Aber groß genug für zwei*, unterlasse ich zu sagen.

»Tolle Aussicht.« Er sieht dabei geradewegs mich an.

»Ich wollte dir … etwas sagen.« Ich weiß nicht, wie ich vermitteln soll: *Ich glaube, es war kolossaler Mist von mir, dass ich mit dir Schluss gemacht habe, und ich habe es mir anders überlegt.*

»Dann erzähl«, sagt er. Er setzt sich auf das knallrote Sofa und klopft neben sich auf das Polster.

»Mir ist einiges klar geworden«, fange ich an.

»Wie sehr du mich vermisst, zum Beispiel?«

Ich gehe zum Sofa, zögere jedoch, weil ich noch nicht so weit bin, mich hinzusetzen. »Ja, ganz genau.«

Er nickt mit einem kleinen Schmunzeln um die Lippen, als hätte er damit gerechnet, dass ich das sage. »Hast du deine Meinung geändert? In puncto Beziehung?«

Liest er etwa meine Gedanken? Vielleicht verrät mich auch meine Körpersprache. Oder vielleicht hat er damit gerechnet, dass ich mich in Paris einsam fühle und etwas Vertrautes suche. Darum geht es aber nicht. Ich will keine Gesellschaft, sondern ihn.

»Ja«, erwidere ich halb geflüstert.

Er nimmt meine Hand und zieht mich neben sich aufs Sofa,

lässt sie aber nicht wieder los, sondern verschränkt die Finger mit meinen und streichelt mit dem Daumen über meine Handfläche.

»Und nicht etwa, weil ich hier in Paris niemanden kenne und einsam bin.«

»Sondern?«, fragt er.

»Weil du der Mann bist, der du bist. Und wegen der Frau, die du aus mir machst.«

Er zieht mich auf seinen Schoß und umfasst mein Gesicht. Die Funken sprühen und knistern, bis sie nur noch Hintergrundrauschen sind – so ist das einfach bei uns beiden. »Ich finde, das war längst überfällig, du nicht auch?«

Mein Puls pocht ungeduldig unter meiner Haut, als würde er am Zügel gehalten. Auf mein Nicken hin streift Zach meine Lippen so sacht mit seinen, dass ich ihn kaum spüre.

Ich stöhne. Mehr, ich brauche ihn ganz und gar.

Ich sinke gegen ihn, gebe mich seinen Lippen hin, seiner Zunge, dem Druck seiner Finger. Schon bei unserem ersten Kuss hätte ich wissen müssen, dass es kein Zurück geben würde. In dem Moment war es mir nicht klar, jetzt schon. Das, was ich mit Zach habe, ist selten. Und so was darf man nicht aufgeben, weil man Angst hat. Oder kein Selbstwertgefühl. So etwas muss man hegen und pflegen, aus dem Dunkel ins Sonnenlicht holen und in Ehren halten.

Als er zärtlich meinen Hals entlangküsst, flüstere ich: »Ich liebe dich.«

Er hört auf und nimmt den Kopf hoch. »Ich liebe dich, Ellie.«

»Ich möchte eine Fernbeziehung«, sage ich, damit er auch ganz bestimmt weiß, dass ich mich voll darauf einlasse. »Zwischen London und Paris zu pendeln, ist gar nicht so wild, außerdem geht's nur um ein Jahr.«

Er streicht mir die Haare hinters Ohr. »Nicht nötig.«

Mein Herz fängt an, gegen meinen Brustkorb zu wummern. Er kann das hier unmöglich als Abschied gemeint haben. Nach dem Kuss doch nicht? Immerhin ist er nach Paris gekommen.

»Ich will aber«, sage ich. »Ehrlich, das wird schon gehen. Wir können uns abwechselnd das eine Wochenende in London und das andere in Paris treffen.«

»Das glaube ich nicht«, erwidert er. Mein Magen verknotet sich immer und immer mehr.

Ich umklammere seine Schultern. »Zach, ich bin – «

Er muss die Panik in meinem Blick sehen. »Alles gut, Ellie«, sagt er. »Ich ziehe nach Paris.«

»Was?« Ich habe das Gefühl, mir stockt das Herz, und ich vergesse zu atmen. Was hat er da gerade gesagt? »Aber deine Arbeit. Das Buch.«

»Wir bleiben nur ein Jahr hier. Bis dahin ist mein Buch noch nicht mal veröffentlicht, außerdem weigere ich mich, darauf zu verzichten, bei dir zu sein, bloß um einer Arbeit nachzugehen, die ich gar nicht mag.«

»Also wirst du kündigen?«

»Habe ich schon. Meinem Verlag habe ich es auch schon mitgeteilt. Jedenfalls werde ich als Honorararzt arbeiten. Ich springe ab und zu ein paar Tage im Krankenhaus ein, dann können sie immer noch sagen, dass ich als Arzt tätig bin.«

In meinem Körper beginnt das Blut wieder zu zirkulieren, doch ich bin sprachlos. Ich weiß nicht, warum ich je an Zach gezweifelt habe. Er hat mir nie Anlass dazu gegeben, und während ich ihn wegstieß und halb in meiner Vergangenheit versank, hat er mich nun da rausgezogen und getan, was nötig war, damit alles in Ordnung kommt. »Ich liebe dich«, sage ich. Besser kann ich meine Dankbarkeit und Wertschätzung für ihn nicht in Worte zu fassen.

Als er lächelt, ist es das Beste überhaupt an Paris.

»Hast du denn Gepäck dabei?«

Er zuckt mit den Schultern. »Bloß meinen Rucksack. Ich brauche nicht viel, außerdem muss ich morgen wieder zurück nach London. Ich hab Dienst.«

»Dann bist du nur hergekommen, um mir viel Glück zu wünschen?«

»Ja, und um dir zu sagen, dass ich dich liebe und nach Paris ziehen werde.«

»Diesmal habe also ich unerwarteten Besuch.« Ich wüsste niemanden, den ich lieber unangekündigt vor meiner Tür stehen hätte.

»Leider besteht nicht die Aussicht, dass wir eingeschneit werden«, sagt er mit einem diabolischen Funkeln in den Augen.

»Wir können ja trotzdem so tun.«

»Finde ich auch.«

36. KAPITEL

ZACH

Ich versuche, ruhig weiterzuatmen, aber das ist gar nicht leicht, wenn ich Ellie so nah bin, mit den Händen auf ihr und ihren auf mir. Ich habe meinen Job gekündigt, um nach Paris zu ziehen und eine Beziehung zu retten, die mir zu wichtig ist, um sie loszulassen, nur um dann herauszufinden, dass Ellie bereit ist, ihre größten Ängste zu überwinden, um das Gleiche zu tun. Zu wissen, dass sie es genauso sehr will wie ich, zementiert alles zwischen uns. Nicht, dass wir je nur locker gedatet hätten, aber das hier – jetzt ist es was Festes.

»Danke, dass du mich nicht aufgegeben hast«, sagt sie zwischen hektischen Küssen, während wir Knöpfe öffnen und Lagen abstreifen, uns selbst aus den Klamotten schälen und sie uns gegenseitig ausziehen.

»Danke, dass *du* uns nicht aufgegeben hast«, erwidere ich. »Ich weiß, wie schwer es dir gefallen sein muss, dich auf eine Fernbeziehung einzulassen und darauf zu vertrauen, dass du dich selbst nicht verlierst.«

Wir halten beide inne. Nackt, voreinander, und sie streichelt meine Wange. »Das lasse ich nicht zu.« Ihre Mundwinkel biegen sich zu einem verhaltenen Lächeln nach oben. »Und *du* auch nicht.«

Sie kennt mich. Sie vertraut mir.

»Wir sind ein Team.« Als ich ihre Wangen umfasse und

meine Lippen auf ihre drücke, atme ich den vertrauten Duft nach Flieder und Sonnenschein ein.

Sie nickt und schmiegt eine Hand um meinen Po. Ich hebe sie hoch, schnappe mir meine Brieftasche und gehe mit ihr ins Schlafzimmer. Das wird keine schnelle Nummer. Ich will mir Zeit mit ihr lassen, so als wären wir eingeschneit und könnten nirgendwo hin.

Ich lege sie aufs Bett, stütze die Hände zu beiden Seiten ihres Kopfs auf und schaue tief in ihre schönen Augen. Die ängstliche Trübung, die in ihrem Blick lag, als wir uns kennenlernten, ist gewichen, und sie haben einen weichen Ausdruck angenommen, der vorher nicht da war. Ellie lässt die Hände an meinen Seiten hinabgleiten und zieht die Knie an, um sie an meine Hüften zu legen.

»Wir passen«, sage ich.

»Perfekt«, erwidert sie.

Ich beuge mich hinunter und drücke einen Kuss auf die Stelle dicht unterhalb von ihrem Ohr, woraufhin mich der Fliederduft von Neuem einhüllt.

Ihre Fingernägel kratzen sacht über meinen Nacken, während ich mich nach unten vorarbeite, indem ich langsam und gezielt Küsse auf jede Mulde und jede Kurve platziere. Ich muss mich ihrem Körper erneut bekannt machen und ihm Bescheid geben, dass ich diesmal nicht wieder gehe.

Als sie sich unter mir windet, presse ich die flache Hand auf ihren Bauch und streichle mit der anderen immer weiter hinab, finde ihre warme Mitte und schiebe die Finger in sie. Sie will den Rücken durchbiegen, drückt sich gegen meine Handfläche, doch ich halte sie in dieser Position, während ich die Finger in ihr bewege, den Daumen um ihre Klitoris kreisen lasse und sanften Druck ausübe.

Einen langen Moment schließe ich die Augen und genieße

ihre Laute. Das Keuchen und Stöhnen, meinen leise heraus-
geflüsterten Namen.

Es ist zu lange her.

Als ich das Gewicht verlagere, greift sie nach mir. Ich bin
bereits hart, aber ihre Finger darum zu spüren, lässt alles Blut
aus meinem Körper weichen, als kämpfe jeder kleinste Tropfen
darum, ihr nah zu sein.

»Du fühlst dich gleichzeitig samtig und hart an«, sagt sie,
und ich lasse den Kopf in den Nacken fallen, als sie meinen
Schaft hinaufstreicht.

Druck baut sich in meiner Brust auf und macht mich atemlos, sodass ich ihr Handgelenk umfasse, ehe sie weitermachen
kann. Ich bin gefährlich kurz davor, auf ihr zu kommen, dabei
soll dieser erste Teil, der vor der Ewigkeit, noch ein bisschen
länger andauern.

»Willst du mir etwa den Spaß verderben?«, fragt sie.

»Ich zögere es nur für uns beide hinaus«, erwidere ich, lasse ihr Handgelenk los und ziehe die Finger zwischen ihren
Schenkeln hervor, damit ich sie nicht mehr berühre. Ich hocke
mich auf die Fersen und stoße den Atem aus.

Ich brauche einen Moment.

Als sie sich auf die Ellenbogen stützt, muss ich beim Anblick ihrer Brüste wegschauen. Sie merkt, wie ich zu kämpfen
habe, und kniet sich vor mich hin. »Lass uns beide auf unsere Kosten kommen«, sagt sie in sanftem, aber entschlossenem
Ton. Sie greift nach der Brieftasche, die neben uns auf dem
Bett liegt, nimmt ein Kondom aus meinem Fach dafür, und
reißt die Folie auf. Ich setze an, ihr zu helfen, aber ein ganz
kleines Kopfschütteln von ihr verrät mir, dass sie klarkommt.

Zögerlich positioniert sie zunächst das Kondom auf meiner
Eichel und sieht zu mir hoch, doch ich habe nichts anzumerken. Als sie weitermacht und es über meinen Schaft rollt, knei-

fe ich in dem Versuch die Augen zu, die Empfindungen aus-
zusperren. Sie setzt sich auf den Hintern, stellt die Beine zu
beiden Seiten von mir auf und legt sich hin.

»Beide«, erklärt sie. »Also du auch.«

»Ellie«, sage ich. Sie müsste wissen, wie kurz ich davor bin.
Wieder bei ihr zu sein, in so großer Nähe, und zu wissen, wir
haben beide füreinander etwas aufgegeben und entschieden,
dass wir zusammen sein wollen, ist das größte Aphrodisiakum,
das ich je erlebt habe. Ich komme mir vor, als versuchte ich,
mich davon abzuhalten, mich in eine Wolke reinsten Glücks
fallen zu lassen.

»Ich auch«, erwidert sie.

Ich stöhne dankbar, beuge mich über sie und führe meinen
Schwanz an ihre Mitte. Dann schaue ich sie an.

»Ich liebe dich«, sagt sie.

Als ich in sie eindringe, spüre ich, wie sie mich mit Körper
und Geist umfängt. »Ich liebe dich auch.«

Ich bewege mich langsam und bewusst, ziehe jede Sekunde in die Länge, doch binnen Minuten sind wir beide atemlos,
keuchen und schreien vor Lust und gegenseitigem Verständ-
nis auf.

Wir leben unsere Zukunft. Gemeinsam.

EPILOG

ZACH

Drei Monate später

Es ist kurz nach neunzehn Uhr. Das Quietschen der Klinke unserer Schlafzimmertür, als Ellie duschen geht, ist das Signal für mich, meine Arbeit abzuspeichern – den zweiten Butler-Krimi – und den Laptop zuzuklappen. Ich habe heute ein paar verdammt gute Passagen geschrieben und außerdem noch einiges für heute Abend vorbereitet.

Wir haben schnell einen Rhythmus in Paris gefunden. Wenn Ellie vom Institut nach Hause kommt, springt sie direkt unter die Dusche, danach treffen wir uns in der Küche, essen zusammen und trinken einen Wein und unterhalten uns über ihren Tag. Ich habe nie viel zu berichten. Obwohl ich jeden Tag ein bisschen durch die Straßen von Paris spaziere, bin ich gedanklich so mit Handlungssträngen und Romanfiguren beschäftigt, dass ich manchmal gar nicht mehr weiß, wo ich überhaupt gewesen bin. Ellie dagegen steckt voller Geschichten über ihre Kommilitonen, die mangelnde Geduld einiger französischer Lehrender und vor allem über Chefkoch Jean-Paul, ihren Haupt-Ausbilder und persönlichen Folterknecht.

»Hey, Babe«, ruft sie in den Wohnbereich. Ich öffne die Tür vom Arbeitszimmer. Eventuell habe ich auf eine größere, gehobener ausgestattete Wohnung bestanden, schließlich arbeite ich jeden Tag von zu Hause aus und hier sollen ja zwei Menschen zusammen leben und sich nicht gegenseitig umbringen. Die neue Wohnung ist ungefähr viermal so groß wie Ellies vorherige Unterkunft und hat eine Dachterrasse mit Blick auf die Seine und die hübschen Pariser Schieferdächer und gewundenen Straßen.

Gegen die Wand gelehnt schaue ich ihr zu, wie sie sich in der Küche zu schaffen macht. Das Licht muss in dieser Stadt wohl anders sein als in London. Hier in Paris sieht Ellie sogar noch schöner aus als dort oder auf Rùm.

»Hallo, Schöne«, sage ich, als sie in meine Richtung schaut.

Sie grinst über das Kompliment, hopst dann fast schon auf mich zu und springt in meine Arme.

»Du duftest wunderbar«, sage ich. »Nach Flieder.«

»Du *bist* wunderbar«, erwidert sie und drückt einen Kuss auf meine Lippen. Ihre Beine sind um meine Hüften, ihre Finger in meinen Haaren, sodass ich unwillkürlich stöhne. Das hier könnte sehr schnell ziemlich ausarten, aber ich muss mich zurücknehmen. Erst Abendessen.

»Ich habe die Ente von gestern aufgewärmt«, sage ich.

Ellie stützt die Hände auf meine Schultern und verengt die Augen. »Ach echt?«

»Ja, und ich habe diese Kartoffeln gemacht, die du mir vor ein paar Wochen gezeigt hast.«

»Hasselback-Kartoffeln?«, schlägt sie vor.

»Sind das die, die aussehen wie kleine Igel? Wenn ja, dann meine ich die.«

»Habe ich etwa einen Koch aus dir gemacht?«, fragt sie, rutscht aus meinen Armen und nimmt meine Hand, als wir rüber in die Küche gehen.

»Keineswegs. Ich dachte nur, es wäre nett, wenn ich dich mal bekoche. Auch wenn ich nicht weiß, wie's schmecken wird.«

Sie fährt mit einem Finger über meine Kinnpartie. »Mir ist egal, wie es schmeckt. Das ist vielleicht das Netteste in der Geschichte der Menschheit, was je jemand für jemanden getan hat.«

»Echt? Na, wart lieber ab, bis du es probiert hast.« Ich mache mich daran, die Ente aus dem Ofen zu holen und auf unsere Teller zu verteilen, während Ellie die Kartoffeln und die grünen Bohnen auftut.

»Wieso verbinde ich dich immer mit grünen Bohnen?«, wundert sie sich.

»Keine Ahnung. Besprich das mit deinem Therapeuten«, sage ich.

Als sie lacht, halte ich inne, um sie zu betrachten. Sie glücklich zu sehen. Mit mir. Davon kriege ich nie genug.

»Soll ich den Tisch decken?«, fragt sie.

»Hmmm, ich hatte da eine andere Idee.«

»Den Balkon?«, rät sie. »Bei dem blauen Himmel und Sonnenschein fühlt es sich an wie Juni.«

»Ich glaube, in Paris ist schon der Sommer ausgebrochen. Es ist ungelogen schon so weit, dass ich Sonnencreme auflegen muss, wenn ich spazieren gehe.«

»Vom Balkon aus den Sonnenuntergang zu beobachten wird genial«, sagt sie.

»Lass uns hoch auf die Dachterrasse gehen«, schlage ich vor. Wir haben noch nie da oben gegessen. Bis heute gab es dort keine Sitzgelegenheiten. Aber das habe ich geändert. Ein Sonnenuntergang über den Dächern von Paris ist genau die passende Atmosphäre, die ich möchte.

»Klingt gut«, meint sie. »Ich nehme Servietten, Besteck und Wasser mit hoch.«

Ich greife mir die Teller und folge ihr die Wendeltreppe hinauf zum Dachgarten.

»Wie jetzt?«, sagt sie geschockt und verwundert, als sie oben ankommt. Ich muss mir ein Grinsen verkneifen. »Wann hast du das denn gemacht?«

Ich hab's geschafft, genau den Karostoff vom Sofa im Cottage auf Rùm aufzutreiben – es hat zwar eine Weile gedauert, aber ich habe Decken daraus nähen lassen, die auf dem Boden ausgebreitet sind, darauf riesige Kissen und ein niedriger Tisch.

Nachdem wir alles auf dem Tisch abgestellt haben, schlingt sie die Arme um meinen Hals. »Ist das derselbe Stoff wie auf dem Sofa im Cottage?« Ich nicke, erfreut darüber, dass sie sich erinnert. »Gott, die Aussicht von hier oben ist so schön.«

»Wunderschön«, sage ich und sehe dabei sie an. Während ich sie im Licht der über Paris untergehenden Sonne betrachte, halte ich es nicht länger aus. »Heirate mich, Ellie.«

Ihre Augen weiten sich und ihre Lippen biegen sich zu einem Lächeln. Sie zuckt mit einer Schulter. »Klar.«

»Klar.«

»Klar heirate ich dich. Das weißt du eh.« Als sie meine Wange streichelt, lehne ich mich ihrer Berührung in der Gewissheit entgegen, dies für immer zu haben. »Wir wissen beide, dass wir für immer zusammen sein werden, schon seit …« Sie sieht mich an, damit ich den Satz vollende.

»Der ersten Nacht auf Rùm«, ergänze ich.

Sie nickt und wir beide setzen uns mit Blick auf das unter uns liegende Paris auf die Kissen. »Ja. Definitiv seit der ersten Nacht auf Rùm. Verheiratet oder nicht – das ändert gar nichts. Für mich jedenfalls.«

»Du sollst nichts machen, was du nicht möchtest«, sage ich. Ich weiß jetzt über ihre Vergangenheit mit Shane Bescheid und will nicht, dass sie einwilligt, mich zu heiraten, wenn sie das selbst eigentlich gar nicht will. Aber wenn es nach mir ginge, dann würde ich sie heiraten. Ich würde der ganzen Welt zeigen, dass diese Frau sich mir für immer versprochen hat.

»Ich möchte für immer mit dir zusammen sein«, erklärt sie.

»Daran habe ich keinen Zweifel. Aber Heiraten ist mir nicht wichtig. Wenn du es möchtest, mache ich es sehr gern.«

Ich setze an zu protestieren, aber sie legt den Zeigefinger auf meine Lippen, um mich zum Schweigen zu bringen.

»Etwas zu tun, was dich glücklich macht, macht mich glücklich. Nicht weil ich nichts anderes kenne, als mich selbst aufzuopfern, sondern weil wir ein Team sind. Du tust Dinge, um mich glücklich zu machen. Meine Güte, du bist extra nach Paris gezogen. Wir sind uns ebenbürtig. Wir geben und nehmen. Das macht eine Partnerschaft aus. Und eine Ehe – egal, ob mit Ring am Finger oder nicht.«

Fast haargenau so hat mein Vater seine Ehe mit meiner Mutter beschrieben – und wir könnten es weitaus schlechter treffen, als eine Ehe wie die beiden zu führen.

»Ich liebe dich«, sage ich.

»Ich dich auch«, erwidert sie. »Und ich stelle mich gern im weißen Kleid vor unsere Freunde und Familien und erkläre allen, dass ich vorhabe, dich ewig zu lieben. Das ist kein so großes Opfer.« Das strahlende Lächeln, mit dem sie mich ansieht, wärmt mich, als wäre sie die Sonne und ich ein Begleiter, der ihre Strahlen aufsaugt. »Und ich werde deinen Ring tragen – vorausgesetzt, er ist hübsch.«

Ich hole die Schatulle unter dem Tisch hervor und sehe sie an, woraufhin sie mir einen Blick zuwirft, der verrät, dass ich sie überrascht habe und sie das nicht schlecht findet. Als ich die Schachtel aufklappe, schnappt sie nach Luft. Bis eben gerade war mir gar nicht klar, dass ich mir diese Reaktion erhofft hatte.

»Ja, *den* werde ich tragen«, sagt sie, und jetzt bin ich es, der leise lacht.

Ich nehme den Platinring mit dem daraufsitzenden ovalen Diamanten und schiebe ihn ihr auf den Finger. Er passt perfekt.

»Ja, ich will«, sagt sie. »Für immer und ewig.«

ELLIE

Eine Woche darauf

Vom Beifahrersitz aus schalte ich auf Lautsprecher und nehme den zweiten Anruf meiner Mutter innerhalb einer halben Stunde an. Zuerst fahren wir noch mal nach Norfolk und dann in ein paar Tagen nach Südengland zu meinen Eltern. Es wird ihr erstes Treffen mit Zach, aber wir haben schon videotelefoniert. Als ich ihnen erzählte, dass ich mit Zach zusammen bin, verrieten mir ihre Seufzer und das vielsagende Schweigen, dass sie davon ausgingen, Zach wäre ganz ähnlich wie Shane. Aber er hat sie ohne mein Wissen angerufen, bevor er mir den Antrag machte, und das änderte alles. Seitdem ist es, als wäre Zach der Sohn, den sie nie hatten.

»Ich hab vergessen zu fragen, ob es irgendetwas gibt, das Zach nicht isst«, sagt sie.

»Ich esse alles, Mrs Frost.« Er schaut grinsend zu mir, sodass ich es mir nicht verkneifen kann, die Hand auf seinen Oberschenkel zu legen. Er hat mich nur darin bestärkt, wieder eine engere Bindung zu meinen Eltern aufzubauen. Er war es, der sie nach Paris eingeladen hat, und in ein paar Monaten werden sie uns besuchen kommen.

Meine Mutter lacht. »Ach, gut. Dann gibt's wahrscheinlich Würstchenauflauf.«

»Mein Lieblingsgericht«, sagt Zach und wirft mir dabei ein

Lächeln zu, das mich bis ins Innerste wärmt. »Ich freue mich sehr darauf, Sie beide kennenzulernen.«

Zach setzt den Blinker und bremst ab, denn wir sind fast beim Haus seiner Eltern angelangt.

»Kann ich dich später zurückrufen, Mum? Wir kommen gerade an.«

»Kein Problem«, sagt sie. »Viel Spaß euch.«

Als ich auflege, legt Zach nun die Hand auf meinen Oberschenkel. »Alles okay?«, fragt er.

Es könnte nicht besser sein. Ich kann mich nicht erinnern, je glücklicher gewesen zu sein als in diesem Augenblick, mit Sonnenschein im Gesicht, Zachs Ring an meiner Hand und einer vielversprechenden Zukunft vor mir. »Ich liebe dich«, erwidere ich.

Einer seiner Mundwinkel biegt sich nach oben. »Ich dich auch.«

Als wir in die Einfahrt seiner Eltern biegen, scheint die Sonne so intensiv, dass es sich nach Südfrankreich anfühlt, nicht nach East Anglia. Hund ist der Erste, der uns begrüßt. Diesmal kommt er auf mich zugerannt und ignoriert Zach komplett.

»Jetzt gehörst du eindeutig zur Familie«, stellt Zach fest.

Ich beuge mich vor und kraule Hund hinter den Ohren. Als er den Kopf neigt, damit ich noch besser herankomme, muss ich lachen. Er weiß, wie er von Frauen kriegt, was er will – typisch Cove-Mann, soweit ich es bis jetzt beurteilen kann.

Ehe wir auch nur unsere Taschen aus dem Kofferraum genommen haben, biegen Madison und Nathan ein. Sie haben uns in Paris besucht, und Madison und ich sind mittlerweile richtig eng miteinander. Es ist lustig, von ihren Schwangerschaftsgelüsten zu hören.

»Du meine Güte, man sieht jetzt ja schon richtig was!«, sage ich, als sie aus dem Auto aussteigt.

»Noch dicker als meine Fesseln und Waden ist nur mein Riesenbauch.«

Als ich sie zu einer Umarmung an mich ziehe, drückt ihre Babykugel gegen mich. »Darf ich mal anfassen?«, frage ich, nachdem ich sie losgelassen habe.

Nickend streicht sie mit der Hand über die Rundung, als ob sie mir den Weg frei macht. »Für eine Frau im fünften Monat lade ich enorm aus«, sagt Madison und nimmt dabei ihre schwarze Jacke über dem Bauch zusammen, als könnte sie vielleicht zugehen – was nicht klappen wird, es bleibt mindestens eine zehn Zentimeter große Lücke. »Wenn ich es nicht besser wüsste, würde ich sagen, es werden Zwillinge.«

»Nein, werden es nicht«, blafft Nathan dazwischen. »Definitiv nicht.«

Ich lache los. Er macht ein entsetztes Gesicht bei der Vorstellung, obwohl er weiß, dass es nicht stimmt.

Als sich das Dröhnen eines Hubschraubers nähert, schnappe ich mir das Blech Brownies, das ich aus Paris mitgebracht habe, sowie eine unserer Reisetaschen. Zach geht Nathan mit dem Gepäck helfen.

Das Flackern der Rotorblätter wird lauter, und wir heben alle die Köpfe, als ein schwarzer Hubschrauber am Himmel auftaucht.

»Es sieht aus, als flöge er zu uns«, sage ich. Doch niemand hört mich, es ist zu laut.

Wir stehen alle da und starren in den strahlend blauen Himmel, während der Hubschrauber auf dem Feld direkt gegenüber vom Haus landet. Ich schaue zu Nathan und Zach, die einen vielsagenden Blick wechseln.

Die Tür des Hubschraubers geht auf und ein großer, dunkelhaariger Mann im Anzug steigt aus. Er kommt mir bekannt vor.

Zach nickt in Richtung Haus, woraufhin wir alle hineingehen.

»Wusstest du, dass er kommt?«, fragt Zach Nathan.

Der schüttelt den Kopf. »Hatte keine Ahnung. Er war Weihnachten hier. Und jetzt auch noch an Ostern? Bestimmt nicht, weil er Mums Apfelkuchen so gern mag.«

»Wer mag meinen Apfelkuchen nicht so gern?« Carole streckt den Kopf aus der Küchentür und sieht, wie wir alle die Taschen abstellen und unsere Schuhe ausziehen.

»Wusstest du, dass Vincent schon wieder zu Besuch kommt?«

»Er hat gestern angerufen. Wollte wissen, ob er Ostern hier verbringen kann.«

»Ist er auf der Flucht vor dem Mob, oder was?«, fragt Nathan. Ich habe festgestellt, dass Nathan eindeutig der misstrauischste aller Cove-Brüder ist. Als ich Zach danach fragte, meinte er, das würde er mir eines Tages mal in Ruhe erzählen. Da gibt's offensichtlich eine Geschichte.

»Auf der Flucht vor dem Mob?«, wiederholt Carole, dreht sich um und geht in die Küche, woraufhin wir vier ihr der Reihe nach folgen wie Kleinkinder, die Polonäse spielen. »Er mag meinen Apfelkuchen. Außerdem ist er im Moment viel öfter hier in Großbritannien. Irgendwelche Geschäftsangelegenheiten.«

»Darf er überhaupt auf dem Feld landen?«, fragt Nathan.

»Nein«, sagt Beau, als er im Türrahmen auftaucht. »Das hab ich nachgeschlagen, nachdem es an Weihnachten beinahe das Dach weggeweht hatte.«

»Das Dach weggeweht?«, sagt Carole. »Du übertreibst. Der Lärm hält nicht lange an, und so ist es viel schneller, als von London aus herzufahren.«

»Ermuntere ihn nicht auch noch dazu«, sagt John, als er Beau in die Küche folgt.

»Wenn das jemand meldet, muss er vielleicht Strafe zahlen.«

John lacht. »Als würde ihn das kümmern. Er hat noch mehr Geld als – passt bloß auf«, unterbricht er sich selbst und zeigt dabei mit dem Finger auf Zach und Nathan. »Der ist ein Frauenheld. Haltet Madison und Ellie fest. Das sind liebe Mädchen und ich hab sie gern hier.«

Wärme breitet sich in meinem Inneren aus.

»Dad«, stöhnen Nathan und Zach.

»Sie sind doch nicht unsere Gefangenen«, sagt Zach. »Madison und Ellie sind nicht zufällig mit uns zusammen und verfallen Vincent nicht, wenn er sie bloß anguckt.«

»Na jaaaa«, sagt Madison. »Er sieht schon *sehr* gut aus. Und er ist steinreich.«

Zach, Beau und ich lachen. Nathan ist der wohlhabendste Mann, den ich kenne, und obendrein einer der attraktivsten. Bloß einen Tick weniger als Zach.

Nathan rollt mit den Augen, und als er an Madison vorbeigeht, zieht sie ihn an sich und gibt ihm ein Küsschen auf die Wange. »Aber du wirst mich mindestens so lange nicht los, bis dieses Kind achtzehn ist. Das ziehe ich auf keinen Fall allein groß.«

Ich stelle das Brownie-Blech neben dem Wasserkocher ab, woraufhin Carole mich am Arm fasst. »Danke, Ellie. Lieb von dir, dass du für uns gebacken hast. Zach sagt, deine Brownies sind die besten, die er je gegessen hat.«

Sie ist so herzlich – die ganze Familie ist *so warmherzig*, dass es ein Rätsel ist, wie Zach je auf die Idee kommen konnte, irgendwer von ihnen könnte es ihm übel nehmen, dass er kein Arzt sein will.

»Alles okay bei dir?«, flüstert Zach mir ins Ohr, als er sich hinter mich stellt und mir einen Arm um die Taille legt.

Wie könnte bei mir nicht alles okay sein? Obwohl mir nichts am Heiraten liegt, hat sich herausgestellt, dass es durchaus einige Vorteile mit sich bringt, die mir gefallen, besonders der Ring, den ich trage. Wir zwei stehen mit dem Rücken zu den anderen, deshalb lege ich meine Hand auf Zachs und wir betrachten ihn beide.

»Habt ihr beide uns etwas zu verkünden?«, fragt Carole. Als ich den Kopf hochreiße, sieht sie uns an und nickt in Richtung meines Fingers.

»Wir werden heiraten«, sage ich, ein Lächeln macht sich auf meinem Gesicht breit, und ich strecke ihr mit den Fingern wackelnd die Hand hin.

Madison kreischt los und ich lande in einer Umarmung mit ihr und dem Baby, während Zach Carole umarmt.

»Ich hab's gewusst«, sagt Beau. »Hab's genau vorausgesagt. Als du sie mit nach Hause gebracht hast, wusste ich es gleich.«

John haut Beau mit einem Geschirrtuch. »Wir haben es alle gemerkt, Beau. Wir sind doch nicht blind.«

Alle umarmen uns und besehen sich den Ring.

»Hallo zusammen«, sagt jemand mit einem amerikanischen Akzent. Der Tumult verstummt einen Augenblick, als Vincent mit geducktem Kopf im Türrahmen erscheint, um sich nicht zu stoßen.

»Was ist los? Hat Madison Wehen?«

»Zach und Ellie sind verlobt und ich hab's vorhergesagt«, sagt Beau.

»Masel tov«, sagt Vincent. »Nehmt das Haus auf Rùm als mein Verlobungsgeschenk.«

Ich lache auf. Das kann er nicht ernst meinen.

»Wieso bist du hier?«, fragt Nathan.

»Geschäftsangelegenheiten«, erwidert er. »Und um Zeit mit meiner britischen Familie zu verbringen.«

»Du wolltest fünf Kinder«, sagt John zu Carole. »Eine große Familie zu haben, wird schön, meintest du. Alles, was ich davon habe, ist ein kleines Stück Apfelkuchen und Kopfschmerzen. Und jetzt haben wir anscheinend noch eins adoptiert. Als wären fünf nicht schon genug.«

Carole verdreht die Augen, ignoriert ihren Ehemann jedoch.

»Hab ich dir schon erzählt, dass ich ein Weingut gekauft habe?«, geht Vincent über Johns Beschwerden hinweg, als hätte er sie gar nicht gehört. »Eins in Argentinien. Das einen super Malbec hervorbringt.« Er hält zwei Flaschen hoch.

»Vincent«, sagt John in ernstem Ton, während er auf ihn zugeht, um den Wein zu inspizieren. »Das ist mein Lieblingswein. Junger Mann, alles ist vergeben und vergessen. Du bist von jetzt an mein Lieblingssohn. Los, mach die verdammte Flasche auf und schenk mir ein Glas ein.« Er dreht sich um und zeigt mit dem Finger auf uns. »Dass ihr mir den ja nicht anrührt. Zwei Flaschen reichen nicht lange.«

»Wie gut, dass ich ein Weingut habe«, meint Vincent. »Im Flur steht eine ganze Kiste, und morgen werden einhundertvierundvierzig Flaschen per Kurier geliefert. Der wird uns nicht ausgehen.«

Carole schreit auf, als John ihr mit dem Geschirrhandtuch auf den Po haut. »Hast du das gehört, Schatz?«, sagt er. »Einhundertvierundvierzig Flaschen.«

Vincent kommt zu Zach und mir, gibt mir ein Küsschen auf die Wange und gratuliert uns zur Verlobung. »Also, es würde mich wirklich freuen, wenn ihr das Haus auf Rùm nehmt. Ihr wisst ja, ich war noch nie dort. Und für euch hat alles dort angefangen. Es ist nur richtig, wenn ihr es bekommt.«

»Du kannst uns doch kein Haus schenken«, protestiert Zach. »Das ist … seltsam.«

»Okay«, erwidert Vincent. »Dann gibst du mir eben später als Gegenleistung deinen Rat. Es gibt da ein paar Geschäftsangelegenheiten, die mich vor Probleme stellen. Hätte nichts dagegen, deine und Nathans Meinung dazu zu hören. Und dafür nimmst du dann das Haus. Wenn nicht, verliere ich es absichtlich beim nächsten Pokerturnier.«

»Wir nehmen es«, sage ich. »Wer weiß – vielleicht verbringen wir mal unseren Lebensabend dort.«

Zach lacht. »Wenn du meinst. Und ich jage dich mit einem Geschirrhandtuch durch die Küche und meckere über den Hund.«

»Ich könnte mir Schlimmeres vorstellen«, sage ich. Ich weiß schon jetzt, dass ich mir nichts Besseres für die Zukunft erhoffen kann, als mit Zach alt zu werden. Er mag es zwar hassen, Arzt zu sein, aber mich hat er wiederbelebt. Er macht mich zu einem besseren Menschen, und das Wundervolle ist, dass ich weiß, auch ich mache ihn zu einem besseren Menschen. Wir sind beide keineswegs perfekt, aber wir passen perfekt zusammen.

Das zwischen uns ist alles – nur nicht fake

Louise Bay
MISTER MAYFAIR
Aus dem amerikanischen
Englisch von
Anne Morgenrau
384 Seiten
ISBN 978-3-7363-1605-8

Stellas Leben gleicht einem Scherbenhaufen. Ihr Ex hat die Verlobung mit ihrer besten Freundin bekannt gegeben – und Stella zur Hochzeit eingeladen! Doch als Immobilienmogul Beck Wilde ihr anbietet, sie auf die Hochzeit nach Schottland zu begleiten und ihren Verlobten zu spielen, ist Stellas Moment der Rache gekommen. Beck hat seine ganz eigenen Gründe, warum er die Feier auf keinen Fall verpassen darf, erhofft er sich doch, dort den wichtigsten Deal seines Lebens abzuschließen. Dass er dabei sein Herz verlieren konnte, war allerdings nicht Teil des Plans …

»Beck Wilde ist die Nummer eins der besten Fake-Boyfriends!«
LOVE & LAVENDER

LYX

Wer die KINGS OF NEW YORK mochte,
wird die KINGS OF LONDON lieben

Louise Bay
KING OF LONDON
Aus dem amerikanischen
Englisch von
Anja Mehrmann
384 Seiten
ISBN 978-3-7363-1287-6

Als Chef-Stewardess einer Luxusjacht gehört es zu Avery Walkers Aufgaben, auch schwierigen Gästen jeden Wunsch zu erfüllen. Doch der englische Geschäftsmann Hayden Wolf stellt sie vor eine große Herausforderung, denn er macht ihr unmissverständlich klar, dass er mehr von ihr will als nur den nächsten Drink: Er will Sie! Auch Avery spürt die starke Anziehungskraft, die von dem attraktiven und selbstbewussten Briten ausgeht. Aber wenn Sie der unausgesprochenen Aufforderung nachgibt, die in jedem seiner Blicke und jeder seiner flüchtigen Berührungen liegt, würde Avery ihren Job riskieren - denn Beziehungen zu Gästen sind streng verboten!

LYX

*Er ist der König von New York, doch gegen
die Liebe ist er machtlos!*

Louise Bay
KING OF NEW YORK
Aus dem amerikanischen
Englisch von
Anja Mehrmann
352 Seiten
ISBN 978-3-7363-0692-9

Max King ist der erfolgreichste Investment-Banker der Wall Street,
doch niemand ahnt, dass sein härtester Job erst nach Feierabend
beginnt: als alleinerziehender Vater seiner Tochter Amanda. Er
lebt in zwei Welten, die er strikt getrennt hält. Doch als er eines
Abends Harper Jayne, seiner neuen Angestellten, im Aufzug zu
seinem Penthouse begegnet - und sie küsst - weiß er augenblicklich, dass seine beiden Welten gerade aufeinander geprallt sind.

»Erotisch und herzzerreißend zugleich!« USA TODAY

LYX